키메라

ⓒ홍수연 2022

1판 1쇄 인쇄	2022년 8월 17일
1판 1쇄 발행	2022년 8월 30일

지은이	홍수연

펴낸이	박대일
교정	박준용
편집	이문영 · 박지해 · 박현주 · 임유리 · 이지영 · 김하랑 · 임지원
마케팅	임유미 · 백소연
디자인	김은희

펴낸곳	파란미디어
출판등록	2004년 9월 14일 제313-2004-00214호

주소	03992 서울시 마포구 동교로23길 14 국제빌딩 6층
전화	02.3141.5589 영업부 070.4616.2012 편집부
팩스	02.6499.5589
전자우편	paranbook@gmail.com
카페	http://cafe.naver.com/paranmedia
인스타그램	@paranmedia

ISBN	979-11-92591-05-6(04810)
	979-11-92591-04-9(전3권)

키
메
라

1

홍 수 연
장 편
소 설

파란

차례

일러두기

글에 등장하는 모든 약품은 이미 시판되는 제품이어도, 불필요한 오해를 피하기 위해 물질코드로 지칭하였습니다.

"창조주시여,
진흙을 가지고 인간으로 지어 달라고 제가 간청했습니까,
아니면 어둠에서 절 끌어내 달라고 애원했습니까?"
"Did I request thee, Maker, from my clay to mould me Man?
Did I solicit thee from darkness to promote me?"

— 밀턴John Milton의 〈실낙원Paradise Lost〉

견고한 혐오

2011년 12월.

나를 향한 그의 눈길엔 늘 혐오가 깔려 있었다.

오랜 시간에 걸쳐 계획적으로 쌓은, 변함없이 견고한 혐오가 말이다.

그를 기다리며 정은은 2층 창문 밖으로 석양이 지는 모습을 보고 있었다. 검붉은 해가 짙은 보랏빛과 섞였다. 정확히 표현할 수 없는 새롭고 기묘한 색깔이 되었다.

끼이익, 마침내 대문이 열리는 소리가 들렸다. 문이 닫히고 퇴근을 한 신현이 계단을 밟았다. 소나무들 사이로, 그의 검은 머리가 규칙적으로 움직였다.

그가 계단을 다 오르는 동안 희고 얇은 커튼이 정은의 손에 부드럽게 감겼다. 어떤 기억이 정은의 뇌리를 스쳤다. 오래전, 신현이 저렇게 마당 중간의 회색 징검돌 위에 서서 이쪽을 살피던 기억. 그날, 커튼 사이로 숨은 정은을 신현은 못 봤을 테지만 정은은 그의 눈빛이 오래 기억에 남았다.

그때는 다른 감정을 본 것도 같아서.

정은의 시선을 느끼기라도 한 건지 마당 중간에서 신현의 발걸음이 잠깐 멈췄다. 하지만 올려다보진 않는다.

현관을 향해 걸어오는 그의 움직임에 커튼을 감아쥔 정은의 손에 힘이 들어갔다. 그새 겨울이 되고 크리스마스가 성큼 가까워져 온다는 사실에 안 그래도 초조했는데 말이다.

현관문 열리는 소리가 들렸다. 신현이 집 안으로 들어서자 공기의 흐름마저 달라졌다. 그 긴장을 인식하며 정은은 천천히 아래층으로 향했다. 엄마인 혜조가 틀어 놓은 첼로 음이 서서히 가까워지고 선명해졌다. 다이닝 룸에 들어섰으니 신현은 곧 혜조와 김천댁에게 차례로 인사를 할 것이다. 피후원자다운 공손하고 예의 있는 자세로.

"다녀왔습니다."

굵은 목소리가 짙은 안개처럼 정은을 휘감았다. 그렇게 목소리를 듣는 것만으로도 아랫배가 자잘하게 떨려 온다.

길고 둥근 나무 계단을 내려가는 동안, 삐거덕 소리가 울렸는데도 신현은 정은을 돌아보지 않았다. 신현의 넓고 탄탄한 등을 보며 정은은 계단을 마저 내려갔다. 정은이 다가가는 걸 느끼고 있는지 알 수 없다.

"떠날 날짜는 결정된 거니?"

우아한 자세로 차를 마시던 혜조가 물었다. 김천댁에게서 물 컵을 받아 들며 신현은 차분히 대답했다.

"……1월 1일입니다."

신현이 유학을 떠나는 날이었다. 비워진 컵을 탁자에 놓고 돌아서던 신현이 정은 쪽을 바라보았다. 시선이 부딪쳤다.

지난 며칠 우리가 함께했던 동안 혹시 감정이 변하진 않았을 까, 그 혐오가 사라지진 않았을까. 짧은 순간 정은은 침착하게 확인했지만, 눈빛이 읽히지 않았다. 암갈색의 눈동자는 여전히 냉랭했고 지극히 건조하기만 했다.

희미한 미소를 지으며 혜조는 부드럽게 당부했다.

"일주일 남짓 남았구나. 준비 잘하렴."

정은에게서 눈을 뗀 신현이 혜조를 응시했다.

"네."

그렇게 신현이 다이닝 룸을 나왔다. 정은은 느릿한 걸음으로 그쪽을 향했다.

겉으로 보기엔 우연인 것처럼, 한 걸음 한 걸음 서로를 향해 다가갔다. 천장 샹들리에의 노란 불빛이 그의 등 뒤를 비추는 동안, 신현의 눈빛은 보이지 않았다.

서서히 가까워지며 그의 모습이 시야 속에서 뚜렷해졌다. 금 테 안경, 유달리 검은 눈, 넓은 어깨와 시원하게 이어진 긴 몸.

거실 중간 즈음에서 마침내 맞닥뜨렸다. 김천댁과 혜조가 아 버지의 연구에 관한 대화를 할 즈음이었다. 웃음소리도 들렸다.

인사조차 없이 스치려는 그의 손목을, 정은의 손이 가볍게 쥐었다.

살갗과 살갗이 닿았고 눈빛과 눈빛이 마주쳤다. 이 남자는 오늘따라 더욱 무미건조하고 단단해 보인다. 흔들고 깨뜨리고 싶은 충동이 또다시 정은을 감쌌다.

정은은 그에게만 들릴 만큼 낮은 소리로 속삭였다.

"오늘 밤엔 가지 말까?"

변화는 없었다. 그렇다고 거절의 말을 하지도 않는다. 정은의 입매가 비웃음으로 가늘게 휘는 걸 고요히 바라볼 뿐이다. 가는 정은의 손가락이 맥박 뛰는 그의 손목을 부드럽게 쓰다듬는데도.

'정은아.' 혜조가 부르는 소리가 들렸다. 손목을 풀어 주며 정은은 놀리듯 그에게서 멀어졌다.

신현도 그녀에게서 멀어졌다, 느리게.

이제 정은은 아까 그가 있던 1층 다이닝 룸으로 들어섰고 신현은 2층으로 향했다. 정은이 내려올 때 들리던 나무 계단의 소리가 삐거덕, 다시 주변을 울렸다.

스쳤던 손가락으로 정은은 에스프레소 머신의 버튼을 눌렀다. 뜨거운 커피가 잔을 채우는 동안 커피 향이 코끝을 스쳤다. 그 잔을 들며 정은은 다시 창문 밖을 바라보았다.

곧 사방이 어두워지고 정은이 기다리는 시간이 찾아올 것이다. 섞여 있던 총천연색 색들이 사라지고 모든 것이 짙어지는 시간이.

오늘은 그들이 밤을 함께한 지 2주가 된 날이었다.

모두가 잠들기까지 기다려야 했다.

자정을 넘기고 나서야 문이 닫히는 소리가 정은의 귀를 울렸다. 외부와 차단되기가 무섭게 어깨가 잡히고 입술이 삼켜졌다. 정은의 희롱에 화라도 난 듯 거칠고 급했다. 풀썩, 푹신한 매트리스 위로 정은을 쓰러뜨린 신현은 곧바로 몸을 겹쳐 왔다.

들킬까 봐 옷을 다 벗은 적이 이제껏 한 번도 없었다. 이번에도 스커트 안 속옷만 벗겨졌다. 정은이 그의 목을 끌어안자 혀로 입술을 가르더니, 신현은 둥근 가슴을 꽉 누르듯 그러쥐었다.

그렇게 물리고 빨리고, 두 다리가 들리고……

그 뒤는 혼돈이었다. 그 뜨거운 혼돈 속에서도 정은의 마음은 다급했다.

'고작 일주일 남짓 남았을 뿐인데.'

아무 약속도 받지 못했다. 비행기 티켓을 취소하지도 않았다. 쾌락과 초조함이 뒤섞이며 정은의 손톱이 그의 어깨를 푹 파고들었다.

아니다, 오늘은 한마디라도 해 줄지 모른다. 정은의 외할아버지가 증여 준비로 바쁘다는 뉴스가 계속 나오고 있으니까.

열망에 가득 찬 눈을 확인해서라도 안심하고 싶었지만 방 안은 어두컴컴했다.

신현이 정은의 몸을 가르고 들어왔다. '으응.' 터져 나온 비음에 정은은 얼른 숨을 삼켰다. 소리를 내면 안 된다.

끝까지 들어오기가 무섭게 살이 마찰하는 젖은 소리가 울렸다. 움직임이 격해지자, 허리가 활처럼 휘어지고 목이 젖혀졌다.

그가 정은의 몸에 집중해 있는 것이 느껴졌다. 그 짜릿한 기분에 잠시 초조함이 사라지고 하던 생각들도 잊었다. 그렇게 열락에 빠져 또 시간만 흘려보냈다.

탁한 호흡을 내뱉던 신현이 몸을 굴려 정은에게서 떨어졌다. 급작스레 몸이 서늘해졌다. 그 기묘한 상실감 때문이었을 것이다. 결국 오늘도 아무 말도 듣지 못했다는 자각이 찾아왔다.

엎드린 채 거의 잠들기 직전 정은이 참지 못하고 중얼거렸다.

"내가 싫다면서……."

떨리며 흩어지는 숨 사이로 비웃음이 섞였다.

바로 누워 이마에 팔을 얹은 채 호흡을 고르던 신현이 정은을 돌아봤다. 묘한 눈길이라는 생각을 하며 잠에 빠졌다.

"……침대에선 참……, 뜨거워."

허리에 놓인 팔이 무거워 잠에서 깼다.

커튼 사이로 들어온 희뿌연 빛에 정신이 들었다. 누군가와 마주치기 전에 빨리 나가야 했다. 일어서서 등을 돌리고 바닥에 떨어진 속옷을 찾아 입었다. 깊게 잠드는 남자라 매일 정은이 떠날 때마다 한 번도 깬 적은 없었다.

흘끗 쳐다보는데 목과 어깨 사이에 그녀의 입술이 남긴 붉은 멍울이 보였다. 차라리 박제해서 상자에 감춰 둘까, 그런 마음에 일부러 남긴 흔적이었을 것이다.

떠나기 전 멈칫한 건 기척을 느껴서였다. 방문 손잡이를 잡은 채 정은은 망설였다. 이미 늦은 시간이었다. 뒤를 돌아보지 말았어야 했다고, 빨리 그 방을 나갔어야 했다고 아주 오랫동안 후회할 것을 그땐 몰랐다.

신현은 침대 헤드에 기대앉은 채 정은을 바라보고 있었다. 한 번도 보지 못했던 담담한 표정이 오히려 더 정은을 두렵게 했다.

그녀를 여기에 두고 결국 떠나겠다는 말을 하려는 건가. 이별이 불쑥 닥칠까 봐 심장이 무섭게 뛰었다. 이렇게 떨며 숨죽이고 있는 자신에게 문득 모멸감이 들었다. 그 감정을 감추기 위해 귀찮다는 웃음까지 띠고 그의 말을 기다렸다.

"괜찮으면 내일⋯⋯."

건조한 어조여서 그다음 말이 예상되지 않았다. 내일은 크리스마스이브였다.

"⋯⋯영화 보자."

이계의 말을 들은 것처럼 정은은 순간 무슨 뜻인지 이해하지 못했다. 상상 속에서 듣던 말이 찾아와서 믿기지 않았다는 게 맞겠다.

왜지, 왜 갑자기. 너무 갑작스럽고 게다가 차갑기까지 한 얼굴에 의구심이 든 것도 사실이었다. 이제까지 그의 행동을 뒤돌아보면 증여 뉴스 때문일 확률이 높았다. 그래서 결국 정은을 택하기로 결정했을 것이다. 어떤 이유든 상관없었다.

"응."

자연스러운 목소리로 답했다. 그러면서도 당황함을 감추기 위해 정은은 벽시계에 시선을 던졌다. 신현이 고개를 끄덕였고 정은은 괜히 눈을 내리깔며 몸을 돌렸다.

방문 손잡이를 비틀고 소리를 죽여 문을 열었다. 얼굴에 오른 열기를 신현이 눈치챘는지 모르겠다. 내일 눈이 내리면 좋겠다고 생각했다. 문 사이로 발을 내밀고 그렇게 조심히 방을 빠져나오는데도 심장은 정신없이 뛰었다.

등 뒤로 문을 닫던 순간, 긴 복도 끝 정은의 방 앞에서 청소를 하던 가사 도우미와 눈이 마주쳤다. 동그란 눈으로 정은을 바라보다가 꾸벅, 고개를 끄덕이며 인사를 했다. 머릿속이 하얘졌지만 정은은 아무 동요 없이 그쪽을 향해 걸었다.

정은이 자신의 방문을 열던 때에도, 도우미는 하던 대로 걸레로 창틀의 먼지를 닦고 있었다. 그 주변을 지나치며 정은은 낮은 목소리로, 아무렇지 않게 질문했다.

"따님이 이번에 대학교 입학하죠?"

도우미의 손이 우뚝 멈췄다.

"……네."

자신의 방으로 들어서며 정은은 조용히 약속했다.

"등록금 제가 댈게요."

놀란 얼굴로 '감사합니다.'를 연발하기에 당연히 괜찮을 줄 알았다. 그만큼 순진하고 허술했다. 등록금을 보장받았으면, 반대편엔 더 큰 조건을 베팅할 수 있다는 걸 계산 못 하고.

아버지 형욱의 서재는 표창장과 사진, 책, 표본 등으로 가득했다.

미국 대통령이나 영국 총리와 악수하는 사진도 있었지만 어린 시절 정은의 눈길을 끈 것은 온갖 종류의 표본들이었다. 염색체를 확대한 나선형의 모형, 박제하여 담아 둔 생물의 장기, 4분의 1이 베어져 그 속을 드러내는 수정란 모형. 그 기괴한 표본들 사이로 늘, 혜조가 주로 듣는 고상한 첼로 음이 흘렀다.

혜조는 다정한 어조로 말을 꺼냈다.

"헤어졌으면 좋겠어, 정은아."

아찔했다. 엄마가 반대할 거라고 예상은 했었다. 맞잡은 두 손을 꽉 틀어쥐며 정은은 높낮이 없는 목소리로 답했다.

"그냥 우린, 가벼운 관계예요."

혜조의 눈길이 정은의 머리와 얼굴, 옷차림에 닿았다. 아침부터 설레는 마음으로 화장을 했다. 그 어느 때보다 예쁘게 차려입고 세심하게 화장을 하고 머리를 다듬었다. 그와 함께 걷는 동안 누구에게도 그의 시선을 빼앗기고 싶지 않아서.

미소를 지으며 정은은 혜조가 눈으로 확인한 것들을 부정했다.

"장난감 같은 존재죠. 적당히 놀고, 때가 되면 버릴."

목소리가 떨리지 않아 다행이라고 생각했는데, 혜조는 걱정스러운 눈으로 정은을 바라보더니 다른 점을 지적했다.

"이상하네. 너답지 않게 말이 길어."

정은의 심장이 내려앉았다. 시선이 마주친 순간 깨달았다.

엄마는 이미 다 알고 있다는 걸. 모든 감정을 다 들켜서 이런 수 낮은 연극 따윈 아무 소용 없다는 걸.

정은의 감정이 상하지 않도록 혜조는 조심스럽게 말했다.

"어차피 곧 유학 갈 예정이었잖니. 그냥 그렇게 놔두면 좋을 것 같다."

눈가가 뜨거워졌다. 어떻게든 이 사태를 막아야 했다. 정은은 딱딱한 목소리로 입을 열었다.

"조건을, 말해 주세요."

시키는 모든 것을 할 수 있었고 원하는 모든 것을 줄 수 있었다. 하지만 측은하다는 눈길로 딸을 바라보던 혜조는 한숨을 내쉬었다.

"정은아."

혜조는 결코 목소리를 높이는 법이 없었다. 지금 이 실내를 울리는 첼로 음만큼이나 혜조는 낮고도 부드럽게 정은을 불렀다.

"이번 일에 협상은 없단다. 난 네 엄마잖니. 이건 네 미래와 관련된 일이야."

혜조가 하는 모든 말은 그 이면에 담긴 뜻을 잘 읽어야 했다. 하지만 이 말에서만큼은 정은은 딸을 걱정하는 엄마의 진심을 읽었다.

"나는, 그렇게 못 해요."

정은도 가면을 벗고 진심을 말했다.

"못 끝……내요. 그 사람이랑 헤어지면 나는……."

덜덜 떨려 나오는 목소리에 혜조가 안타까운 얼굴로 고개를 저었다.

한참 서로를 바라보는 동안 비명이 나올 듯했다. 정은은 숨을 꾹 참은 채 계속 기다렸다. 긴장이 높아지는 첼로 음 사이로 혜조가 망설이듯 물었다.

"네가 힘들면, 내가 정리해 줄까?"

여전히 맞잡고 있는 두 손이 순간 부들부들 떨렸다.

"어렵겠지만, 그래도 내가 사실을 말하면 되는 거니까. 그럴까, 정은아?"

정은의 얼굴이 삽시간에 창백해졌다. 혜조는 확고했다. 본능처럼, 정은은 서둘러 답했다.

"……아뇨."

세상 아무도 몰라도 정은만은 알았다. 엄마는 저지를 사람이라는 걸. 상대방을 상처 입힐 방법에 깊은 죄책감을 느끼면서도 결국 그 방법대로 해결하리라는 걸.

혜조가 정은을 안타까운 눈으로 바라봤다. 그 순간 끝을 예감했다.

따사로운 눈빛으로 정은을 바라보다가, 혜조는 천천히 다가와 정은의 어깨를 끌어안았다.

"미안하다, 정은아."

딸의 아픔을 느끼고 어쩔 줄 모르는 목소리.

정은은 혜조의 어깨 너머로 다른 곳을 응시했다. 꿈이 깨어지는 소리가 들렸다.

"제가……."

혜조의 품에서 정은은 기계적으로 답했다.

"제가 할게요."

퇴근을 한 신현은 삼성동 멀티플렉스로 향했다.

실내로 들어서기 전 잠시 멈춰 서서 내리는 함박눈을 응시했다. 영화가 끝날 때 즈음이면 눈이 제법 쌓여 있겠다는 생각이 들었다.

상영관 앞에 도착하자마자 두 장의 표를 받은 뒤 팝콘과 콜라를 샀다. 힐끔힐끔 느껴지는 시선들과는 마주치지 않게 노력했다. 낯선 사람의 시선은 여전히 거북스러웠다.

길고 널찍한 나무 계단에 듬성듬성 사람들이 앉아 있다. 신현은 비어 있는 자리 하나를 골랐다. 영화 시작까지는 한참 남아 있었다.

길게 다리를 뻗고 앉은 채 신현은 가방에서 책을 꺼내 들었다. 유학 가기 전 예습을 위해 읽고 있는 책이었다. 미국에 도착하면 학기 시작 전 선배의 일을 단기로 도와주기로 되어 있으니 분명 공부할 시간이 부족할 것이다.

소곤소곤 주변의 대화 소리가 귓가에 들렸다. 신현은 근처의 다른 사람들을 둘러보았다. 영화 팸플릿을 보거나 커피를 마시며 영화 시간을 기다리고 있는 연인들.

신현은 손목시계로 시간을 확인했다. 약속된 시간이 얼마 남았는지 가늠하면서도 객관적으로 상황을 예상해 봤다.

아마도 정은은 오늘 나오지 않을 것이다.

신현은 무릎 위의 책을 읽기 시작했다. 한창 글자에 집중하다가도 중간중간 시간을 확인했다. 그의 주변에서 영화 시작을 기다리던 사람들이 하나둘씩 일어나 상영관으로 향했다. 상영 시간이 임박했지만 정은은 나타나지 않았다. 약속에 늦을 성격은 분명 아니었다.

정은이 나타난다면 저쪽에서 올 것이다. 보라색 조명의 영화관 입구에서 신현은 시선을 떼지 못했다. 상영 후 10여 분이 지났을 때도 마찬가지였다. 책 위에 올려 둔 영화표의 시간을 다시 확인하기도 했다. 영화는 시작한 지 한참 되었고 약속했던 시각은 1시간이 넘게 지나 버렸다. 계단에 남은 건 이제 그 혼자였다. 결국 그의 예상이 맞았다.

영화가 끝날 시간이 될 때까지도 신현은 그렇게 기다렸다. 상영관에서 사람들이 우르르 나오더니 그를 스쳐 지나갔다. 오히려 잘된 일인데 몸이 굳은 것처럼 일어날 수가 없었다. 멀티플렉스의 조명이 꺼지고 매점도 닫힐 때에서야 신현은 툭툭 자리를 털고 일어났다. 책을 가방에 집어넣고 얼음이 녹은 콜라와 식은 팝콘을 버린 뒤 신현은 그곳을 나섰다. 아까 정은이 들어올 거라고 바라보던 그 보라색 조명이 밝혀진 입구였다.

잠에 빠지기 전 그의 품 안에서 내던 희미한 목소리와 가슴에 닿던 지친 숨결이 지금도 느껴졌다.

영화를 보고 나서는 좀 걷다가 같이 저녁을 먹고……

그렇게 대부분의 연인들이 하듯 함께 시간을 보내고 나면 정은에게 부탁하고 싶은 게 있었다. 명치뼈 근처가 뻐근했다. 시작도 없이 끝났다는 사실을 받아들이기가 쉽지 않았다.

'응.'

함박눈 위를 혼자 걷는 동안 정은의 대답이 내내 그의 귓가를 울렸다. 그의 부탁에도 정은이 그렇게 답해 줄지도 모른다고 생각했었다.

그날 밤 정은은 외할아버지가 치료를 받는 병원으로 향했다.
무너지지 않기 위해 등을 꼿꼿이 하고 천천히 걸었다. 특실 입구에 할아버지의 이름이 적혀 있었다. 눈짓을 하자 간병인이 고개를 꾸벅하고 나갔다.
외할아버지의 수면 시간은 계속 늘어만 갔다. 죽음에 가까이 가는 연습일 테다. 어두운 창밖을 바라보며 정은은 머릿속을 정리했다. 그렇게 밤을 새웠다.
이른 새벽, 할아버지의 수족인 조 전무가 출근했다. 분명 정은을 한심하게 생각할 텐데도 평소처럼 로봇 같은 태도로 깊게 고개만 숙였다.
"오셨습니까?"
그 목소리가 할아버지의 잠을 깨웠다. 뒤척이다가 창가에 선 외손녀를 알아본 윤 사장의 눈에 웃음이 찼다.
"왔니?"
죽음을 눈앞에 두고도, 평소보다 더 밝은 웃음이었다. 조 전무가 그의 침대 헤드 쪽을 올려 주고 물을 건넸다.

"회사, 제게 주세요."

몸을 일으키던 윤 사장이 멈칫했다. 정은에게 시선을 주며 허허, 웃음을 터뜨렸다.

"내 회사가 무슨 장난감이더냐. 크리스마스에 찾아와 달라고 하게."

작은 연구소에서 시작해 피땀 흘린 연구로 이뤄 낸 국내 굴지의 제약 회사였다. 그 회사를 손녀에게 물려주겠다고 몇 년째 경영 훈련을 했지만, 경영이나 회사는 딱 질색이라며 정은은 매번 도망만 다녔다.

컵을 내려놓은 조 전무가 냅킨으로 윤 사장의 입가를 닦아 주었다.

"남자 따라 도망가겠다고 몰래 비행기표까지 사 둔 애가 갑자기 무슨 변덕인지. 그래, 이유나 좀 들어 보자."

평생 놀면서 살 수 있도록 현금이나 두둑이 달라고 한량처럼 굴었다. 지칠 대로 지쳐서 이제 슬슬 가치관이 다른 딸에게 물려줘야 하나, 할아버지가 그렇게 마음을 접고 있었다는 걸, 차라리 다행으로 생각했었다.

정은이 조 전무를 흘끗했다.

"앞으로 조 전무는 제가 쓸게요."

조 전무도 이제 싸가지 없는 상사의 말투에 익숙해져야 한다.

"이놈 봐라. 대체 내가 왜……."

퉁한 목소리를 내던 윤 사장이 갑자기 기침을 하며 대화가 멈췄다. 조 전무가 다시 물컵을 들어 그의 입에 대 주었다.

물을 마신 윤 사장은 아무렇지 않게 물었다.

"왜? 그놈이랑 헤어지라 하더냐?"

조 전무가 이미 모든 상황을 할아버지에게 보고했을 것이다. 불쑥 닥쳐든 이별이 믿기지도 않았고 속은 델 듯이 뜨거웠다. 혼란스럽고 후려 맞듯 아팠다.

그 감정을 감추며 정은은 차분하게 다른 대답을 했다.

"어차피 유학 갈 사람이었어요."

"잘됐구나. 오래 못 가 깨질 관계, 싹을 자르는 게 현명한 판단이지."

심장이 조여들었다. 안 될 관계라는 걸 알고는 있었다. 그런데도 그를 유혹하기 위해 애썼던 그 모든 노력들이 떠오르자 목이 메어 왔다.

"헤어질 다른 이유가 필요해요. 회사 제게 주시는 조건으로 떨어지라 하신 거로, 할아버지가 나서 주세요."

이제까지 쫓아만 다니던 정은이 헤어지자고 하면 그 남자가 납득하지 못할 수도 있었다. 완벽한 거짓말을 도와줄 누군가가 필요했다.

윤 사장이 기가 막힌다는 듯 웃음을 터뜨렸다.

"나한테 나쁜 놈이 되라는 게냐? 네게 회사까지 넘기고? 거짓말까지 하면서?"

그게 불합리하다는 것은 정은도 알고 있었다. 하지만 지금은 눈앞에 아무것도 보이지 않았다.

윤 사장이 또렷한 눈으로 정은을 응시했다.

"이 집안하고 얽히지만 않으면 훌륭하게 잘 살, 세상 똑똑한 놈이다. 왜 남의 인생을 가로막고 서 있어?"

정곡을 찌르는 엄한 책망에도 정은은 못 들은 척했다.

"차라리 그 애에게 진실을 말하렴. 그게 가장 옳은 일이니."

놀란 정은은 시선을 바닥으로 떨어뜨렸다. 한 치의 틀림도 없는 이야기였다. 하지만 안 된다.

"처음부터, 모두 말이다."

가슴이 내려앉았다. 그럴 순 없었다. 절대 사실을 말할 순 없었다. 상상만 하는 거로도 바르르 몸이 떨려 왔다. 신현이 그 사실을 알게 되는 건 진짜 '끝'을 의미했다. 영원한 이별.

순간 밀려온 두려움에 정은은 털썩 주저앉아 무릎을 꿇었다. 본능적인 행동이었다. 스타킹으로만 감싸인 무릎에 차고 딱딱한 바닥이 닿았다. 윤 사장도, 조 전무도 놀라서 정은을 쳐다보았다.

"어서 일어나거라. 이 무슨 해괴망측한 짓이야?"

거침없는 호통에 참고 있던 눈물이 왈칵 터져 나왔다. 지금 헤어져야 하는 건 알고 있었다. 하지만 그렇다고 이 인연을 완전히 끊을 수는 없었다.

뚝뚝, 바닥에 떨어지는 눈물을 보면서도 정은은 빌듯이 고개를 숙였다.

"회사, 주세요. 힘이 필요해요."

강해져야 한다. 지금처럼 나약해서는 아무것도 해낼 수 없다. 어리석게도 이제야 정신이 들었다. 그의 미래를 지키고 사죄라도 받고 싶었다. 그러려면 힘이, 막강한 힘이 필요했다.

윤 사장이 고개를 저었다.

"어차피 끝날 인연이니 오히려 잘된 일이다. 단념하고, 원래 그러려던 대로 예쁘고 곱게 살거라."

정은도 머리로는 그렇게 생각했다.

눈 딱 감고 그 남자를 잊어버리면, 이 시기가 지나길 기다리면 여유롭고 풍요로운 인생이 펼쳐질 거라고. 모든 것이 완벽하고 오직 신현만 정은에게 없는 세상. 그 생각에 표백된 것처럼 앞이 하얘지고 미칠 것 같은 감정이 정은을 휩쌌다. 안 돼. 난, 난 절대 그렇게 못 해.

정은이 떨리는 목소리로 얼른 대답했다.

"옳은 일을 하라고 하셨잖아요. 아버지가 그에게 진 빚을, 제가 갚게 해 주세요. 그냥 그것만 할게요."

윤 사장이 답답하다는 표정을 지었다.

"질병을 치료하고 인류를 구하겠다고 세운 회사다. 내 사위가 진 빚 갚겠다고 세운 회사가 아니라."

모르겠다. 하지만 정은은 무작정 고개를 끄덕였다. 어떤 거짓부렁을 하더라도 지금은 회사를 받아야 했다. 가는 끈이나마 이어 두어야 했다.

"회사만 주세요. 다 해낼게요."

듣기 좋을 말도 급하게 덧붙였다.

"할아버지 뜻도, 반드시 지킬 겁니다."

한동안 윤 사장은 묵묵히 정은을 지켜보기만 했다. 다리가 저려 올 정도로 긴 시간이 흘렀다. 어느 순간 윤 사장이 못 미덥다는 어투로 혀를 쯧쯧, 차며 입을 열었다.

"네가 어떤 짓을 저지를지 안다. 하지만 네 말이라면 무작정 다 들어주고 싶으니, 내가 노망이 난 게 틀림없지."

윤 사장이 마침내 고개를 끄덕였다. 몇천억인지 그 가치도 정확히 모를 회사가 손에 쥐어진 순간이었지만 정은은 안도감에 숨만 내리쉬었다.

자리에서 일어나다가 정은은 비틀거렸다. 다가오려던 조 전무는 윤 사장의 눈치를 보면서 정은에게서 물러났다. 저린 다리로 핸드백을 찾아 들고, 정은은 혼자 힘으로 할아버지에게 다가가 뺨을 맞댔다. 어린 시절부터의 인사였다.

"그놈한테 아주 눈이 멀었구나. 내내 이렇게 살겠지. ……못난 녀석."

윤 사장이 안타까움에 한숨처럼 내뱉은 말이었다.

이별을 말하는 순간이 가장 힘들 것이다.

한동안 대문 앞에 선 채로 정은은 숨을 골랐다. 아침이 되기 직전이라 주변은 어둡고 뺨을 얼릴 만큼 바람이 찼다.

해야 할 말을 다 준비하고 나서야 정은은 대문을 열고 집에 들어섰다. 계단을 오르고 징검돌을 걷는 동안 이상하게도 정은은 시선을 느꼈다. 확인하고 싶었지만 꾹 참고 차분히 걸었다.

현관문을 열고 2층 계단으로 향했다. 꼭대기부터 이어진 긴 그림자가 정은의 발끝에 닿았다. 밤새 저기서 기다렸나 보다. 걸음이 무거웠다. 중간에 멈춘 정은은 가만히 숨을 삼켰다. 표정이 정리되자 천천히 나머지를 올라갔다.

하루 사이에 너무나 많은 것이 변해 있었다. 마침내 맨 끝까지 올라 그의 앞에 섰다. 희미한 아침 빛이 그들 사이를 비췄다. 아래층 사람들은 아직 잠들어 있을 것이다.

영화관에 나가지 않은 이유부터 설명해야 했다. 정은은 낮은 목소리로 말문을 떼었다.

"끝내고 싶어, 이 관계."

수십 번을 연습하며 마음의 준비를 한 건 자신인데 도리어 상대방이 더 차분했다. 잠시 동안 그저 침묵만 흘렀다.

"왜?"

예상했던 질문인데도 뱃속이 울렁거렸다. 정은은 싫증이라도 난 어조로 대답했다.

"내가 정말 끝까지 갈 거라고 믿은 건 아니잖아."

고개를 들고 정은은 그와 시선을 맞췄다.

"아무것도 갖고 있지 않은, 너와."

순간 그의 얼굴이 창백해진 것도 같았다. 한 번쯤은 그도 그녀와의 관계에 있어 모멸감을 느끼길 바랐던 것도 사실이었다.

하지만 신현은 미동도 없었다. 그저 어둡게 가라앉은 눈동자로 정은을 응시할 뿐.

"어차피 너도 나한테 절절했던 건 아니니까."

말투에 비난이 섞일까 봐 정은은 도리어 가볍게 상황을 정리했다.

"조용히, 깨끗하게 마무리해 줬으면 좋겠어."

마침내 그의 눈가에 무언가가 비쳤다. 오래되고도 익숙한 눈길이다. 짙은 혐오.

얇은 칼에라도 베인 듯 정은의 가슴이 따끔거렸다. 이렇게 바라볼 줄 예상했었다. 그 눈빛을 견딜 수 없어 돌아설 때였다.

"이렇게 쉽게, 끝낼 순 없지."

가슴이 쿵쿵 뛰었다. 한 번쯤은 잡아 주지 않을까, 그런 희망을 품은 적이 있었다. 나는 단지 네 곁에 있고 싶다고, 그렇게 매달릴지도 모른다고.

정은이 묻는 눈길로 그를 돌아봤지만 냉랭한 눈길만 정은에게 꽂혔다.

"적당한 값은 쳐줘야지. 돈밖에 없는 너랑, 뜨겁게 놀아 준 대가."

아무 감정도 느껴지지 않는 건조한 어조여서 더 놀랐다. 경악의 감정을 감추며 정은이 그를 쏘아봤다. 짐작은 하고 있었지만 이렇게 직설적으로 말할 줄은 몰랐다.

주먹을 틀어쥐며 정은은 조롱하듯 대꾸했다.

"이런 빛나는 재주가 있는지 몰랐네."

둘 다 경멸을 담고 한동안 서로를 바라봤다. 비참한 마음을 숨기며 정은은 내뱉듯 말했다.

"조 전무라는 사람이, 내일 연락할 거야."

마음에 든다는 듯 신현이 고개를 끄덕였다.

"그럼 이제 우린……."

그를 똑바로 마주 보며 정은은 그의 말에 집중했다. 앞으론 못 보게 될지도 모를 그의 모습을 사진을 찍듯 그렇게 가슴에 담았다.

신현이 차갑게 웃고는, 마침내 인사했다.

"……다신 만나지 말자."

아프게 들렸다. 그럴 리가 없는데도.

자신을 조 전무라고 소개한 남자가 신현의 눈앞에 서류를 내려놓았다.

"전체를 읽어 보시고 서명하시면 됩니다."

신현은 느릿하게 손을 뻗어 서류를 끌어왔다. 합의서였다.

앞장을 채우고 있는 조항들은 계약 표준 문구였다. 구체적인 세부 합의 내용은 뒷장에 있었다. 다시 만나려 시도하지 말 것, 관계를 발설하지 말 것, 허락 없이 한국으로 돌아오지 말 것 등등. 그리고 그에 따른 합의금이 지불될 거라는, 제법 그럴듯한 문장이 종이를 가득 메우고 있었다.

신현의 눈길이 합의금 액수에 닿았다. 그 금액이 그의 눈길을 잡고 놓아주지 않았다.

"미국에서의 초기 정착 비용, 학위 마무리하실 때까지의 학비와 생활비, 이후 영주권 취득 관련 비용까지 모두 부족함 없도록 배려한 금액입니다."

조 전무가 금액 산정 내역을 간단히 설명했다.

풍족하게 지내고도 남을, 말 그대로 후한 액수였다. 정확히는 그의 몸값. 2주 동안 부잣집 딸과 놀아 주고 조용히 치워지는 대가는 이 업계에서 보통 이 정도인가 보다.

입이 썼다. 정은이 이 금액을 들었을까 궁금했다. 그 숫자를 더 이상은 볼 수가 없어 신현은 차라리 눈을 감았다.

"다음 주 주말에 떠나시는 거로 알고 있습니다. 그 일정 그대로 진행해 주시면 됩니다."

다 게워 내고 싶을 만큼 속이 울렁거렸다. 관자놀이를 손으로 지그시 누르며 신현은 마른 입술을 떼었다.

"법적인 효력이 없는 건 알고 계실 테고요."

모든 관계는 합의하에 가졌고 스토킹을 하지도 않았다. 이 돈을 받는다고 해서 그가 정은에게 '접근'하지 못하도록 막을 수 있는 건 아무것도 없었다.

"네."

조 전무도 차분히 대답했다.

"약속을 지켜 주시는 데에 대한 보상 정도로 알고 계시면 될 것 같습니다."

요는, 상대방이 그를 정은에게서 떨어뜨리는 데 최선을 다하고 있다는 뜻이었다. 짐작되는 이유가 있으나 확인은 해야 했다.

"제가 합의하지 않으면, 신정은 씨에게 불리한 건 뭐가 있습니까?"

눈을 감고서도 왜 묻는지 가늠하는 눈길이 느껴졌다. 이어 신중한 답변이 이어졌다.

"윤 사장님의 지분 승계 조건입니다."

합의 상대자도 윤 사장이었다. 난치병과 싸우는 연구에 일생을 바친 윤 사장은 어려운 사람들의 복지에도 힘쓴 자애로운 사람으로 알려져 있었다. 그도 윤 사장이 세운 복지원에서 자라며 그의 후원을 받은, 불우한 사람 중 하나였다. 손녀딸과 놀아나고 돈까지 받아 챙기는 배은망덕한 놈이 된 셈이다.

"중요한 조건이네요."

신현이 눈을 감은 채 읊조렸다. 지분 승계. 짐작이 맞았다.

정은이 회사를 물려받게 된다면 그 집안에서, 그리고 정은에게도 그의 존재는 달갑지 않을 테니까. 조용히, 깨끗하게 마무리해 달라던 정은의 표정을 되짚어 봤다. 감추려 했지만 제법 급했다. 그를 쫓아다닐 때보다 떼어 낼 때 더욱 간절했었다.

오랫동안 원하던 그를 함락시키고 놀 만큼 놀았으니, 이제 안락한 미래를 위해 그를 버리기로 결정한 거다. 현실적인 여자였다. 이 금액을 들었을 뿐만 아니라 오히려 금액 책정에 관여했을 거라는 판단이 들었다. 이 정도라면 그도 순순히 받아들일 거고, 정은 자신도 그다지 손해 보는 금액은 아니라고.

무거운 눈꺼풀을 올리며 신현은 눈을 떴다.

"그럼 두 배 받겠습니다."

신현은 차에 짐을 싣고 있었다.

날이 쌀쌀했다. 한기가 잔뜩 스며드는 날씨였다. 리무진을 타고 가기엔 부담되는 양의 짐이어서 택시를 부른 참이었다.

운전사가 차곡차곡 줄 맞춰 둔 상자 중 하나를 들었다.

"뭐가 이렇게 무거워요?"

처음 만나는 사람의 질문에 대답하는 건, 그에게 시간을 필요로 했다. 대답을 미루고 신현은 다른 상자를 들었다.

신현은 묵묵히 짐을 옮기다가, 한참이 지나서야 대답했다.

"책입니다."

"이거 보내려면 돈 많이 들 텐데."

"네."

신현은 그렇게만 답했다.

둘 다 부지런히 짐을 옮겼다. 마지막 짐을 실으며 운전사가 물었다.

"이제 출발하면 되죠?"

차에 오르려던 때였다. 이상한 기분에 신현은 멈칫했다. 주변을 둘러보았지만 마른 나무가 줄지어 선 거리에 있는 거라곤 멀리 서 있는 차 한 대뿐, 특별한 건 아무것도 없었다.

"네."

좌석에 오르자마자 택시는 바로 출발했다.

차는 한참 동안 올림픽대로를 달렸다. 지친 눈으로 반짝반짝 빛나는 한강을 쳐다보다가 신현은 어느 순간 휴대폰을 꺼냈다. 이체를 해야 한다는 게 지금 기억났다.

예금 계좌는 그의 인생에서 한 번도 만져 보지 못한 금액으로 꽉 차 있었다. 마치 그가 결정을 번복이라도 할까 봐 두려운 것처럼 서명을 완료하자마자 1시간이 채 안 돼 입금된 금액이었다. 이 정도 금액을 계좌에 갖고 있으면 은행에서 영업 유치용 전화를 한다는 걸 처음 알았다.

윤기의 계좌 번호를 송금 계좌로 입력하고 신현은 바로 이체 버튼을 눌렀다. 계좌는 다시 며칠 전의 잔고로 돌아왔다.

휴대폰의 앱을 다 닫으려는데 아까 집에서 나오기 전 마주친 뉴스 기사가 다시 시야에 들어왔다. 윤 사장이 딸 대신 손녀에게 회사를 물려주기로 최종 결정을 했다는 기사였다. 그가 합의금을 받은 날짜부터 증여 절차가 시작된다고 쓰여 있었다.

휴대폰을 주머니에 넣고 신현은 좌석에 기대 다시 눈을 감았다.

눈을 감고 잠에 빠져들려던 순간, 살랑거리는 흰 커튼이 환영처럼 눈앞에 스쳤다. 나뭇잎이 바람에 흔들리는 소리가 환청이 되어 들려왔다. 꽃처럼 예쁜 여자가 발꿈치를 들어 그의 귓가에 무언가를 속삭이고는 그를 놀리듯 웃었다.

그러고 보니 그때였나. 그의 인생이 송두리째 뒤집혔던 때가.

앞으로의 모든 인생이 꿈처럼 아름다울 거라고 여겨지던 순간이었다. 결국엔 이렇게 엉망진창이 되어 버렸지만.

쓸모없는 기억들을 지우고 신현은 앞으로 닥칠 일들을 떠올렸다. 익숙한 사람을 매일 만나는 것조차도 힘든 그였다. 그런데 그는 내일부터 완전히 낯선 환경에 적응해야 했다. 새로운 곳에서 새로운 사람을 만나, 새로운 삶을 살아 나가야 했다.

짤막한 한숨을 내쉬며 한 가지 희망적인 생각을 해 봤다. 그래도 그곳엔 정은이 없으니까 어쩌면 더 나은 곳이 될지도 모르겠다고.

지긋지긋하고 끔찍한 신정은.

그를 쫓아다니고, 그를 괴롭히고, 그를 미치게 했던.

단지 짧은 시간 동안만 그에게 뜨거웠던 정은이……, 그곳엔
없을 테니까.

혼담과 거래

2017년.

"혼담이요? 정은이랑? 그 신정은?"

재계 5위 현일의 후계자인 태준은 전혀 예상하지 못한 상황에 확인하듯 되물었다. 어머니 김 회장이 이른 새벽부터 꺼낸 말이었다.

"그래, 그 신정은."

빈속에 믹스 커피를 마시며 담배를 태우던 김 회장이 그렇게 대답했다.

혼담이 오가기엔 너무 오래 알아 온 집안이어서 새삼스럽긴 하지만, 요즘 재계 최고의 결혼 상대라고 일컬어지긴 했다.

신정은, 복도 많지. 태어나고 보니 외할아버지는 제약업계의 거두인 윤 사장. 아버지는 세계 최고 유전 공학자인 신형욱.

"신 박사가 베이징에 연구소 세운다며. 넌 거기 투자하고 싶고."

이 바닥에 안 그런 사람 어디 있나.

"그랬……죠."

신형욱은 유전자 편집 기술로 유명했다. 태어날 아이의 유전자를 원하는 대로 바꿀 수 있는 그런 기술 말이다. 전 세계 돈이란 돈은 다 휩쓸 사업이 될 것이다. 한국에서는 그런 실험들이 법률 위반이 될 수 있어 연구의 기반을 중국으로 옮긴다고 했다.

"어머닌 그 딸의 제약 회사가 욕심나시는 거고요."

가짜가 판치는 제약·바이오업계에서 제대로 된 기술을 가진 유일한 옥석이라는 게 정설이었다. 신정은이 물려받은 이후 이미 몇 배나 성장했는데도 앞으로의 성장성 또한 어마어마해서, 그 회사를 먹겠다고 꽁무니만 쫓다가 물만 마신 대기업이 수두룩했다.

김 회장이 담배를 깊게 빨아들이며 희미하게 웃었다.

"주식을 팔 기미가 없으니, 이런 꼼수라도 써야 하지 않겠니."

이 집안에서 '혼테크'를 주장했던 건 자신뿐인 줄 알았다. 갸웃한 태준은 휴대폰을 들어 초록색 검색창에 '신정은'이라는 이름을 쳤다. 연예인 같은 용모의 사진과 프로필을 훑다가 문득 '학력'에서 웃음이 비어져 나왔다. 이건 대체 어디에 붙어 있는 학교인지, 생전 처음 듣는 대학 약학과 졸업.

"안 좋은 소문들 많은 건 알고 계시죠?"

김 회장이 다 피운 담배를 재떨이에 짓눌러 껐다.

"소문이 왜? 성격?"

"남자 소문이요. 학생 때인가, 데리고 놀던 남자한테 호되게 돈 뜯겼다고 하고. 요즘엔 윤 사장이 키운 임원이 매일 그 집에서 자고 나온다고 하고. 또…….

김 회장이 새 담배를 입에 물며 한쪽으로 고개를 기울였다.

"걔가 누군가에게 돈 뜯길 애는 아닌데."

떨떠름한 기분으로 태준은 '아.' 하며 신음을 터뜨렸다. 며느리 될 여자가 누구를 끼고 잔 게 중요한 게 아니라, 호구 당할 애인지 아닌지가 어머니에겐 더 중요한 문제인 거다. 하긴 그도 자산 가치만 크다면 누굴 호적에 올리든 별 상관은 없었다.

'정은을 처음 본 게 언제더라.'

태준은 기억을 더듬어 봤다. 여동생 태희가 데려온 동급생. 집 안에 들어서는데 긴 머리를 높이 묶던, 갸름한 얼굴의 여자가 그를 돌아봤었다.

아무리 까다로운 남자가 봐도 쓰러뜨릴 생각만 들게 할 여자여서 처음엔 고등학생인지도 몰랐다. 일대 모든 남학생의 몽정 대상이라는 후문을 들었는데도 그랬다. 트로피라는 별명이 이해되는 순간이었다. 속옷에 현상금까지 걸려 있다고.

머리 위로 올린 팔 덕분에 도드라진 가슴을 훔쳐보다가 싸늘한 눈빛을 맞닥뜨렸다. 계단을 오르던 태희가 '우리 오빠야.'라고 속닥거리자 '그래? 완전 아저씨네.'라고 한 방 먹이던 신정은.

여동생의 친구로 그렇게 뜨문뜨문 만나며 정은이 자라는 모습을 전해 들었고, 또 지켜보았다.

화려하지만 섬세하고, 거리낌 없지만 조숙하고, 유쾌하지만 남자를 우습게 알고.

그러다 언제부터인지 굉장히 차가우면서 메말라지고. 그런데도 아름답고.

이 결혼이 성사되면 근사한 잠자리 상대까지 얻게 될 느낌이긴 한데…….

"정략결혼, 그런 거에 별로 흥미 없으셨던 분 아니셨어요?"

"그랬지. 그런데 그 회사는 내가."

입술 사이로 연기를 내뱉던 김 회장이 태준을 응시했다.

"꼭 가져야겠어서."

어머니가 저렇게 매달릴 정도면 엄청나게 성장할 거란 뜻이다.

그럼 하지 뭐, 그깟 결혼.

그나저나 그 현상금은 결국 누가 가져갔을까, 문득 궁금해지는 태준이었다.

시카고, 정은은 차 뒷좌석에 앉아 있었다.

저녁 늦은 시간이었고, 시선은 작은 이층집을 향한 채였다. 차신현의 집 앞이었다. 손가락이 초조하게 좌석 위를 두드리는 동안 옆에 앉은 조 전무가 통화를 마무리했다.

"30분쯤 전에 퇴근했답니다. 곧 도착할 겁니다."

고개를 끄덕이자 조 전무가 정은의 눈앞에 태블릿을 켜 주었다. 하루하루 차신현의 근황이 잘 정리된 서류와 사진들이었다. 정은이 손을 써서 최고의 연봉으로 들어가게 한 회사에서의 일상, 현재의 계좌 잔고, 인간관계, 건강 상태, 그리고 그가 움직이는 곳곳에서 찍힌 사진들. 주기적으로 올리는 보고였다.

하지만 지금 당장은 어떤 내용도 눈에 들어오지 않았다.

"이게 벌써 몇 번째예요, 강태희가 연락한 게."

그 긴 시간을 꾹 참고 사진으로만 보며 살다가 결국 여기까지 날아온 이유였다.

"다섯 번째입니다."

조 전무가 변명하듯 보고했다.

"아직까지 한 번도 만난 기미는 없었습니다."

짧은 한숨이 정은의 입술 사이로 흘러나왔다.

"짜증스럽네."

조 전무의 입이 다물렸다. 어둑한 차 안으로 침묵이 이어졌다. 정은은 다시 조용히 정면을 응시했다. 한 20여 분, 그렇게 기다리는 동안에도 눈길 한번 흐트러지지 않았다.

마침내 집 앞에 차 한 대가 섰다. 그 차를 알아본 건 아니었다. 정은의 명치 아래가 자잘하게 진동했다. 그렇게 깨달았다. 그 남자일 거라고.

운전석 문이 열리고 키 큰 남자가 내렸다. 정은이 리넨 바지 위로 주먹을 틀어쥐었다. 엉망진창이었던 이별을 한 이후, 처음이었다.

익숙하고도 낯선 얼굴, 짙은 양복, 무심한 표정.

주변의 모든 것들이 흑백이 되고 마치 유일하게 채색된 대상처럼 오직, 신현만 남았다. 그동안 보고 싶어서 심장이 터질 것 같은 마음으로 살아왔다는 걸 그 순간 깨달았다.

신현이 차 문을 닫았다. 계단 쪽을 향하던 신현이 문득 걸음을 멈췄다. 정은이 숨을 죽이고 바라보는 동안 몸을 돌리고 이쪽을 바라봤다.

가로등 밑에서 그의 이마가 살짝 찌푸려졌다. 자신도 왜 돌아보는지 이해가 되지 않는 것처럼.

근처에서 보기 힘든 고급 차여서일까. 헤매던 그의 시선이 정은의 차에 닿았다.

주변은 어두웠고 차 안은 더 어두웠다. 결코 보일 수가 없었다. 그럼에도 꽤 오래 바라봤다. 바람이 휙 불어 그의 머리칼을 흐트러뜨렸고, 멈춘 것 같은 시간이 다시 흘렀다.

신현이 몸을 돌리고 현관 계단을 올랐다. 문이 열리더니 결국 그의 모습이 정은의 시야에서 사라졌다. 곧이어 2층 창문에 불이 들어오는 것까지 정은은 꼼짝없이 지켜보았다.

적막이 흘렀다. 조 전무가 흠흠, 목을 가다듬었지만 정은은 이제 떠나도 괜찮다는 말을 못 하고 계속 창문만 응시했다. 노란 불빛 아래로 아무 실루엣도 보이지 않는다. 안타까운 마음에 정은은 입술을 뜯듯 물었다.

이렇게 오랜만인데, 이렇게 짧게.

한숨이 나왔다. 달콤하고 씁쓸했다. 동시에 이런 무력함이 끔찍하게 싫었다.

미동 없이 앉아 있던 정은이 천천히 말문을 뗐다.

"김 회장 제안가가 얼마라고 했어요?"

그렇게 묻는 자신의 목소리가 들리는 순간 자신의 결정을 깨달았다. 조 전무가 당황함을 꾹 참은 목소리로 대답했다.

"아, 다른 기업에서 제시한 가격이 더 높습니다. 그런데, 이건 안 됩니다. 윤 사장님이 원하시는 건, 끝까지 손녀분이 회사를……."

알고 있었다. 할아버지가 무덤 속에서 가슴을 치리라는 걸.

할아버지의 예견대로, 정말 그놈한테 눈이 멀어서 회사까지 팔아 치우려고 하고 있다. 죽을 때까지 꼭 쥐고 있을 것처럼 다짐하고서.

"윤 사장님께 약속하셨잖습니까. 아니, 엄청나게 성장할 회사입니다. 모두 조 단위 매출을 예상해요. 이사님의 미래를 위해서도 꼭 쥐고 있어야 합니다."

조 전무가 이해타산을 말한다.

"조 전무님."

정은은 희미하게 웃었다.

"저 사람 들여와야겠어요, 한국에. 내가 통제할 수 있는 곳으로."

조 전무는 한동안 대답하지 못했다. 상황 판단이 빠른 남자였다. 최대한 정은에게 먹힐 이야기를 고민하는 듯했다.

"그때 내보내기로 해서 내보낸 겁니다. 아직 들여와도 된다는 말은 없었고요."

조 전무가 이번엔 안 되는 이유를 내밀었다. 정은은 부드럽게 물었다.

"조 전무님의 현재 상사는 누구예요?"

"신, 이사님입니다."

정은은 조 전무가 곧 닥칠 상황을 받아들일 수 있게 잠시 시간을 주었다.

"들여올 상황을 만들어 내야죠."

정은이 차분히 자신의 결정을 전달했다.

"김 회장에게 제 주식의 반을 팔겠다고 전달해 주세요. 원하던 주식을 얻게 되실 테니, 대신 혼담은 없던 일로 하자고."

숨을 들이쉬고도 조 전무는 껄끄러움을 감춘 목소리로 답변했다.

"네."

"매도 대금은 현금으로 받을 거지만, 그중 일부는 ㈜현일 주식으로 받을 거예요. 현일 인사권을 가질 수 있게."

조 전무는 고분고분 답변만 했다.

"네, 그러겠습니다."

"인사권 내 손에 들어오면 저 사람 ㈜현일에 입사시키시고요. 김 회장이 손쓴 것처럼 해서, 김 회장 최측근 자리로."

현일에 입사시키라는 말에 조 전무가 정은을 휙 돌아봤다. 하필이면 다른 좋은 가격 다 놔두고 왜 현일로 결정했는지, 이제야 상황을 모두 이해한 듯했다.

입을 달싹거리던 조 전무가 정은의 결정에 다시 한번 제동을 걸었다.

"안 들어오려 할 겁니다. 지금 회사 조건도 만만치 않은데."

"돈 좋아하는 남자예요. 백지 수표 보내세요."

조 전무가 고개를 끄덕였다.

"그러겠습니다."

상황을 정리한 정은이 좌석에 머리를 기댔다.

"빚, 갚아 줘야죠."

네가 누렸어야 했던 모든 것, 내 아버지가 저지른 짓, 모두.

정은의 눈빛이 어두워졌다. 사실 모두 핑계라는 걸 알고 있었다. 머리를 기댄 채 정은은 그의 창을 다시 응시했다. 떨어져 있던 그 긴 시간, 단 한 번도 연락하지 않았던 냉정한 남자.

원망, 그리움, 죄책감, 두려움, 비참함……. 수많은 감정이 정은의 가슴을 짓눌렀다. 그런데도 이렇게 멀리서 보고만 떠나야 하는 이 현실을 바꾸고 싶었다.

"사진만 보며 사는 거 이제 지겨워서요."

실은 내가 한심하고 미친 여자여서.

즐겁고도 우울한 목소리로 정은이 읊조렸다.

"얼굴은 봐야 살아지겠어요."

휴대폰 벨 소리가 시끄러웠다. 잠에 빠져 있었던 터라 손을 뻗기까지 한참이 걸렸다. 시간을 확인하고 나서야 신현은 전화를 받았다. 한국에서 온 전화였고, 윤기였다.

"네."

잠이 깨지 않아 잔뜩 쉰 목소리가 흘러나왔다.

— 무조건 거절만 하지 말고 우선 조건부터 제대로 들어 봐.

윤기가 다짜고짜, 또 말했다.

"생각 없습니다."

— 새꺄, 너 뉴스 안 봤어? 내가 온 나라 신문 도배시킨 거 못 봤어?

봤다. 윤기가 상장시킨 회사가 제약·바이오업계 2위가 되었다는 것. 하지만 지금은 새벽 3시였다.

— 미친. 그게 네가 준 돈으로 세운 회사야. 근데 나만 졸지에 벼락부자, 아니, 벼락 재벌이 됐다고. 배 안 아파? 씨팔. 내가 어떤 조건이든 다 맞춰 볼 테니까, 일단, 먼저 들어와.

윤기는 그가 합의서에 서명한 것을 모른다. 목 안이 깔깔해서 손을 뻗어 생수병을 끌고 왔다. 반쯤 몸을 일으킨 뒤 생수로 목을 축이며 신현은 대충 대꾸했다.

"형, 탈탈 털어 줄 만큼 파격적인 조건을 만들어 봐요. 좀 과 감하게."

방금 잠에서 깨어, 목소리가 쉬어 나왔다.

— 와, 씨. 이 도둑놈 새끼, 어떻게 이것보다 더 줘! 내가 속을 거로 생각하면 오산이야, 경기도 오산. 그냥 한국 안 들어오 겠다고 버티는 거 내가 모를 줄 알아?

"그럼 잠 좀 자게 놔두시든가."

'이런 쌍.' 저쪽에서 또다시 욕설이 들렸다. 피곤한 얼굴을 문지르며 대충 흘려들을 때였다. '그 잠, 내가 깨워 줄게. 현란하게.'라고 윤기가 입을 털기 시작했다.

— 그 여자, 주식 반을 팔아 치웠어. 김 회장이 얼씨구나 하며 샀다던데. ㈜현일 주식까지 얹어 주면서 말이야.

얼굴을 문지르던 그의 손이 멈췄다. 그 업계 관련해서 윤기의 소식은 정확하고 빨랐다.

— 김 회장이 신정은과 함께 공동 최대 주주가 되는 거고, 그래서 사명도 정해졌다지. '현일바이오'라나? 듣고 있어?

"네."

— 이해가 안 가. 그 로토 같은 주식을 대체 왜 팔아? 사업에 대한 감이 전혀, 일절, 절대 없나?

정은의 회사가 갖고 있는 가치에 대해서 윤기가 입에 침이 튀도록 설명했다. 그걸 모르는 사람은 생명공학 전공자 중에 아무도 없을 것이다. 다시 물을 마시는데, 윤기가 낙담 가득한 한숨을 흘리곤 재차 물어 왔다.

— 그래서 진짜 안 돌아온다는 거야?

서울은……, 신정은이 있는 곳.

신현은 담담하게, 예전처럼 답했다.

"안 돌아가요, 다시는."

신형욱 박사는 자신의 연구실에서 현미경을 들여다보는 중이었다. 그를 돕던 민희는 피로감을 느끼며 의자에 앉았다. 출산일이 가까워 몸이 힘겨웠다. 민희는 숨을 내리쉬며 배를 쓰다듬었다. 무사히 출산할 수만 있다면 사실 힘들어도 참을 수 있었다.

완벽한 아이를 낳을 것이다. 민희는 빙긋 웃으며 다짐했다. 두 부모를 닮은, 거기에 키까지 큰 완벽한 아이.

쉬는 동안 민희가 들고 있던 신형욱 박사의 휴대폰이 울렸다. 휴대폰과 연동되어 있는 스크린에 전화를 건 상대방의 이름이 떴다.

신정은. 신형욱 박사의 딸이다. 살가운 사이는 아니라서 신 박사와 직접 통화를 하는 일은 거의 없었다. 신 박사는 여전히 현미경에 눈을 댄 채였다.

민희는 스피커폰 버튼을 눌렀다.

— 신정은이에요.

실내에 서늘하고 정중한 목소리가 울렸다. 아버지의 휴대폰에 걸면서도, 다른 누군가가 그 전화를 받을 것을 당연히 예감한 듯했다.

"네."

민희가 대답하자 정은이 용건을 말했다.

— 돈이 좀 생겼어요. 괜찮으시면 베이징 연구소 설립, 제가 해 드리고 싶어서요.

현미경을 들여다보며 노트에 무언가 적던 신 박사의 손이 문득 멈췄다.

신 박사의 베이징 연구소에 투자하고자 하는 단체나 개인은 줄을 서 있었다. 하지만 규제와 간섭이 싫어서 고르지 못하고 있는 상황이었다.

딸인 신정은이라. 민희가 갸웃하던 순간이었다.

— 정부가 투자토록 하면 규제를 할 것이고, 기업이 투자토록 하면 간섭을 하겠죠. 전 그냥 사업 보고만 받고 간섭은 안 할 거예요.

신 박사가 그 어떤 제안에도 딱히 마음 내켜 하지 않는 이유를, 그 딸이 정확히 지적했다. 형욱의 낯빛을 살피다가 민희는 조용히 답했다.

"푼돈은 의미 없습니다."

— 상상하시는 이상의 금액이에요.

느리고 나른한 목소리.

신정은이 말하는 상상 이상의 금액이 짐작되지 않았다. 신 박사의 딸은 돈에 있어선 귀신같은 감각을 갖고 있었다. 주요 상권에 깔아 놓은 돈만 해도 수백억이라는데, 그걸 거둬들인 건가.

— 이 돈으로 아버진 인류의 발전에 기여하세요.

예의 있지만 조소가 깃든 어조였다. 스피커폰이고 형욱이 근처에서 듣는다는 걸 알고 있는 듯한 뉘앙스였지만, 형욱은 펜을 든 채 현미경만 들여다봤다.

정말로 대가가 없는 돈일까? 민희는 잠시 생각에 잠겼다. 어린 시절부터 예측 불가능했던 신정은이었다. 하지만 이쪽에서는 신정은의 약점을 쥐고 있었다. 순간 민희의 눈썹이 휘었다.

신정은이 이렇게 하는 이유가 떠올라서였다. 차신현.

"외유를 다녀오셨던데요. 미국에."

복잡한 감정을 지우고 민희는 그렇게만 언질을 주었다. 신형욱의 아내, 윤혜조가 지시한 일은 모두 이쪽에서 수행했다. 그 딸의 뒤를 감시하는 일까지도.

― 들어올 수 있게 엄마를 설득해 주시면, 전 돈을 꽂아 드려요. 금액은 원하시는 대로.

결국 차신현의 유배를 풀어 주면, 신 박사의 미래 사업을 맘껏 지원하겠다는 뜻이다. 간단명료한 조건이었다.

신 박사가 펜을 내려놓고 잠시 미간을 주물렀다. 민희의 시선이 신 박사의 손 움직임에 닿았다.

정은이 나긋한 어조로 이어 말했다.

― 데리고 살 일 없어요. 근처에 두게만 해 주시면 돼요.

겨우 들어오게만 허락하는 데에 연구소 설립 자본을 다 대겠다는 제안인 셈이다. 민희는 곰곰이 따져 봤다.

한번 말을 뱉은 이상 신정은은 칼같이 지킬 것이다. 또한 귀국시킨다고 해도 지금처럼 수시로 신정은의 현황 파악을 할 테니 당장 큰 문제는 없었다. 미간을 주무르던 신 박사가 마침내 움직임을 멈추고 다시 슬라이드를 들어 현미경에 끼웠다.

신 박사를 응시하던 민희는 고개를 끄덕인 뒤 입을 열었다.

"투자 계약서는 저희 쪽에서 보내죠. 입금은 베이징 계좌로 하시는 게 좋겠습니다."

정은이 건조한 목소리로 바로 답했다.

— 차신현이 안전하게 공항에 도착하는 순간 입금 처리될 거예요. 점심 맛있게 드세요.

통화가 끝났다. 멈춰 있던 시간이 다시 흐르고, 신 박사는 다시 현미경 속의 세상으로 시선을 옮겼다.

재회

2020년, 현재.

"신정은 이사네요."

현일에는 대학 후배들이 많이 근무했다. 그중 현일바이오에 근무하는 가까운 후배와 커피를 사서 회사로 들어가는 길이었다.

내일 열릴 '글로벌 스태프 회의'에 대한 생각을 하던 중, 후배가 가리킨 회사 정문을 신현은 가늘게 뜬 눈으로 응시했다. 조전무가 열어 준 벤츠에서 정은이 내리고 있었다. 경호원이 바로 뛰어와 뒤를 따랐고, 정은은 정문으로 향했다. 수군거리던 주변 사람들이 모두 몸을 숙여 정은에게 인사했다.

"이사는 무슨 이사. 사실 팀장이잖아요."

커피를 마시며 후배가 투덜거렸다.

현일바이오 인허가팀에서 팀장으로 근무하는 정은이었다. 지주 회사인 ㈜현일의 이사회 멤버를 겸임하고 있다 보니 편의상 다들 이사라고 부르곤 했다.

"내일 당장 부사장 한다고 해도 아무도 말릴 사람 없는데, 사원, 대리, 과장 다 거치고 이제 겨우 팀장. 차라리 다른 오너들처럼 임원부터 시작하지. 우린 미친다니까요. 경영진은 또 줄 세워 놓고 혼낸다고 하고. 말이 팀장이지, 누가 재벌한테 일을 시켜요."

3년 전 김 회장과 신정은의 대규모 딜로 현재 현일은 재계 순위 3위가 되었고, 정은이 가진 현일바이오의 주식 가치는 수조 원이 되었다.

"옆의 저 남자 보이시죠? 그 유명한 조 전무예요. 현일 넘버 투가 사실은 신정은이 아니라 저 사람이래요. 신 이사는 다 저 남자가 시키는 대로 사인만 한다고. 그러니까 우리가 줄을 서야 하는 사람은 저 사람인 거죠. 근데 저, 저 사람 직접 봤잖아요."

후배가 한껏 자랑을 했다.

"아, 조 전무요. 제가 신정은 만날 계급은 아니고. 맞다, 선배는 '글로벌 스태프 회의' 들어가시니까, 진짜로 만나셨겠어요?"

"글쎄. 몇 번."

자료를 예쁘게 만드는 재주가 없다 보니, 역설적이게도 가장 자신 없는 발표를 그가 하고 있었다. 벌써 몇 회째였고 그때마다 정은 대신 참석한 조 전무를 보긴 했다. 무엇보다 예전에 합의서가 오갔던 상대가 조 전무였다.

후배가 다시 정은의 뒷모습을 응시하며 한숨을 뱉었다.

"근데 오너 몸매가 어떻게 저래요? 완전 걸그룹 멤버. 가슴이, 우와."

후배가 키득거리는 동안 신현의 냉랭한 시선이 그들의 뒷모습에 닿았다. 지켜보는 시선을 모르고 자연스럽게 로비로 들어서고 있었다.

잘 다듬어진 머리칼, 여릿한 어깨, 부드러운 곡선을 그리는 허리.

……옅은 장미 향이 났었다.

눈을 떼며 신현은 커피를 한 모금 마셨다.

저 여자를 다시는 보지 않겠다는 마음으로 한국을 떠났었다. 지독한 인연이라, 가끔 이렇게 뒷모습이라도 볼 때가 있게 되었다.

생각을 지우며 신현은 내일 있을 회의를 떠올렸다.

가을이 되려나, 바람이 쌀쌀했다.

출근 전 정은은 네일 서비스를 받고 있었다. 조 전무에게 과외를 받느라 밤을 새워서 반쯤 졸고 있었다.

"조직이 좀 심플하면 좋겠어요."

잠꼬대처럼 흘러나온 말이었다.

회사가 커지니 보고받을 내용도 많아 헷갈리고, 뭐 하나 결정하려 하면 온 부서를 다 거쳐야 했다.

"한 달 전에도, 두 달 전에도 같은 말씀 하셨습니다. 김 회장님을 설득하기가 어려울 겁니다."

주식의 반을 넘기고 나서부터는 모든 결정을 할 때마다 김 회장의 동의를 받아야 했다. 딱 연구에만 집중할 수 있도록 회사 규모가 조금만 작았으면 좋겠다는 생각이었다.

"글쎄. 사업본부를 분리하는 방법도 있을 텐데."

네일 서비스가 마무리되었다. 살구색의 손톱에 정은은 가볍게 한숨을 흘렸다.

"역시 김 회장님이 동시에 승인하셔야 합니다."

자리에서 일어나는 동안 조 전무가 코트를 가져왔다. 정은에게 입혀 주며 조 전무가 위로하듯 말했다.

"그래도 오늘은 '글로벌 스태프 회의'가 열리는 날입니다."

지친 몸이 좀 깨어나는 느낌이다. 심장도 가볍게 뛰기 시작했다. 며칠을 기다린 날이었다.

'글로벌 스태프 회의'는 현일 최고위 임원들만 모아 놓고, 김 회장이 일을 벌이고 싶을 때 주최하는 일명 '김 회장 지시 회의'로 그 발표를 신현이 했다.

두근거리는 마음으로 집을 나서는 정은을 조 전무가 얼른 앞서 걸었다. 정은이 신기 좋도록 구두를 정리해 주고 문을 열어 줬다.

차에 오르며 정은은 최 기사에게 인사를 했다. 인자한 얼굴로 눈을 맞춘 뒤 최 기사는 핸들을 잡았다.

강변북로를 달리던 차가 어느새 여의도로 들어섰다.

정은의 긴장된 손가락이 스커트 위를 톡톡, 두드렸다. 회사 도로로 진입 중 정은은 자꾸만 시간을 확인하고 싶은 걸 참으며 창문 밖만 응시했다.

"준비가 시작될 시간입니다."

마침내 기대하던 순간이 되었다. 정은은 가볍게 숨을 들이쉬었다.

조 전무가 정은의 좌석 팔걸이에 설치된 화면을 켰다. 스크린에 회의장 모습이 들어찼다. 여러 명의 직원이 곧 열릴 회의를 준비하고 있었다.

수많은 사람 사이에서 유독 신현만 눈에 띄었다. 큰 키와 넓은 어깨, 셔츠에 감싸인 탄탄한 근육, 넥타이도 착용하지 않은 흰 와이셔츠.

정은의 입가에 미소가 그려졌다. 고개를 숙이고 있어 얼굴이 보이지 않는데도.

좌석에 몸을 더 깊숙이 기대며 정은은 신현이 얼굴을 들길 기다렸다.

직원들이 생수와 배포용 자료를 빈자리에 놔두는 동안, 신현은 혼자 발표석에 선 채로 자료를 외우고 있었다. 김 회장이 이 회의를 소집하는 날이면, 정은은 대주주 자격으로 회의의 모든 과정을 볼 수 있었다.

자료를 따라 읽던 신현이 눈을 떼며 중얼거리기를 반복했다. 여전히 고개를 숙인 채였다. 옛날에 정은이 그랬듯, 직원들이 일하는 중간중간 그를 흘끔거렸다. 주변이 아무리 시끄러워도

자기 일에만 몰두해 있는 스타일이어서 그런지 더 애를 태운다. 뭔가 괜히 심술을 부려서라도 저 집중력을 흩뜨리고 싶은 마음이랄까.

열심히 외우던 신현이 잠시 안경을 벗어 닦았다. 긴장했을 때의 버릇이다. 정은은 그 움직임을 유심히 관찰했다. 엄지와 검지를 이용해서 꾹꾹 눌러 닦는다. 오늘 의제가 무엇인지 궁금해졌다. 원래도 발표에 부담을 가지는 스타일이긴 하지만 오늘은 유독 긴장해 있다.

내비게이션 옆에 설치된 화면을 흘끔거린 조 전무가 한마디 했다.

"숫자나 전문 용어를 어려워할 사람은 아닌데요. 대체 항상 뭘 저렇게 외우는 거죠?"

"그냥 말일 거예요. 인사말이나 자연스럽게 말하는 연습, 그런 거요."

정은이 대답하자, 조 전무가 '아.' 소리를 내며 고개를 끄덕였다.

"그렇겠네요."

시선을 신현에게 둔 채로 정은이 물었다.

"승진, 올해 가능하겠어요?"

곧 인사 철이었고, 신현은 올해부터 전무 승진이 가능한 연차가 된다.

"어림없습니다. 나이도 한참 어린 데다 외부 영입이라서요. 실적으로야 따 놓은 당상이지만, 아시잖습니까. 문제는 김 회장입니다. 이번에 아들인 강 상무도 전무 승진 연차인데 둘이 같은 쿼터 내에 있어서."

조 전무의 설명에 정은은 고개를 끄덕였다. 어떤 능력을 대도 핏줄을 이길 순 없다. 그러니 시기 좋은 내년에 정은이 밀어 올려 주는 게 전략상 유리했다.

"조만간 차 상무 실적 잘 정리해서 언론에 좀 뿌려 주세요."

선물을 전달할 사이는 아닌 것 같고, 올해 생일 선물은 이걸로 때우면 되지 싶다.

"그렇게 하겠습니다만, 대세를 바꾸진 못할 겁니다."

"내년에 무리 없게 작업해 두라는 뜻이에요."

"네."

내년에 신현이 전무로 승진을 하면 팀장인 자신과 격차가 벌어지는 게 마음에 안 들긴 한다. 감정적으로도, 침대에서도 열위에 있었으니 적어도 사회적으로는 신현보다 우위에 있고 싶어서였다. 문득 ㈜현일의 이사회 멤버로 있는 게 다행이라는 생각이 들었다. 적어도 신현이 ㈜현일에 근무하는 동안에는 정은이 서열상 위에 있다고 할 수 있으니까 말이다.

다시 안경을 끼며 집중하는 신현의 움직임에 정은의 시선이 자연스레 따랐다. 비싼 값을 치렀지만 이렇게 지척에서 볼 수 있는 날이 있어 좋았다.

그러니까 저 모습이 정확히 얼마짜리더라.

비틀린 마음으로 정은은 계산기를 두드려 봤다. 기회비용까지 생각하면 수천억대다. 입사 제안에 들인 돈은 또 얼마였던

가. 백지 수표에 흔쾌히 들어온 걸 보면 역시 돈 좋아하는 남자인 건 확실했다.

얼마를 날렸든 이렇게 보는 것만으로도 숨통은 트이니 정은에게는 수지맞는 취미 생활이다. 그러니 차신현, 이 호구에게 얼굴은 좀 보여 줘야지.

'고개 좀 들어 봐.'

정은이 마음속으로 속삭인 것과 동시였다. 마침내 발표 준비가 된 건지, 아니면 시선이라도 느낀 건지 신현이 정은을 향해 천천히 고개를 들었다.

잘 빚어낸 이마부터 콧대까지의 선, 부드러운 입술, 화면을 똑바로 바라보는 눈빛까지 마침내 정은의 시야에 완벽하게 들어왔다. 정은도 시선을 피하지 않고 똑바로 마주 봤다.

숨을 죽이고 바라보게 된다. 특유의 쌀쌀맞은 분위기 때문인지, 아니면 위압감 때문인지 괜히 기가 죽는 느낌이다.

발표 준비가 끝났나 보다. 신현이 주머니에서 넥타이를 꺼냈다. 그의 얼굴에서 모든 긴장이 가시고 담담한 평안함이 자리했다. 넥타이를 목에 매는 동안 팔과 어깨의 움직임을 정은은 가장 좋아하는 작품을 감상하듯 즐겁고 느긋하게 관찰했다.

그때 회의장 앞문이 열리고 직원 한 명이 커피 전문점 상호가 찍힌 종이 트레이를 양손에 들고 들어왔다. 정은의 눈에 익은 여자였다.

커피를 책상에 놓으며 신현을 살피는 여자의 눈길에 정은의 감각이 예민해졌다. 다른 직원들이 알아서 커피를 찾아가는 동안에도 그 여자는 저번처럼 자꾸 신현만 흘끔거렸다.

"또 심 대리네요."

조수석에서 다른 화면으로 보고 있던 조 전무는 대수롭지 않아 했지만, 정은의 머릿속엔 여자의 프로필이 주르륵 떴다. 차신현 주변을 얼쩡거리는 여자들의 정보는 다 꿰고 있는 그녀였다.

심 대리라고 불린 여자가 커피를 들고 다가가 인사를 건넸다. 고개를 돌린 신현이 붉은 뺨의 여자를 응시했다. 여자가 그를 올려다보며 수줍은 표정으로 무언가를 물었다.

목이 말랐다. 신현이 여자에게 답하는 걸 기다리는 동안 정은의 손이 빈 목덜미를 쓸었다.

여자의 표정으로 정은은, 여러 잔의 커피를 사 온 이유가 사실은 저 한 사람에게 주기 위한 핑계였다는 걸 눈치챘다. 마이크를 착용하지 않은 상태라 신현의 대답은 들리지 않았다.

아마 '필요 없다.' 내지는 '커피 안 좋아한다.' 등 정직한 대답이었을 것이다. 그 싸늘한 반응에 여자는 잔뜩 실망해서 무안한 얼굴로 돌아섰지만 사실 그럴 필요는 없었다. 저건 그냥 낯선 사람을 경계하는 거지, 좋아한다거나 싫어한다는 감정을 드러내는 것이 아니었다.

차신현이 싫은 눈빛을 겉으로 드러내면서까지 보여 주는 상대는, 정은이 알기론 그녀 자신뿐이었다.

그런 점에 있어선 자부심을 가져야 하나. 다른 여자들에게 치는 저런 사소한 벽과는 차원이 달랐다. 유독 정은만큼은 절대 넘어오지 못하도록 쳐 두었던 높고 두꺼운 경계.

정은의 얼굴에 냉랭한 웃음이 걸렸다.

"저 직원, 다른 데로 발령시키세요. 보상은 알아서 해 주시고."

거절당하면 더 안달 내며 다시 도전하게 되는 법이다. 낮은 벽이든 높은 벽이든, 다른 여자들이 넘보게 놔두고 싶지 않았다. 조 전무가 알아서 좋은 자리로 배치해 줄 것이다.

"네."

가타부타 없이 대답했지만, 이어 조 전무는 직설적으로 충고했다.

"덧없는 일입니다."

조 전무는 시키는 일은 잘해도 달콤한 거짓을 말해 주진 않는다. 묻는 표정으로 응시하자 조 전무가 설명을 덧붙였다.

"괜찮은 여자들이 주변에서 없어진다고 해서, 남자는 싫어했던 여자를 뒤돌아보지 않습니다. 특히 끔찍하게 싫어했던 경우는 더."

삐딱하게 웃으며 정은은 다시 화면에 집중했다.

뚜뚜뚜. 조 전무의 휴대폰이 울렸다. 정은과 관련된 전화인지 조 전무는 바로 통화 버튼을 눌렀다. 차내의 모든 잡음이 사라지고 휴대폰 상대방의 목소리가 들렸다.

— 회장 비서실입니다. '글로벌 스태프 회의' 의제가 방금 오픈되었습니다.

이 회의의 의제는 당일에야 공개되곤 했다. 조 전무가 묵묵히 듣자 상대방이 공손하게 말을 이었다.

— 현일바이오의 사업본부 정리 안案입니다. 혹시 신정은 이

사님께서 참석 가능한지 여쭈려고 전화 드렸습니다.

의제를 듣는 순간 놀란 조 전무가 백미러 너머로 쳐다보았지만, 정은은 신현의 모습에 시선을 둔 채였다. 저 파격적인 제안이 누구의 머릿속에서 나왔는지 대충 알 만했다. 얌전한 얼굴로 뭘 저렇게 성실히 준비하나 궁금했는데, 깜찍하게도 그녀의 회사를 뒤집는 일이었다.

어떤 사업본부일까 정은은 가늠해 봤다. 내 속을 들여다볼 순 없을 테니 아마 화장품 사업본부는 아닐 것이다.

통화 상대방이 조 전무의 답변을 기다리고 있었다. 이제까지 정은이 대주주로 공식적인 자리에 모습을 드러낸 일은 한 번도 없었다.

"신 이사님은 현업으로 바쁘셔서요. 이번에도 제가 참석하겠습니다."

— 알겠습니다. 자료 보내 드리겠습니다.

통화가 끊겼다. 화면 안의 세상에서는 얼추 회의 준비가 끝나고 최종적으로 음향을 점검 중이었다. 핀 마이크를 재킷에 꽂은 신현이 '들립니까?'라고 맨 뒷사람에게 질문하는 목소리가 정은의 귀에 감겼다. 차고도 감미로운 이 목소리를 지척에서 듣고 싶었다.

정은은 시간을 확인했다.

아침 8시. 회의 시작은 1시간 뒤였다.

"사업본부 분리라……. 그 정도 핑계면 적당하지 않아요?"

아무리 무관심한 주주라도 그 정도 사안이면 얼굴을 보일 명분이 충분하니 크게 의심을 사지 않겠냐는 뜻이었다. 내가 저 회의에 참석하지 않는 걸 알고 저 남자가 내 코를 베어 김 회장에게 갖다 바칠 수도 있지 않은가. 무엇보다, 내 조직에 칼을 댈 거라면 이쪽에서도 실리를 따져 뭐라도 받아 내야 했다. 제천에 땅도 많으니 제2공장이나 세우게 이참에 좀 넘겨주면 좋으련만.

조 전무가 백미러로 정은을 바라봤다. 조 전무는 눈치가 빨랐다.

"차, 돌릴까요?"

아까 그 여자처럼 가까이서 그의 얼굴을 보고 싶었다. 그럼 보러 가면 된다.

감시하는 끄나풀이 그 근처에 있다 해도 업무상 자리인데 어쩌겠는가. 수작 거는 것만 자제하면 될 거였다.

"옷 갈아입고 화장 좀 고쳐야겠어요."

조 전무가 고개를 끄덕였다.

"우선, 직접 회의 참석하신다고 알려 두겠습니다."

최 기사가 유턴을 하기 위해 차선을 바꿨다.

"두 분, 오랜만에 뵙겠네요. 저도 그 장면 구경 좀 하고."

정은은 뭘 입을까 고민했다. 회의에 좀 늦겠지만 상관없었다. 그를 보는 날은, 정은이 세상 누구보다 예뻐야 하는 날이었다.

태준은 김 회장 뒤를 따르고 있었다.

김 회장이 들어서자 계단식으로 된 회의장 안의 모두가 일제히 일어났다. 대주주나 계열사 대표들만 참석할 수 있는 자리이다 보니, 상무인 태준은 참관석에 앉아야 했다.

휙 둘러보는데 잘난 사람들 속에서도 차신현이 제일 먼저 눈에 띄었다. 검은색 풀 정장에 푸른색 넥타이, 재킷엔 핀 마이크를 착용한 채로 연단에 서 있다. 그룹 회의체로는 실질적으로 가장 중요한 자리인데도, 기조실장이 아닌 상무 나부랭이가 발표를 한다.

근래에 김 회장이 승인하는 주요 의제는 다 '기조실 차 상무' 기안이라는 소문이 파다했다. 김 회장 주머니에 수천억을 채워줬지만 아직까지 회장실 출입을 못 하게 한다고 들었다. 그 사실에 태준은 오히려 초조함을 느꼈다.

차신현.

과학고, 한국대 둘 다 입졸 수석. 아이비리그에서 석사 취득 후, 글로벌 컨설팅사에서 근무. 그룹 역사상 최초로 서른한 살에 상무로 화려하게 입사. 전형적인 초특급 엘리트 인재로 주변 수컷들 신경질 나게 하는 프로필이지만 태준이 쥐고 있는 것과 비교해 본다면……. 그래 봤자 평생 닿지 못할 곳을 향해 용쓰는 피라미 한 마리.

그의 여동생 태희의 마음을 열심히 흔들고 있다고 들었으나, 이 세계는 이종교배를 절대 용납하지 않는다는 것을 잘 알 것이다.

자료를 다 읽은 좌중들이 하나둘 연단을 응시하고 마침내 김 회장이 고개를 들었을 때에서야 차 상무는 침묵을 깼다.

"안녕하십니까."

범생이 같은 외모에 비해 굵고 명확한 목소리. 저 목소리를 들을 때마다 깜짝깜짝 놀라곤 했다.

"기획조정실 차신현입니다. 오늘 의제는 현일바이오의 화장품 사업본부 분리입니다."

천천히, 또렷하고 부드럽게.

보고는 그렇게 시작됐다.

"우선 분리 목적부터 설명 드리고, 제반 비용 및 효과, 향후 계획을 차례로 말씀드리겠습니다."

이미 페이퍼로 공유된 만큼 요약된 내용만 짧게 보고하는 형태였다. 현일바이오의 화장품 사업본부는 현재는 적자 상태지만, 장기적으로 그룹에 큰 이익을 가져다줄 사업이니 현일화학으로 편입하라는 내용이 보고의 골자였다.

현일 내에서 프레젠테이션 잘하기로 가장 유명했다. 특별히 재치가 있는 것도 아니고, 문어체의 말투인데도 불구하고 정신을 바짝 차리게 만드는 힘이 있다. 일말의 긴장도 느껴지지 않는 저런 자신감은, 본인이 타고났다는 확신이 있어서일 것이다. 저 잘난 모습을 지켜볼 때마다, 혹시 우리와 다른 인류인가, 혹은 더 발전된 種(종)이 아닐까, 그런 비틀린 생각을 하곤 했다.

발표가 끝났다. '이상, 보고를 마치겠습니다.'라는 흔한 마무리였다. 아무리 복잡한 의제여도 5분을 넘기는 법이 없다. 첫 침묵을 깬 것은 화장품 사업본부를 떠안게 될 현일화학 사장이었다.

"가만 보자. 첫해 112억 적자라. 어떻게든 줄여야 할 텐데. 판매 관리비를 덜어 내면 예상 이익이 얼마고? 지금 이 자리에서 계산 가능한가?"

황당하고 터무니없었다. 그런데도 회의장 내의 시선이 일제히 연단을 향했다. 이젠 모두 알기 때문이다. 이런 급작스러운 질문에도 대답할 수 있는 사람이 존재한다는 걸.

안경을 올리며 차신현이 현일화학 사장에게 되물었다.

"판관비를 얼마나 줄이실 수 있습니까?"

"겹치는 인원을 우리 쪽으로 흡수하면, 음, 30% 정도. 그럼 예상 이익이 얼마인고?"

우스꽝스러운 광경이었다. 목을 빼고 신기한 표정으로 구경하는 임원들은 마치 초등학생 같고, 머릿속만 움직이는 차신현은 퀴즈 프로그램의 꼭대기까지 올라간 우승자 같다.

"현재 시장 상황과 같다는 가정하에, 마이너스 84억 7,000입니다."

결국 적자라는 답변이건만 다들 감탄사라도 내며 물개 박수라도 칠 듯한 분위기였다.

"그럼 그 상황에서 흑자가 되는 건 몇 년 후고, 얼마를 예상하는가?"

이번에도 긴 시간이 걸리지 않았다.

"4년 3분기, 54억 초반 2,000 예상됩니다."

그 숫자를 바탕으로 본격적인 회의가 시작되었다. 필요할 때마다 다시 묻는 질문에 무표정하게, 기계처럼 답하는 모습에 태준은 헛웃음을 터뜨렸다.

'저 새끼, 인간 맞나?'

두 눈으로 보면서도 믿기지 않았다. 주변의 증언에 의하면 비단 경영 상황뿐만이 아니라고 했다. 하다못해 날씨 예측처럼 처음 접하는 분야도, 이전 통계만 주어지면 바로 그 자리에서 데이터를 분석하고 패턴을 학습한 다음, 새롭게 주어진 숫자들을 알고리즘에 맞게 시뮬레이션해서, 최적화된 숫자를 뽑아낸다고 했다. AI와 그 방법이 흡사하니, '알파고', '인간 컴퓨터', '슘페터'라는 별명이 틀린 건 아닌 셈이다. 더 나아가면 제길, 지진도 예측하게 생겼다.

'저런 능력을 가진 사람이 있긴 했지.'

알기에, 태준뿐만 아니라 현일에 오래 근무한 사람들은 아직 저 능력에 대한 전설을 기억할 것이다. 그러니 김 회장을 홀리기 위한 사기극일 가능성이 농후했다.

논의가 끝났다. 곧 흑자라고 하니, 현일화학이 현일바이오의 화장품 사업본부를 받는 게 이익이라는 결론이었다. 자리에 놓인 생수병을 들며 태준은 잠시 갸웃했다. 사실 이제까지 화장품 사업본부를 키운 건 현일바이오였다. 분명 적당한 대가를 치러야 했다. 그런데 지금 분위기는, 정작 신정은은 참석도 안 했고 어차피 사업도 잘 모른다 하니 대충 헐값에 교환하는 방법으로 처리할 눈치였다.

이제 김 회장이 결론을 내릴 차례였다. 문득 사람들 사이로 수군거림이 들렸다. 태준은 사람들의 눈길이 향하는 곳을 보았다. 나이 지긋한 대표들도 서둘러 일어나, 고개를 숙여 인사를 했다.

신정은. 현일바이오 공동 최대 주주.

수행 임원이라는 조 전무를 뒤에 달고 회의장으로 들어서고 있다. 태준의 미간이 좁혀졌다.

쟤가……, 저렇게 예뻤나.

감색 투피스 차림에 자연스러운 화장인데도 눈길을 확 끈다. 늦어서 죄송하다는 뜻으로 연단과 김 회장 쪽에 가볍게 고개만 까닥한 정은이 김 회장과 동등한 위치의 상석으로 걸어왔다. 조 전무는 착석하는 대신 회의장 출구 근처에 섰다.

회의 진행 직원이 자료를 건네주다 바닥에 떨어뜨리자, 정은이 직접 몸을 숙여 주웠다. 재킷 안에 입은 이너 웨어의 선이 낮아서인지 가슴이 도드라졌다. 그 모습에 태준은 괜히 헛기침을 했다.

회의장 내에 긴장감이 흘렀다. 정은이 자리에 착석하고 열의 없는 눈길로 대충 자료를 훑을 때까지 모두 말없이 기다렸다.

"이 기안, 어떻습니까, 신 이사?"

마침내 입을 연 김 회장은, 대주주인 정은의 입장을 물었다.

"바이오의 화장품 사업본부를 계열사인 화학으로 편입한다는 내용입니다."

김 회장 본인 독단의 결정이 아니라는 걸 회의를 통해 알려 두는 절차일 테다. 임원들이 비밀스러운 눈짓을 나누는 게 시야에 들어왔다. 아무도 정은에게 알아 두어야 할 사항을 말해 주지 않을 기세였다.

"신 이사님."

후우, 한숨 속에서 태준은 자신이 목소리를 내고 말았다는 걸 깨달았다. 그만큼 본능에 가까운 행동이었다.

"참고로 알려 드리면, 화장품 사업본부는 현재는 적자지만 곧 흑자 전환을 할 거라는 의견이 있었습니다."

실내의 대부분이 의아하게 쳐다봤지만 태준은 그냥 어깨만 으쓱해 보였다. 곤란에 처한 숙녀가 주변에 있는데 신사가 어찌 가만있을 수 있단 말인가.

"곧 흑자 전환을 할 본부라면……."

이 많은, 쟁쟁한 사람들 사이에서 말을 꺼냈는데도 정은의 어조는 지루하고도 또렷했다. 자신에게 말을 거는 건가 싶어 태준은 상체를 곧추세웠다.

"……제 입장에서 굳이 사업을 넘겨야 할 특별한 이유가 있습니까, 상무님?"

'상무'는 태준도 상무지만 느낌이 자신을 칭하는 게 아니다. 누구에게 묻는지 궁금해서 시선을 따라가 봤다. 차신현이다.

발표자였고 회의의 중심이었으니 당연하긴 했다. 회의장의 모두가 숨을 죽이고 두 사람을 주시했다.

'가만, 둘이 아는 사이 아닌가?'

저 집안 후원으로 컸다고 들었는데. 정면으로 서로를 바라보는 눈길로는 마치 초면처럼 보인다.

차신현은 명료한 어조로 운을 뗐다.

"바이오의 사업성을 우선으로 두고 시작한 기안입니다."

현재 내용만 봐선 신빙성 없는 이야기였다. 이번엔 통계나 예시도 없었다. 아무리 봐도 현일 전체의 이익을 위한 기안이지 현일바이오를 위한 기안은 아니었다.

정은이 답을 기다렸고 차신현이 이어 설명했다.

"혁신 없이는 성장할 수 없는 업종입니다. 현재처럼 계속 규모만 커진다면 연구에의 집중이 어려워질 겁니다."

담담한 목소리로 덧붙인 부연 설명이었다. 외부 컨설턴트가 딱 주주에게 해 주는 조언처럼 제법 그럴듯했지만, 사실 차 상무가 김 회장의 직속 임원인 건 모두가 알고 있었다.

신현이 대주주를 대하는 예의 바른 어조로 마저 발언을 마무리했다.

"앞으로도 바이오는 회사 무게를 가능한 한 가볍게 가져가는 것에 방점을 두셔야겠습니다."

정은은 섣불리 수긍하지도, 의구심 어린 시선을 보내지도 않았다. 오히려 자신의 손톱을 내려다보고 있었다. 누가 봐도 사업에는 별반 관심 없어 보이는 외모와 표정이었다. 정은이 다시 입술을 연 건 조금 시간이 지나서였다.

"잘 키운 사업본부입니다. 교환 조건도 생각해 두었을 듯한데……."

묘하게 상대방을 도발한다는 느낌이 드는 어조였다. 태준은 눈을 가늘게 뜨고 골똘히 생각에 잠겼다.

"설마 헐값에 넘기라는 보고는 아니실 거고요."

왜인지 알겠다. 명백히 아랫사람을 대하는 상사의 말투.

한데 막상 그 상대방은 눈치를 못 챈 건지, 아니면 당연하게 여기는 건지 크게 신경 쓰지 않는 분위기였다. 대주주와 기조실 임원이니 당연히 그럴 테지만.

다들 어떤 답이 나올까 숨을 죽이는 동안, 차신현이 기조실장에게 눈길을 주었다. 이어 기조실장이 김 회장에게 눈길을 주었고, 김 회장이 허락의 뜻으로 가볍게 고개를 끄덕였다.

"본 회의는, 순전히 화장품 사업본부의 편입 여부만을 논의하기 위한 자리입니다만……."

차신현의 시선이 정은에게 닿았다. 옅은 색의 부드러운 머리칼에서 내리깐 눈, 손까지 차갑게 훑는다. 그 눈길을 느꼈는지 손톱을 내려다보던 정은이 손을 천천히 감아쥐었다.

냉랭한 시선과 다르게 그의 어조는 매끄러웠다.

"교환 조건으로 화학 소유의 부동산이 넘겨질 겁니다. 기조실에서는 현일바이오의 제2공장 설립을 추진하고 있습니다."

정은은 잠시 움직임이 없었다.

태준도 뒷머리를 맞은 기분이었다. 화장품 사업을 넘겨 마련한 돈으로 연구에만 집중하라는 뜻이다. 최근 조 전무가 공장 부지를 수소문한다는데 이게 우연인지도 알 수 없었다.

아무 표정 없는 남자를 정은은 곰곰이 생각에 잠긴 눈으로 마주 봤다. 실내에 이상한 긴장이 들어찼다.

연단의 남자에게 정은은 부드럽게 미소를 지었다.

"제2공장 설립은 차 상무님으로부터 약속받은 거로 알겠습니다. 그동안 고생 많으셨습니다."

정은이 감사의 뜻으로 가볍게 고개를 숙여 보인 뒤 김 회장을 향했다.

"저는 기조실 의견에 따르겠습니다."

김 회장이 고개를 끄덕이곤 자리에서 일어났다. 그 움직임에 모두가 일제히 자리에서 기립했다. 여성임에도 다소 차고 강한 분위기에, 사장들이 자세를 똑바로 하는 것이 눈에 보일 정도였다.

"최종 방향은 기조실장에게 전달하겠습니다."

언급한 기조실장에게 고개만 끄덕여 보이고 김 회장이 그 자리를 나섰다. 김 회장 뒤를 따르다가 태준은 다시 정은을 응시했다. 현일바이오의 '꼴통 대주주'라고 불리는 신정은. 그래서 멍청하고 예쁘고 돈만 많은 여자라고 여겼다.

아닐 수도 있겠다는 생각이, 문득 들었다.

회의장은 회사 내 서열대로 나가는 게 관례였다.

김 회장이 나서고 정은이 그 뒤를 차례로 나설 때까지, 회의장 내에 기립한 임원 중 아무도 움직이지 않았다. 회의장을 나서자 바깥을 지키던 보안실 직원들이 일제히 고개를 숙였다. 조 전무가 정은의 옆에 붙어 섰고, 정은은 엘리베이터로 향했다.

"신 이사."

자신을 부르는 소리에 반사적으로 돌아보니 강태준이었다.

"오랜만이네."

태준이 정은에게 가까이 걸어왔다.

"안녕하세요, 상무님."

묵례를 한 조 전무가 눈치껏, 멀찍이 섰다. 회의장 문을 통해 계열사 사장들이 순서대로 빠져나왔다. 저만치 열린 회의장 문 사이로, 신현이 재킷에서 핀 마이크를 빼는 모습이 정은의 시선에 들어왔다. 직원 한 명이 얼른 다가가 그 마이크와 랩톱을 받았다. 마르고 긴 손가락이 여기서도 그려졌다.

"회사에서 만나니……, 음, 반가워서."

신현에게서 시선을 떼고 정은은 태준과 눈을 마주했다. 혼담 깨진, 세상 불편한 이 관계에 속을 알 수 없는 인사였다. 지나가던 임원들이 인사를 하면서도 호기심 어린 눈길을 숨기지 못했다.

정은은 정중하게 웃었다.

"네."

"이후 일정이 어떻게 되지?"

"한 시간 뒤에 회의가 있어요."

답을 하는 동안, 이상한 끌림에 정은은 고개를 돌렸다. 신현이 기조실장과 회의실을 나오고 있었다. 서너 발짝 떨어진 거리에서 시선이 마주쳤다. 예전엔 혐오뿐이었는데 이제 멸시까지 덧붙여졌다.

거리가 가까워진다.

기조실장이 대화를 방해하지 않기 위해서인지 정은에게 눈으로만 인사했다. 신현도 고개를 숙여 정은에게 인사했다. 상무가 대주주에게 인사를 하는 건 당연했지만, 의례적이고도 무신경한 그 인사에 정은의 심사는 한껏 뒤틀렸다.

그렇게 신현이 정은을 지나치던 때였다. 정은이 그의 움직임을 따라 몸을 반쯤 틀었다.

"……차 상무님."

차신현에 대한 반사 작용 같은 거였다. 그가 어떤 행동을 하든, 정은은 늘 그에 맞춰 반응해 왔으니까.

자신을 부르는 호칭에 신현이 멈춰 섰다. 슈트에 감싸인 커다란 등이 딱딱하게 굳는다.

신현이 완전히 돌아볼 때까지 정은은 충분히 기다렸다. 주변 임원들도 가던 걸음을 멈추고 그들을 바라봤다.

"네, 이사님."

신현이 건조하게 대답했다. '이사님'이라는 호칭과 감정 없는 목소리가 정은의 속을 묘하게 긁었지만 정은은 나긋한 목소리로 입을 열었다.

"화장품 사업본부를 넘기고 난 후 현일바이오의 예상 실적에 대해선 보고를 안 해 주셔서요."

기조실장이 당황해하며 정은을 바라보다가 하하, 인자한 웃음을 터뜨렸다.

"아, 신 이사님, 그건 곧 우리 쪽에서 곧 페이퍼로, 여기, 조 전무를 통해……."

"기조실장님, 저는……."

정은이 기조실장의 말을 가볍게 잘랐다. 신현에게 시선을 둔 채로 정은은 양해를 구한다는 미소를 지었다.

"……차 상무로부터 대면 보고를 받겠습니다."

부드럽게 말했는데도 순식간에 분위기가 싸해졌다.

정은은 현일바이오 오너이긴 하지만, 엄밀히 말하면 팀장이라는 직급 외에는 그룹 내에서 정확한 직함이 없는 상태이므로 신현이 정은에게 보고를 할 의무는 없었다. 다만 정은이 신현이 근무하는 ㈜현일의 이사회 멤버이기는 해서 정은의 요청을 무작정 거부하기가 애매한 것도 사실이었다.

나이 든 기조실장의 얼굴이 붉어졌고, 태준은 날카로운 눈동자로 양쪽을 번갈아 봤다. 이 팽팽한 긴장 속에서 고요한 건 오직 신현과 정은뿐이었다. 그렇게 주변 모두가 사라지고 둘만 남겨졌다.

정은이 대답을 기다리듯 미소 띤 얼굴로 신현을 마주 봤다.

"네, 그러겠습니다."

신현이 상사에게 답하듯 순순히 답했다.

"조 전무로부터 날짜와 장소를 전달받도록 하겠습니다."

이렇게까지 했는데 저 무관심은 깨지지도 않네. 내심 감탄하면서도 정은은 입술 끝을 올리며 만족스럽다는 표정으로 웃었다.

"네, 그러시죠."

가 봐도 좋다는 뜻으로 정은이 고개를 끄덕이자, 신현이 윗사람에게 하듯 정중하게 몸을 숙였다. 동요를 감춘 채 정은도 그 모습을 마주 바라봤다.

그들이 자리를 뜨는 동안 어색한 분위기를 가라앉히기 위해

태준이 제안했다.

"차나 한잔하지. 음, 시간 날 때."

엘리베이터에 오르는 기조실장과 신현의 뒷모습이 시선에 들어왔다. 신현이 이쪽으로 몸을 돌려 정면을 응시했다. 먼 거리에서 다시 시선이 마주쳤다.

이번엔 비웃음이 깔린 눈빛. 더 싫어졌나 보다.

자존심 때문에 정은도 똑같은 비웃음을 눈에 담고서 그를 마주 보았다.

"네."

열의 없이 대답하는 동안 엘리베이터 문이 닫혔다.

동시에 정은의 미소가 허물어졌다. 질척대며 괴롭힌 건 분명 자신이었는데 멀쩡하기만 한 저 남자와는 달리 정은의 가슴은 누가 할퀴기라도 한 듯 따갑기만 했다.

어차피 가질 수 있는 남자도 아니었다.

그러니 이렇게라도 얼굴을 보고 살 수 있으면 그걸로 됐다고…… 정은은 그렇게 합리화했다.

키메라

혜조의 살림을 도와주는 김천댁은 일주일에 두 번 신현의 집 안일도 도와준다.

그렇게 김천댁이 오는 날이면 신현은 새벽부터 잠을 설치곤 했다. 오래 알아 온 사이여도 아침부터 타인과 얼굴을 맞대는 것은 여전히 불편한 일이어서였다. 하지만 오늘 잠을 설친 건 꼭 그뿐만은 아니었다.

출근 준비를 마치고 나오니 김천댁이 그릇에 국을 담고 있 었다.

"밥 먹어야지."

"그래야죠."

신현은 정수기에서 물을 한 잔 따르고 식탁에 앉았다. 소고 기미역국이 그의 앞에 놓였다. 그러고 보니 생일이었다. 헛옷

음이 나왔다. 이 기가 막힌 날짜 선택이 우연은 아닐 거였다.

"이사장님이 '차 상무 생일상 챙겨 줘라.' 하시더라. 그제야 생각났지 뭐니."

신형욱의 아내이자 그가 자란 복지원의 이사장인 혜조는 그의 생일을 잊지 않고 매년 기억해 주는 유일한 사람이었다. 그 날짜가 진짜 생일도 아닐 텐데 말이다.

"이번 주말에 청담동으로 오라고 하시던데."

"네."

국을 한 숟갈 뜨며 신현은 휴대폰으로 어제저녁에 조 전무에게 미리 보내 둔 파일을 열었다.

"그놈의 밥상머리에서 글자 내려다보는 버릇은, 여적 고쳐지지가 않니."

방금 무친 나물을 가져오던 김천댁이 혼내는 얼굴을 했다.

"중요한 보고가 있어서요."

나물 그릇을 내려놓던 김천댁이 신현의 차림새를 살폈다. 시선이 그의 넥타이에 닿았다.

"넌 남색이 참 잘 어울리더라. 피부색 때문에 그런가."

국을 뜨던 신현의 손이 잠시 멈췄다가 느리게 움직였다.

"감사합니다."

그가 밥 먹는 모습을 흐뭇하게 보던 김천댁이 다시 싱크대로 향했다.

설거짓거리를 정리하던 김천댁이 평소처럼 이런저런 소식들을 전달해 주었다. 이사장님이 요즘 복지원 일로 바쁘고, 신 박사님 연구가 오늘 아침 뉴스에 나왔고 등등. 매주 화목의 아침은 이랬다.

신현은 귀로는 김천댁의 말을 들으면서, 눈으로는 파일의 전체 내용을 훑었으며, 한 손으론 밥술을 떴다.

"그 뭐라더라. 박사님이 유전자 조작한 배⋯⋯, 뭐냐, 그것 때문에 이사장님은 어제 또 기자들이랑 통화하셨다. TV에도 곧 나온다더라."

유전자 조작 배아*. 신형욱 박사의 연구는 목표를 향해 착착, 순조롭게 달려가고 있었다. 인간을 입맛에 맞게 제조할 날이 곧 다가온다는 뜻이다.

"우리 경호는 만나는 여자가 생겼다고 하고."

"잘됐네요."

경호는 김천댁의 아들이었다.

"금요일에, 이사장님 안 계신 동안 정은이 왔다 갔고. 조 전무인가, 그 뻣뻣한 남자도 같이 왔더라. 걔는 이번에도 밥을 한 끼도 안 먹고."

신현은 휴대폰에서 눈을 떼고 숟가락을 들어 국을 한술 또 떴다. 그 앞에서 정은의 이름을 말할 때면 김천댁은 살짝 머뭇거리곤 했다.

"다이어트인지 뭔지 한다고 애가 빼짝 말랐어. 돈이 많으면

---

* 胚芽. 인간의 배아란 수정란이 첫 번째 세포 분열을 시작하여 '태아'가 되기 전까지를 말하며, 일반적으로 임신 8주 이전까지를 말한다.

뭐 하니, 먹고 싶어도 먹지를 못하는데."

그릇들을 식기세척기에 넣으며 김천댁은 쯧, 혀를 찼다. 신현은 여전히 파일에 시선을 둔 채였다.

"채소 쪼가리만 먹으면서 휴대폰으로 음식 사진 보더라. 딸기 생크림에, 무슨 홍콩 만두, 그 뭐냐, 휘, 휘나? 그런 빵이랑, 또……, 마카드, 초콜릿? 죄 칼로리 높은 것들."

그렇게 김천댁의 소식이 이어졌지만 신현은 끝까지 듣지 못했다. 보고에 자신이 먼저 도착해서 기다리려면 지금 곧 나가야 했다.

양치를 하고 차 키를 챙기는 동안, 식기세척기가 작동되는 소리가 났다. 냉장고를 열고 반찬을 정리하던 김천댁이 현관으로 걸어왔다. 나가기 전 신현은 김천댁을 돌아봤다. 현관에 서 있는 그에게 김천댁이 궁금한 눈길을 던졌다.

"왜? 할 말 있어?"

신현은 주방 쪽에 짧은 시선을 던졌다가, 다시 김천댁의 눈을 마주했다.

"생일상 차려 준 거 고맙다고? 아님 부탁할 거 있어?"

김천댁이 웃으며 재촉했지만 어떻게 말을 시작해야 할지 떠오르지 않았다.

"아, 아닙니다."

"근데 왜 싱겁게 서 있어? 이럴 때 너, 되게 어수룩해 보여."

웃을 기회를 줘서 감사했다. 말하기가 수월해졌다. 쑥스러운 웃음을 지우며, 신현은 지나가는 어투로 덧붙였다.

"경호, 곧 한국에 들어오라고 해 주세요. 알고 계시는 그 교수, 12월 한 달간 한국에서 지낼 겁니다."

이번에는 김천댁의 말문이 막혔다. 더 말하기 어려워지기 전에 신현은 대화를 마무리했다.

"젊지만 최고 권위자입니다. 빠른 날짜 잡아 볼게요."

어버버 입을 열었다가 뭐라 말을 못 잇던 김천댁이 고개만 끄덕이고 나서야, 신현은 현관을 나섰다. 차에 오르며 버릇처럼 하루의 일정을 떠올렸지만 한 가지만 또렷했다.

오늘은 신정은에게 보고하는 것으로 하루를 시작하는 날이었다.

두근거리는 마음으로 출근하는 길이었다.

"강태희 씨가 서울로 발령받았답니다. 이사님과 같은 사업본부입니다."

조 전무의 보고에 엘리베이터에서 내리던 정은이 멈칫했다.

그렇게 떨어뜨리려 노력했는데도 결국 자석처럼 또 신현의 곁으로 돌아왔다. 신현의 서울 귀국에 맞춰 미국 발령으로 손을 써 놨더니, 동창회 참석하는 날마다 그 먼 비행까지 자처할 정도로 열성인 태희였다. 다른 여자들은 쉽게 치워 버릴 수 있지만 태희는 달랐다. 대꾸 없이 사무실로 향할 때였다.

"차 상무, 이사님 사무실에 도착했답니다."

조 전무의 보고에 전기와도 같은 긴장이 온몸을 달렸다.

회사 내에 정은의 사무실은 두 개였다. 하나는 인허가팀 안에 있는, 비록 팀장이지만 예우 차원에서 마련된 공식적인 사무실. 다른 하나는 9층 대표이사실 옆에 있는 정은의 비공식적인 개인 사무실. 신현이 보고하기로 되어 있는 곳은 바로 그 다른 하나였다.

조 전무가 문을 열어 주자 정은은 천천히 사무실에 들어섰다. 긴장을 감추기 위해 정은은 가볍게 숨을 들이쉬었다.

자신의 책상으로 걸어가며 정은은 조 전무에게 지시했다.

"전무님은 잠시 나가 계세요."

어떤 방해도 받고 싶지 않았다. 조 전무가 인사를 하고 나가자 사무실이 조용해졌다.

정은이 재킷을 벗어 옷걸이에 걸며 신현을 흘끗했다. 신현은 톤 다운된 그레이 슈트에 짙은 남색 넥타이 차림이었다. 악수를 청할까 싶었지만, 손이나 한번 잡아 보겠다는 수작인 걸 바로 눈치채지 싶다. 앉으라는 권유를 생략하고 정은은 자신의 자리에 앉았다.

시선을 들며 정은은 손을 툭, 가볍게 내밀었다. 보고서를 달라는 뜻이었다. 서로의 숨소리까지 들릴 만큼 가까운 거리였다. 보고서가 전달되는 동안에 손가락이 살짝 스쳤다. 손을 잡을 생각까지 했는데 겨우 스친 것만으로도 손끝이 바르르 떨렸다.

열이 오른 뺨을 감추기 위해 정은은 보고서 위로 고개를 숙였다.

"잠시 기다려 주실래요? 이 자리에서 바로 검토해 보게요."

신현이 선 채로 대답했다.

"네."

정은이 보고서 커버를 확인한 뒤 첫 페이지를 열었다. 보고서는 가독성 있게 잘 정리되어 있었다. 수년간 조 전무에게 잡혀 철야로 과외를 받으며 이런 어려운 용어들도 쉽게 이해할 수 있게 되었지만, 정은은 일부러 시간을 끌며 꼼꼼히 읽었다. 푹 파인 블라우스를 입고 왔으니 저 위치에서는 충분히 가슴골이 보일 만할 텐데 정수리에 닿는 시선만 따갑게 느껴졌다.

"여기가 제2공장 예비 부지 주소예요? 제천?"

제대로 확인하기 위해 정은은 재차 물었다. 그곳은 자신이 예전에 협상을 하다가 실패한 곳이었다.

"그렇습니다."

갸웃하던 정은은 천천히 고개를 끄덕였다. 기막힌 우연일 거였다.

"그래서 적자도 줄고, 시간이 지나면 연구에 집중하느라 시너지도 커질 거다, 그 뜻인가요?"

"네."

신현에게는 한때 우습게 여기며 갖고 놀던 여자에게 존댓말로 보고를 해야 하는, 더럽고 역겨운 시간일 것이다. 이 중요한 순간에 단답형의 대답은 마음에 들지 않았다. 길게 대답하게 할 만한 질문이 뭐가 있을까, 펜을 빙빙 돌리며 정은은 잠시 고민했다.

"한 3, 4년 뒤에는 어느 정도예요? 내 말은, 순수하게 사업 분할로만 얻어지는 영업 이익."

크게 궁금하진 않았지만, 이 자리에서 계산 좀 해 보라는 심심한 어투였다. 답이 나오기까지는 오랜 시간이 걸리지 않았다.

"현재 상황과 모든 것이 같다는 가정하에 4년 4분기, 70억 초반 예상됩니다."

나직한 목소리가 살갗을 휘감는 느낌이었다. 사무실을 채운 그의 체향도 오싹할 만큼 좋았다. 예전과 스킨 향이 달라졌나, 기억을 더듬어 봤다.

더 듣고 싶어서, 그리고 더 괴롭히고 싶어서 정은은 장난 섞인 어조로 질문했다.

"그럼 그다음 해는?"

"5년 4분기, 90억 후반 예상됩니다."

고개를 들어 상대를 확인했지만, 턱 주위만 다소 딱딱할 뿐 여전히 아무 감정도 내비치지 않는다. 열 받은 얼굴을 보고 싶은데 저 자존심에 참 잘도 버티네. 더 괴롭혀 줘야 반응을 볼 수 있을까.

"이렇게 다시 만나네요."

상하 관계로 만나는 이 상황이 정은은 좋다는 뜻이었는데, 답이 없다. 정은을 빤히, 뚫어질 듯 쳐다만 본다.

하긴 다시 만나지 말자고 했던 게 이 남자의 마지막 인사였다. 그 차가운 말이 또 가슴을 할퀸다.

다정한 눈웃음을 지으며 정은은 짐짓 생각해 주는 어조로 물었다.

"일하면서 힘든 건 없어요?"

안경 너머의 시선이 냉랭했다.

"없습니다."

슬슬 열이 오른다. 이 엿 같은 상황이 아무렇지 않을 정도로 이제 그녀가 별 의미 없다는 뜻인가 보다.

"내가 도와줄 일은?"

"괜찮습니다."

비스듬한 미소를 띤 채로 신현을 올려다봤지만 속은 뜨거웠다.

이렇게까지 하는데 너는, 왜 아무 감정도 내비치지 않지. 여기서 보고서를 바닥에 떨어뜨리고 주워 달라고 하면 혹시 감정을 드러내 줄까. 그것도 아니면…….

"하긴 차 상무님은 업무 능력도 뛰어나지만 다른 훌륭한 재주도 많죠."

가볍게 말하는 정은을 신현은 메마른 눈빛으로 내려다만 봤다.

"감사합니다."

말뜻을 못 알아먹을 리는 없다. 그냥 칭찬으로 알아듣겠다는 뜻이었다.

"태희, 서울 온다면서요? 들었어요?"

정은은 아무 관련 없는 화제처럼 물었다. 그리고 아주 미미한 감정 변화라도 눈치채기 위해 그의 얼굴을 숨죽이며 주시했다.

"네."

정말로 아무 관심 없는 사람처럼 담담한 얼굴, 담담한 대답이다. 하지만 역시, 알고 있었다. 서로 꾸준히 연락이라도 하는 사람들처럼.

기분이 더 더러워졌다.

빙긋 웃어 보이고 정은은 다시 보고서로 고개를 떨어뜨렸다.

꾹 누르는 침묵 속에서 시간이 흘렀다.

약속된 시간이 지났는데도 정은은 천천히, 마지막 글자까지 눈에 담았다. 보고서를 덮으며 정은이 마침내 말했다.

"고생했어요. 이제 나가 봐도 좋아요."

다른 계열사 사장들이나 고위 임원들에게 하듯 신현이 몸을 숙여 인사했다. 정은은 눈을 마주치지 않은 채 고개만 끄덕였다. 신현이 정은에게서 몸을 돌리고 문을 향했다.

커다란 등을 바라보며 정은은 그가 자신에게 퍼부어 주었던 수많은 말을 떠올렸다. 태희가 돌아올 날을 기다리고 있냐고, 그렇게 묻고 싶기도 했다.

터질 것 같은 마음을 누르며 정은은 문득 조용히 그를 불렀다.

"차 상무님."

걸음을 멈췄으나 돌아보지 않는다. 문손잡이를 잡은 채였다. 정은이 반은 농담처럼, 반은 진심처럼 인사했다.

"……생일 축하해요."

신현은 그 인사에 대한 답변은 하지 않았다.

딸깍, 소리를 내며 닫히는 문을 정은은 무심한 눈길로 쳐다봤다.

억울해하면 안 되지. 너는 이보다 더 비참하게 날 대했는데. 마주치는 모든 시간 동안 날 혐오했고, 끝내는 그 순간까지도 지독한 방법으로 날 모욕했으면서.

그런데 왜 자신이 이런 기분인지 알 수 없었다. 턱을 괸 채 정은은 그가 두고 간 보고서에 체온이라도 남은 것처럼 가만히 쓰다듬었다.

한없이 미웠지만 동시에 미치게 보고 싶어서 저지른 유치한 짓거리였다. 뭔가 갚아 준 기분에 통쾌해야 했고, 이렇게 오래 얼굴을 봤으니 흐뭇하기라도 해야 하는데……, 전혀 그렇지 않았다. 태희의 발령을 정은보다 먼저 알고 있었다는 사실에 오히려 진 기분일 뿐.

불안한 마음에 정은은 혼자 미소만 지었다.

'2020년 바이오·제약 경영자 포럼'은 삼성동 종합 전시장에서 열렸다.

석식 뷔페가 포함된 일정이라, 오후 5시부터 정장을 입은 나이 지긋한 신사들이 차례로 자리를 메웠다. 대부분 정은과 안면이 있는 얼굴들이었다.

조 전무가 앞서 걸어 정은을 자리로 안내했다. 둥근 식탁에 식기와 와인이 세팅되어 있었다. '신정은'이라는 이름을 확인하던 중 문득 옆자리에 앉는 사람의 얼굴을 돌아보았다.

시선이 마주치자 둘 다 자연스레 얼굴이 굳었다. 산적 같은 외모와 덩치를 가진 남자였다. 얄궂게도 곽윤기였다.

"안녕하십니까, 신 이사님."

윤기가 먼저 딱딱한 얼굴로 인사하자 정은도 고개를 숙이며 마주 인사했다.

"네, 안녕하세요."

정은이 먼저 앉을 때까지 윤기는 기다렸다가 자리에 앉았다.

옆자리 아크릴 명패에는 'S바이오 대표, 곽윤기'라고 쓰여 있었다. 대학 졸업 직후 세운 작은 벤처를 바이오업계 2위의 회사로 일궈 낸 입지전적인 인물이었다. 오너 중에는 그나마 유일한 동년배인데도 불구하고 정은과는 불편한 관계였다. 넉살 좋은 사람이라는데, 몇 번의 회의와 술자리에서도 정은에게서 가장 먼 곳에 앉았고, 살피는 시선만 여러 번 느꼈다.

신현과는 학과 동기이자 친형제보다 가까운 관계였다. 아마 그래서일 것이다. 신현이 무슨 말을 전할 스타일은 아니지만 아마도 과거의 무언가를 알고 있어서.

주변의 불이 꺼지고 첫 강연자가 푸른빛의 연단에 올랐다. 지금은 제약 회사에 근무하지만, 슈퍼 진Super Gene, 즉 신형욱 베이징 연구소의 수석 연구원 출신이었다. 강연 제목이 '세포 치료제의 현재'였다.

강연자가 현재 세포 치료제의 연구가 어디까지 왔는지, 어떤 약품들이 개발되었는지 설명했다. '항암', '키메릭 항원 수용체'라는 단어가 언급되기도 했다. 강연자가 '여기 계신 제약업계 경영인 모두가 빚을 지고 있는 것'이라는 얘기와 '한국 생명공학계의 위대한 발전'이라는 말을 했을 때 정은은 급격히 피곤해졌다.

'아, 그 이름이 또 나오겠구나.' 싶어서.

빡빡한 글씨로 채워졌던 스크린이 실험 장면으로 바뀌었다.
투명한 플레이트에 난자가 놓여 있다. 생명의 원천임을 상징
하듯, 모든 것을 포용할 것처럼 그저 둥글둥글한 난자였다. 어
떤 예감에 정은의 눈길이 날카로워졌다. 혹시…….
특수 바늘이 그 난자를 푹 찌르더니, 핵을 둘러싼 세포질을
쑥 빨아들였다. 세계 최고의 핵 치환 기술자답게 손놀림이 정
확하고 노련했다. 마르고 주름이 많은 긴 손. 오른손 약지에 끼
워진 반지. 저 손이 누구의 손인지 정은은 잘 알고 있었다. 하
지만 정은의 기분이 날카로워진 건 그 손의 주인공 때문이 아
니었다.
정은의 의심을 확인시키듯 화면 안에 다른, 새로운 난자가
나타났다. 정은의 추측이 맞는다면 아까의 것은 젊고 건강한
여성의 기증 난자이고, 이번 것은 아기를 갖지 못하는 여성의
난자일 것이다.
"여기 새로운 난자가 있습니다. 이 난자 또한 세포질을 빼
낸 상태로 핵만 남아 있습니다. 좀 전에 다른 난자에서 빼낸 세
포질을 이 난자 안으로 이식할 겁니다. 그러면 이제 이 세포
는…….."
강연자의 설명과 동시에 아까의 그 바늘이 새로운 난자에 꽂
혔다. 채취한 세포질이 주입되기 시작했다. 정은의 예감이 맞
았다. '난세포질 이식 실험'.

"한 세포 안에 두 명의 유전 정보를 갖고 있는, 즉 이형 세포질 난자가 되는 셈입니다. 우리는 이렇게 섞어서 만든 것들을 '키메라'라고 부릅니다."

키메라. 유전학 용어였다. 이종異種의 결합으로 만들어진, 새로운 또 하나의 종을 뜻한다. 키메라 실험을 기반으로 한 모든 연구 덕분에 저 마른 손의 주인공은 세계적인 과학자로 발돋움하게 되었다.

"이 실험의 첫 목적은 젊은 여성의 난세포질을 나이 든 여성의 난자와 섞어 더 건강하게 만들고, 수정 가능성을 높이기 위함이었습니다. 하지만 이를 더 응용하고 발전시킨 이 과학자는, 비슷한 방법으로 만들어진 난자를 이용해 질환의 대물림을 예방하고 현재는 유전자를 교정시키는 단계에까지 이르렀습니다. 지금 이 강연을 듣는 여러분 모두가 알고 계실 겁니다. 이 기술이 우리 인류에게 어떤 기적인지. 또한 이 실험으로 전 세계 과학계를 깜짝 놀라게 한 분이 누구인지."

사람들의 수군거림 속에서 '신형욱'이라는 이름이 언급되었다. 사람들이 정은을 흘깃거리기도 했지만, 강연자는 부드럽게 강의를 마무리하는 데 열중했다. 언젠가 원하는 대로 인류를 만들 수 있는 시대가 분명 올 거라고, 자신 있는 목소리로 말했다.

질병이 없는 인류, 더 나은 유전자를 가진 인류……

참석자 일부는 세상이 정말로 그렇게 될까, 반쯤 의구심을 갖고 있을 것이다. 그러나 시대를 앞선 사람들은 확신하고 있다.

사람들이 침묵하며 듣는 동안, 강연자의 등 뒤로 스크린이 바뀌었다. 동물의 그림이다. 그림에서 나오는 짙은 주홍색이 회의장 전체를 물들였다.

강연자가 사람들을 응시하며 모두 발언을 했다.

"사실 옳고 그르고의 문제는 이제 큰 의미가 없습니다. 잠깐 시간을 늦출 뿐이지요. 분명 그 시대는 옵니다. 기술로 인간을 만들어 내는 그런 시대 말입니다."

사람들이 박수를 쳤고 강연자가 인사와 함께 고개를 숙였다. 그의 등 뒤 그림이 정은의 시선 안으로 가득 들어찼다.

사자의 머리에 염소의 몸을 하고, 뱀의 머리를 꼬리로 가진 신화 속 동물. 세 가지 동물의 힘을 가지고 주홍의 불을 내뿜는 난폭한 괴물. 실제 키메라라는 말은 저 동물, 카이메라Chimera에서 유래된 말이었다.

어두운 회의장, 번잡한 소음 속에서 그림 속의 생명체를 응시하며 정은은 가볍게 숨을 내쉬었다.

식사 시간이 되자 음악이 울리고 와인이 서빙되었다. 살이 찔까 봐 정은은 뷔페를 포기하고 대신 블루베리 크림이 올려진 카늘레 한 개만 접시에 담아 왔다. 이걸 먹으면 오늘 트레드밀에서 최소한 3㎞는 더 뛰고 자야 할 테지만, 요즘 기분도 별로인데 이런 거로라도 풀어야지 싶었다.

와인을 홀짝거리며 스마트폰으로 의류 쇼핑몰을 구경했다. 해외 사이트라 죄다 영어여서 알아볼 수 없지만 예쁘고 좋다는 뜻일 것이다. 영어든 프랑스어든, 돈 쓰는 데에 무식함은 전혀 상관없다.

"부친이 매우 자랑스러우시겠습니다."

어수선한 분위기에서 언뜻 윤기가 건넨 말이었다. 부러워하는 어투도 아니고 딱히 빈정대는 어투도 아니었다. 가을 신상으로 나온 실크 원피스에 시선을 둔 채로 정은은 시큰둥하게 답했다.

"연구자로선 존경하고, 아버지로선 원망스럽고. 뭐, 그래요."

"수백억을 그분 연구소 설립에 투자하신 거로 아는데요."

무슨 말을 하는지 대충 알 만했다. 생명과 윤리를 중시하는 사람들은 형욱의 연구에 우려의 시선을 던지곤 했다. 굳이 모두에게 사정을 설명할 필요는 없다. 그 돈이 정은에게 그 이상의 가치를 했다고 말해 줘도 믿지 않을 것이다. 그냥 남자 하나에 핀트가 나가서, 자신도 반대하는 연구에 그 큰돈을 던지는 한심한 여자도 세상에는 있는 법이다.

750만 원짜리 블랙 원피스의 결제 버튼을 누르며 정은은 짧게 웃어 보였다.

"제가 돈은 많은데 쓸 데가 없어서요."

잠시 침묵이 흘렀다. 이쯤 되면 소문대로 별로 호의적인 대화 상대는 아니란 걸 눈치챘을 것이다. 자리를 피할 줄 알았는데 계속 앉아 있다. 돌아보니 윤기는 여전히 정은을 바라보고 있었다.

까칠한 얼굴로 묻는 눈길을 하자 윤기가 평이한 어조로 대답했다.

"다른 사정이 있는 거군요. 그걸 제게 설명할 필요는 없는 거고."

이상한 남자였다. 적의도 호기심도 거리낌 없이 드러낸다. 정은이 한쪽 눈썹을 올리자, 관찰하듯 쳐다보던 윤기가 어깨를 으쓱했다.

"볼 때마다 느낀 건데, 음, 무료해 보여요. 아, 제 말은, 그러니까……."

윤기가 적당한 말을 골랐다.

"개인적인 질문 좀 하려다 보니, 이렇게 어렵게 접근했네요. 실은 오랫동안 궁금한 게 있어서요."

오랫동안 궁금한, 개인적인 질문이라. 혹시 신현과 관련된 건가?

스마트폰을 테이블 위에 내려놓고 정은은 긴장을 감춘 채 상대방을 응시했다. 대화를 하겠다는 시그널이었다. 윤기는 잠시 물끄러미 바라보며 망설이듯 뜸을 들였다. 커다랗고 다소 거친 손이 테이블 위에 놓여 있다. 막노동과 삼수 끝에 그 학교에 입학했다고 들었다. 정은이 경험하지 못한 세상에서 자란 사람이니 여러모로 강하고 똑똑할 것이다.

"김 회장님 따님이랑 친하다면서요? 강태희. 아, 태희는 제 과 후배입니다."

예감이 좋지 않았다. 정은은 시니컬하게 웃었다.

"안 친해요."

딱 잘라서 한 말에 윤기가 고개를 갸웃했다.

"태희는 신 이사님과 친하다던데. 초등 때부터 고등 때까지 동창이고, 집안끼리도 잘 안다면서."

말하는 것보다 듣는 걸 더 선호하는 편이라 정은은 우선 매끄러운 미소만 지었다. 얘기를 어떻게 시작할까 고민하는 듯, 윤기는 손가락으로 이마를 긁었다.

"괜찮은 동생 놈 하나가 있는데……."

따가울 정도로 유심히 쳐다보는 시선이었다. 마치 펀치를 날리기 직전, 상대방을 가늠하는 느낌 같기도 했다.

윤기가 빙글거리며 웃고는 말을 이었다.

"……태희랑 꼭 연결해 주고 싶어서요."

괜찮은 동생과 태희. 불쾌한 예측에도 정은은 윤기를 마주 보며 유연하게 답했다.

"제가 도움이 안 될 문제 같은데요."

윤기가 짓는 호의적인 웃음에서 묘한 싸늘함이 느껴졌다.

"그 집안에 대해 잘 아실 듯해서요. 혹시 태희에게 정해진 상대가 있습니까? 후보자는 네 명인가 있지만, 정작 김 회장님께서 추진 안 하신다고 들었습니다만."

정은이 태희와 가까운 데다 그 집안 며느리 후보였으니 잘 알지 않냐는 의미였다. 어딘가 모르게 공격적으로 느껴지는 어조에 정은은 와인 잔을 들며 윤기를 마주 보았다.

"제가 알기론 없어요."

딱 잘라 대답하자 윤기는 조심스레 또 물어 왔다.

"정해진 남자가 없다는 건, 둘이 안 될 이유가 없다는 건데.

혹시 김 회장님이 사위 볼 때 조건만 보신답니까?"

정은은 와인 잔을 입가에 가져가며 부드럽게 반문했다.

"지참금이라도 대 주실 건가 봐요?"

살짝 빈정대는 어조였는데도 의외로 윤기는 선선히 고개를 끄덕였다.

"네. 필요하면 전 재산을 털어서라도. 뭐, 제겐 친동생 같은 놈이기도 하고."

이 대화의 주인공이 누구인지 확실해졌다. 가슴이 서서히 잠겨 든다.

정은은 차라리 현실적인 질문을 했다.

"후배 결혼에 지참금을 대고 현일과 거래를 트시려고요?"

뚫어지게 쳐다보던 윤기가 느닷없이 몸을 테이블로 바짝 당겼다. 둘의 시선이 가까워졌다. 다시 입을 열었을 때 윤기의 말투에서 장난기는 다 사라진 상태였다.

"제가 사업 시작할 때 수중에 돈이 없었습니다. 정말 한 푼도요. 그런데 꼴에 꿈은 커서 꼭 제 사업을 하고 싶었죠. 그때 돈을 대 준 게 그놈입니다. 그게 S바이오의 최초 자본금이 되었고요."

정은이 지불한 합의금이었다. 원래의 두 배를 요구하더니, 전부 곽윤기에게 이체하고 한국을 떠났다. 비즈니스 분석과 예측이 전공인 사람이니, 곽윤기의 사업이 투자 가치가 있을 거라고 판단했을 것이다. 그리고 곽윤기는 여태까지 그 돈을 갚지 않았다.

윤기가 어깨를 으쓱했다.

"현일과의 거래에는 욕심 없습니다. 그냥 그놈이 좋아하는 여자랑 함께 살았으면 싶어서요. 빚진 기분이 좀 지겹기도 하고."

빙글빙글 도는 대화가 영 마음에 들지 않았다. 와인 잔의 목을 쓰다듬으며 정은은 천천히 입술을 떼었다.

"차 상무님이 야심만만하시네요. 하고 많은 자리 중에 현일 사위라니."

"아, 신현일 알아요?"

사뭇 반가워하며 정은을 쳐다본다. 그 남자에 관해서라면 유전자 배열까지 다 알고 있음에도 묵묵히 바라만 보자, 윤기가 빙긋 웃으며 고개를 끄덕였다.

"윤 이사장님 따님이시죠. 들었습니다. 그나저나 어떻게 하면 그 둘을 결혼시킬 수 있는 겁니까?"

"둘이 좋아하는 건 확실해요?"

"태희 마음은 확실히 들었고, 애매한 게 그놈인데……."

윤기는 잠시 뒷머리를 긁었다.

"왜 그렇게 아등바등 사냐고 물었더니, 조건 맞추고 싶은 여자가 있다고 했어요. 어떻게든 성공해서 꼭 가져야 하는 여자라고."

상처를 인식할 새도 없이 살피는 눈동자와 정면으로 마주쳤다. 어딘가 모르게 즐거운 눈치였다.

"참 쌀쌀맞은 놈인데 태희한테는 유독 친절했죠. 아시다시피 인물이 난놈이라, 학과 여학생들이 태희를 엄청 질투했었거든요."

뭘 저렇게 자세히 설명해. 가슴이 쿡 찔리는 기분에도 정은은 태연하게 웃었다. 차신현 좇아다닌 여학생들을 내가 왜 모를까. 하나부터 열까지 아주 지긋지긋했다.

"그렇게 서로 애달픈 사이라면, 어떻게든 이뤄지겠죠."

정은이 화제를 피하고 싶다는 뜻으로 심드렁하게 말했는데도 윤기는 끈질겼다.

"그 대단한 집안, 어머니 쪽이 반대한다고 들었습니다."

어머니라면 김 회장 쪽이다. 뭐가 됐든 반대한다는 사실까지 안다는 건 태희와 진지한 관계를 시도해 봤다는 뜻일 수 있었다.

그런 막연한 추측을 하면서도 정은은 어깨를 으쓱했다.

"합리적인 이유가 있을 거고요."

"역시 조건 때문인가요? 집안, 재산 차이, 뭐 그런?"

윤기는 테이블 위로 팔짱을 낀 채 빙글빙글 웃었다. 갑자기 큰 관심이 생긴 눈빛이었다.

"혹시 신 이사님도 그렇게 생각하시는 겁니까? 서로에 대한 호감이나 인성이 그런 격차를 줄일 순 없는 거라고?"

윤기가 자신의 속을 들여다보는 듯했다. 하지만 정은도 그다지 호락호락한 상대는 아니었다.

"곽 대표님은 순수하신가 봐요."

그렇게 대답을 대신하자, 윤기가 하하, 소리를 내어 웃었다.

"네, 저는 순진한 편입니다. 한데 신 이사님은 냉정하시군요."

'순수'를 '순진'으로 바로 바꿔 말한 윤기는 연이어 질문했다.

"그럼 그 자식 조건이 괜찮아지면, 그 관계가 가능하다고 보십니까?"

정은은 탐탁지 않은 기분으로 윤기를 마주 바라봤다. 끈질긴 사람이네. 왜 이렇게 태희와 차신현을 연결해 주려는 건지 이해가 되지 않았다. 정은은 의자에 피곤한 등을 기댔다.

이미 다 찢어진 관계. 좋은 여자와 잘되길 응원해 주는 것이 현명한 거라고 가끔 마음을 다스리기도 해 봤다. 끊어 내지 못하는 자신이 미련하다는 것도 잘 안다. 하지만 누군가 정은에게 '차신현에게 어떤 여자로 남고 싶냐?'고 묻는다면 착하고 좋은 여자는 결코 그 답이 아니었다.

정은은 와인을 산화시키기 위해 잔을 한 번 빙글 돌렸다. 와인 잔 안에서 붉은 액체가 출렁거렸다.

"글쎄, 지참금을 얼마나 대 주실지 모르지만, 상대는 현일 회장 딸이에요. 이쪽 세상은 겨우 몇십억, 몇백억에 배경이 바뀌는 곳이 아니어서요."

희미한 경멸이 그의 눈빛에 스쳤다. 초록은 동색이라더니 이젠 익숙한 눈길이다. 그래도 차신현 쫓아오려면 멀었다. 그 남자는 날 더러운 벌레 보듯 쳐다봤는데, 저 눈동자는 겨우 쓰레기 같은 여자를 보는 눈동자 아닌가.

남은 와인을 마저 마시며 정은은 차갑게 웃었다.

"차라리 차 상무님을 설득하세요. 그렇게 아등바등 살아도, 그 조건 절대 못 맞춘다고. 안 될 사람은 결국 안 되기 마련이니, 부질없는 미련 따윈 다 접으시라고."

한층 냉랭해진 눈길을 마주하며 정은은 사악한 마음으로 기도했다.

차신현과 강태희, 두 사람이 절대 이뤄지지 않았으면 좋겠다고. 혹시라도 서로 애절하다면, 아주 아프게 깨어지는 그런 관계였으면 좋겠다고.

귀국 후 매일 그랬듯, 태희는 오늘도 신현의 집무실 근처를 맴돌고 있었다. 비서 말로는 매일 이 시간쯤 양치를 한다고 했다. 그런데 복도 한쪽 끝에서 다른 쪽 끝까지 한참을 어슬렁거려도, 머리털 부족한 임원들만 네 명을 마주쳤을 뿐 신현은 그림자도 보이지 않았다. 포기하며 힘 빠진 어깨로 엘리베이터로 향할 때였다. 신현의 비서로부터 급하게 메시지가 도착했다.

[상무님 방금 나가셨어요.]

놀라서 고개를 드니 진짜였다.

꿈에도 그리던 남자는 스마트폰에 시선을 둔 채였다. 넥타이도 없이 흰 와이셔츠 차림에 소매는 걷고 있다. 군더더기 없이 쭉 떨어지는 훤칠한 그 선에 태희의 가슴이 심하게 두근거렸다. 얼른 정신을 차리고 마주 걸어가는 척했다. 떨려서 그런지, 일반적인 속도로 걸어오는 신현이 마치 성큼성큼 다가오는 것처럼 느껴졌다.

그런데 세상에나. 인사도 없이 그냥 스치려 한다.

"선배. 아, 아니……."

정신이 없어서 대학 시절 부르던 호칭으로 불렀다. 그나마 고등학교 때처럼 '오빠'라고 부르지 않은 게 천만다행이었다.

휴대폰에서 눈을 뗀 신현이 태희를 쳐다봤다. 방해받아 살짝 귀찮은 빛이 비치자 마음이 아파 왔다. 기사를 읽던 중이었나 보다.

"오랜만이네. 가만, 벌써……, 왔나?"

신현이 알은척을 했다.

"네. 제 메일 못 보셨어요?"

잔뜩 실망한 어투가 되어 버렸다. 발령 내용을 자세히 적어 보낸 게 세 번이었다. 바보라도 기억할 만큼 강조해서 보냈다. 답장은 기대조차 안 했지만 잊고 있는 줄은 몰랐다. 애타는 기분으로 올려다보다가 울상을 지으며 말했다.

"제가 이메일에 날짜 써 드렸잖아요."

무관심한 눈빛이 태희에게 닿았다. 조마조마해서 쳐다보는데, 신현이 문득 물었다.

"사업개발 본부라고 했던가?"

조용하게 살피는 어조를 눈치채지 못했다. 태희의 얼굴엔 그저 화색만 돌았다. 이 무심한 남자가 태희의 발령 부서는 또 기억하고 있다. 로또라도 맞은 기분이었다.

"네. 7층에 근무해요."

반가워서 이런저런 말을 어수선하게 덧붙였다.

"정은이도 같은 본부 근무잖아요. 걔는 8층, 인허가팀이고요. 음, 저는 7층 임상팀이에요. 아, 이미 말했네요."

집중해서 듣는 모습에 갑자기 희망이 솟았다. 양쪽 손을 잡아 비틀며, 태희는 용기를 냈다.

"우연히 지나던 길이었어요. 커피 한잔하실래요?"

똑딱똑딱, 시곗바늘 소리가 들리는 것 같다.

"미안, 오늘까지 올려야 할 보고서가 있어서."

"아, 네. 그럼, 어, 저기……."

불안함에 땀이 삐질삐질 흘렀지만, 저도 모르게 되물었다.

"언제 점심 한번 사 주실 거죠?"

"그래. 시간 내 보자."

답이 너무 쉽게 나왔다. 눈도 안 마주쳤다. 손목시계를 내려다보며 한 무성의한 답변이었다.

어떻게 회장 딸한테 이러지? 새삼 야속했다. 열심히 일하는 것보다 그녀한테 한 번 시간을 내어 주는 게 더 빠른 길이라는 걸 정녕 모르는 걸까. 10년 뒤에는 태희가 이 회사 사장이 될 수도 있었다.

하긴 이 속도로는 이 남자도 그때 즈음 어디 사장 자리 하나 꿰차고 있을 테지만, 쳇.

태희의 가슴이 조여들었다. 그래도 이용할 수 있는 건 자신의 위치밖에 없었다. 자리를 뜨는 그에게 태희는 급히 제의했다.

"둘이서만 먹는 게 불편하시면, 음, 실장님이랑 같이 자리를 마련해도 좋고, 아니면 정은이랑 셋이서 먹어도 좋고요."

그 소리에 신현의 걸음이 멈췄다. 반사적으로 태희를 돌아봤다.

성공하기 위해 정신없이 사는 남자였다. 역시 회장 딸과 가까운 사이인 게 알려지면 상사인 기조실장의 태도가 완전히 바뀔 것을 예감했나 보다. 두근거리며 기다리는 동안, 금테 안경 너머로 그의 눈동자가 무심히 빛났다.

"정은이가⋯⋯."

기조실장에 대해 언급할 거라 기대했는데 의외로 다른 이름이 흘러나왔다. 저렇게 누군가의 이름을 부르는 게 왠지 낯설게 느껴졌다.

"그 자리에 나올 것 같진 않은데."

느린 어조다. 굳이 안 나올 이유는 또 뭘까 싶어서 태희는 눈을 깜빡였다.

하긴 남녀 관계에 낄 만큼 눈치 없는 정은이 아니었다. 그래도 그 집안 피후원자로 잘 풀린 건 사실이니까 기분 좋게 나올지도 모른다.

"제가 설득하면 꼭 나올 거예요."

신나서 답했는데 빤히 쳐다만 본다. 대답은 한참 뒤 흘러나왔다.

"그래. 그럼 좋지."

눈을 동그랗게 뜰 수밖에 없었다. 물개 박수라도 치고 싶은 마음에 태희는 고개를 끄덕였다.

"네. 자리 마련해서 바로 연락드릴게요."

떠나기 전, 고개를 끄덕인 신현이 문득 생각난 듯 덧붙였다.

"그리고 불편해서 그러는데⋯⋯."

"네?"

"⋯⋯회사에서는 직위나 직책으로 부르는 게 좋겠다."

부드럽게 말은 해 주지만 결국 또 선을 긋는 야박한 응대였다. 이젠 익숙했다. 따끔한 심장을 감추며 고분고분 대답했다.

"네, 그럴게요."

신현이 다시 시계를 내려다보며 양해를 구했다.

"그럼 다음에 보자. 내가 할 일이 남아서."

정말로 여유가 없어 미안한 표정이었다. 멋진 대답도 못 하고 머뭇거리는 사이에 신현이 자리를 떴다. 넓은 등판과 긴 다리가 시야에 들어왔다. 몇 년을 기대한 순간인데 순식간에 끝나 버렸다.

그래도 오늘은 말이라도 붙이긴 했다. 짧지만 짜릿한 순간이었다. 저 사람 후배가 되겠다고 엉뚱하게 생명공학과에 지원한 태희였다.

대체 어떻게 하면 내게 집중하려나. 한숨이 나왔다. 선물을 해 볼까? 차라도 한 대 뽑아 주면 나한테 눈 좀 돌리려나?

이렇게 어물쩍거리는 동안 만나는 여자라도 생길까 봐 조급해졌다. 하긴 나이가 몇인데.

주변인들을 탐문한 바로는 개인적인 통화는 종종 하지만 연인 같지는 않다고 했다. 누가 신현의 여자관계를 자세히 알고 있을지 궁금했다. 학교 선배들은 이미 탈탈 털어 낸 터였다.

이것도 정은이 알 것이다. 역시 정은에게 매달리는 수밖에 없다.

그러고 보면 참 이상하지.

신현과 정은이 함께 있는 모습을 본 적이 없다. 그런데 정은인 어떻게 그렇게 모르는 게 없을까.

토요일 새벽, 깨고 나니 청담동이었다.

어젯밤은 재계 2세와 3세 모임이었다. 오랜만에 술 생각이 나서 참석했다. 취한 건 아니었고 알딸딸하게 기분 좋은 정도였다. 그런데도 한참 오지 않았던 이곳까지 찾아온 모양이다.

'청담동으로 데려다주세요.'

최 기사에게 중얼거린 말이 아득했다. 신현이 이번 주말에 혜조에게 인사를 하러 온다는 걸 무의식중에 떠올렸을 것이다. 아니면 혜조가 주변의 적정한 연령대의 여자들을 수소문하고 있다는 걸 조 전무로부터 들어서였을 수도 있다. 참고 지나가는 것도 있어야 하는데, 나라는 인간이 이렇다.

오랜만에 꼴이 엉망진창이었다. 이런 모습을 신현에게 보이지 않으려면 얼른 집에서 나가야 한다.

……보고는 싶지만.

욕심이 더 커질까 봐 기지개를 켜며 자리에서 일어났다. 정은을 만나면 싫은 표정을 감추지 않을 게 분명했다. 안 그래도 지금 최악일 텐데 굳이 더 불쾌하게 만들 타이밍은 아니었다. 이렇게 날짜 맞춰서 나타나면 속도 뻔히 보이고.

샤워를 마친 뒤, 예전에 쓰던 옷장을 뒤져 리넨 셔츠에 딱 맞는 바지를 찾아 입었다. 화장을 마무리하다가 연하게 칠한 입술을 지우고 핸드백에서 다소 짙은 색의 립스틱을 꺼냈다. 평소처럼 차갑고 화려한 모습에 기분이 나아졌다.

다이닝 룸으로 내려가니 아침을 차리던 김천댁이 커피를 따라 건넸다.

"이 새벽에 어디 가? 이사장님이 너 왔다며 아침 차리라고 하셨는데."

식탁엔 국과 반찬이 준비되어 있었다. 찌개에 나물과 전. 신현이 올 때면 김천댁이 차리는 음식 옆에 정은이 좋아하는 새우 볶음도 있었다. 한쪽에 놓인 노란 서류철이 시선을 끌었다. 혜조가 연구 관련 서류를 저렇게 허술하게 놔두는 법이 없었다.

커피 잔을 들고 선 채로 정은은 김천댁을 떠보았다.

"어떤 여자래요?"

행주를 빨던 김천댁이 화들짝 놀라며 정은을 쳐다봤다.

"또?"

'또'라. 커피를 한 모금 마시며 정은은 서류철을 펼쳤다. 예상이 맞아떨어졌다. 증명사진과 서류가 있었다. 여자의 사진에 냉한 시선을 둔 채 김천댁의 말을 기다렸다.

"그래서 오라고 하셨구나. 아, 뭐라 통화는 하시더라. 검사라든가, 판사라든가?"

김천댁이 변명하는 어조로 설명했다.

"그게, 에휴. 신현이가 좀 유명했니. 주변에서 보여 달라는 사람도 많고. 이사장님도 올해엔 짝지어 줘야겠다고 하시고. 사실 신현이도 결혼은 빨리하고 싶어 했으니까."

행주의 물을 짜내면서도 김천댁은 흘낏 정은의 눈치를 살폈다. 반쯤 남은 커피를 마시며 정은은 여자의 얼굴을 꼼꼼히 살폈다. 어디가 예쁜지, 어디가 부족한지. 웃으면 어떤 얼굴일지도 상상해 봤다.

"에이, 안 나가겠지."

"……왜요?"

비웃음 섞인 질문에 당황한 김천댁이 어색하게 대답했다.

"그 성격에 선 자리 나가서 여자한테 말은 붙이겠어? 원체 까슬까슬하고 숫기도 없는데."

김천댁이 행주를 곱게 접으며 말도 안 된다는 듯 덧붙였다.

"내가 걔 집 드나들며 반찬 날라 준 게 벌써 몇 년이야. 일주일에 두 번을 마주치는데, 그 두 번 다 낯을 가려. 아무 생각 없이 쓰다듬어도 마냥 물러서고."

정은의 시선이 여자의 부친에 관한 정보에 닿았다. 검사장 출신 유명 법조인이니 그의 미래에 적잖은 도움이 될 거였다. 재력도 상당했다.

"내성적이고 재미없는 건 사실이죠. 그래도 우선 여자가……."

정은은 다시 여자의 얼굴에 시선을 두었다.

"……예쁘니까요."

행주로 식탁을 닦던 김천댁이 문득 움직임을 멈추었다. 정은을 한번 쳐다보고는 곁으로 걸어와서 사진을 내려다본다. 하나로 묶은 생머리, 깨끗한 피부.

"그러게. 요즘 애치고 되게 참하네."

놀라며 인정한 김천댁이 떨떠름한 얼굴로 흠흠, 소리를 내고는 애써 단점을 찾아냈다.

"근데 너무 똑똑해 보이는데?"

피식 웃음이 나왔다. 여자의 똑똑함이 차신현에게 단점이 될 것 같지는 않다.

"어떤 단점도 다 눈감아 줄 만큼, 부친의 재산이 많아서요."

한숨과 함께 중얼거린 신랄한 어조에 김천댁이 손사래를 쳤다.

"에이, 신현인 그런 거 오히려 부담스러워할 애지."

실소가 터질 뻔했다. 하긴 주변 사람 모두가 그의 겉모습만 보고 그렇게 판단하기는 했다.

여자의 사진에 다시 한번 냉한 시선을 보낸 뒤 정은은 파일을 덮으며 남은 커피를 마저 마셨다. 이런 사진을 볼 때마다 매번 찾아오는 쓰디쓴 위기감.

커피 맛조차 시큼털털했다. 빈 잔을 건네며 정은은 김천댁에게 인사했다.

"엄마에게 저 집에 간다고 전해 주세요. 조 전무 통해서 전화 넣겠다고."

'그래도 얼굴은 보고 가야지.' 하며 안타까워하는 김천댁을 뒤로하고 정은은 그곳을 나왔다.

바깥 공기는 시원했다. 정원에서 풀 냄새가 실려 왔다. 혜조가 새로 심은 나무와 풀이 만들어 낸 향기였다. 이국적인 향을 지닌 울창한 나무도 있었다. 매년 봄 혜조는 수원 연구소의 직원들을 불러 새롭게 접붙이기를 시도한 나무와 풀을 정원에 심도록 했다.

계단을 두어 걸음 내려설 때 문득 시동 꺼지는 소리가 들렸다. 탁, 차 문이 닫히는 소리도 차례로 공간을 울렸다. 정은의 발걸음이 멈췄다. 계단 맨 아래 칸을 올라오는 검은 머리가 보였다.

저쪽에서도 멈칫했다. 먼 거리에서 올려다보는 시선과 마주쳤다.

잠깐 그렇게 눈을 마주친 신현은 차분히, 하지만 성큼성큼 걸어 올라왔다. 정은은 그 자리에 선 채였다.

중간 즈음에서 맞닥뜨렸다. 차가운 새벽바람이 휙 불어왔다.

"굳이 피할 이유까지 있어?"

신현이 스쳐 지나가는 찰나 정은이 그의 발걸음을 잡았다.

오늘 피하려고 했던 것은 자신이었으면서도 그렇게 또 그를 잡았다. '어차피 다 찢어진 사이잖아.' 그런 말이 귓속을 울렸다.

우뚝 멈춰 선 채로 신현은 정면을 응시했다. 굳이 돌아보지는 않는다. 이제 눈도 마주치기 싫은가 보다. 속이 비틀렸다. 쌀쌀맞기는 해도 대놓고 무시는 안 하는 사람이었다. 오래전 헤어질 때의 기억 때문만은 아닐 것이다. 유독 정은에게만 한결같이 이랬다.

"반길 이유도 없잖아."

차가운 조소가 신경을 긁어 왔다. 정은은 외려 살가운 목소리로 입을 열었다.

"친하게 지내면 어때? 인사도 하고, 가끔 커피도 마시고."

그 말에 신현은 정은에게로 고개를 돌렸다. 뱀이라도 대하듯 차가운 시선이 정은을 응시했다. 어깨를 으쓱하며 정은은 한술 더 떴다.

"내키면 다른 것도 하고."

정은은 환하게 웃어 보였다. 눈가까지 스미는 달콤한 웃음. 진한 립스틱을 발랐으니 더 혐오스러울 것이다. 그런 정은에게 그의 시선이 흐르듯 닿았다.

"내가……."

이마에서부터 눈, 코, 부드러운 곡선을 그리는 유혹적인 입술까지.

"……비위가 약해서."

정은은 손안의 클러치 백을 틀어쥐었다. 예상했던 반응이었다. 그냥 가 버릴까 생각했던 마음을 상처와 심술이 다시 붙잡는다.

신현의 손에 들린 물건에 비웃음을 던지며 정은이 말했다.

"비위가 약하다고 하기엔 너무 지극 정성이지 않아?"

혜조가 원하는 일, 시키는 일은 다 해 주면서, 심지어 빈손으로 오는 법도 없다. 매번 산해진미를 들고 오는데, 오늘은 혜조가 좋아하는 조기 세트였다. 쳇, 나도 조기 좋아하는데.

어깨를 으쓱하며 정은이 가볍게 물었다.

"혹시 다른 의도 있어?"

금테 안경 너머로 물끄러미 정은을 응시한다. 서늘한 공기 중에 '다른 의도'라는 단어가 맴돌았다.

정은의 공격에도 신현은 무감한 눈빛으로 바라봤다. 하지만 부정하지도 않았다. 정은은 조용히 숨을 들이쉬었다. 이런, 정곡을 찔렀지 싶다.

하긴 합의금을 요구한 것도 모자라서 두 배로 올려 받아 냈었다. 그 돈을 치르며 느낀 치욕스러움에 지금도 입 안이 썼다. 물론 그런 환경에서 자랐으니 이해가 안 되는 것도 아니지만.

"아무나 사다리 삼는 것 보면…… 어지간히 성공하고 싶은가 보네."

주변의 친한 사람들이 하필이면 왜 다 돈 있고 권력 있는 사람들인지, 그 이유를 묻는 거였다. 혜조, 곽 대표, 태희, 지난날의 정은, 그리고 이제 선보는 여자까지, 다들 재력이 대단하시다.

신현의 눈빛이 깊게 가라앉았다.

"하고 싶지. 무슨 수를 써서라도."

꽉 잠긴 어조에 가슴이 따끔따끔해졌다. 조건을 맞춰서라도 갖고 싶은 여자. 날 등 뒤에 두고 여태 그 마음이었다면 얼마나 괘씸한가. 이대로 놔두면 언젠가 결국 태희를 얻어 낼 남자라는 계산이 들었다. 그걸 지켜보다간 배 아파 죽을 수도 있겠다.

"차라리 내 밑으로 올래? 너 정도 성공시킬 힘은 나도 있어."

지금까지 별 반응이 없더니 정은의 말에서 중의적인 의미를 깨달았는지 목울대가 딱딱해졌다. 이렇게 멸시의 눈빛을 보낼 때마다 내가 어떤 충동을 느끼는지 이 남자는 정말 모르는 걸까. 더 괴롭히고 싶고 더 자극하고 싶어진다는 것을.

정은이 살살 약 올리는 어조로 한술 더 떴다.

"대가로 넌 날 기쁘게 해 주고. 네가 특히…… 잘하는 거로."

의도적으로 정은은 '특히'라는 단어를 끌며 말했다. 순간 질식할 것 같은 침묵이 흘렀다. 뺨이라도 한 대 때려 줬으면 싶은데 신현은 아무 표정조차 없었다. 저렇게 거리를 둔 채로 비스듬히 쳐다볼 때면, 단정하고 성실해 보이기도 한다. 거친 환경에서 살아왔어도 깨끗하고 귀티 나는 인상 때문일 것이다. 손을 뻗어 만지기라도 할까 봐 정은은 주먹을 꼭 그러쥐었다.

신현은 차분히, 정은과 같은 방법으로 답했다.

"네 위는 어때? 네가 날 기쁘게 해 줘야 하는 자리."

그 말에 정은은 얕은 숨을 들이쉬었다. 씹어뱉듯 말하는 어조도, 그 말이 담고 있는 두 가지 의미도 정은을 순식간에 당황시키는 것들이었다.

아스라한 기억이라도 더듬듯 신현의 눈매가 가늘어졌다.

"넌 못 참겠지. 그때도, 지금도."

비웃음이 가득한 말에 정은의 얼굴이 순간, 굴욕감으로 붉어졌다. 이 남자에게만큼은 속수무책으로 무너지던 자신이 후회스러웠다.

그런 정은을 혼자 남겨 두고, 신현은 집 안으로 향했다.

신현新現

'네 아버지는 위대한 사람이야.'

혜조가 어린 시절 정은에게 해 주었던 말이다.

인간의 유전자는 부모로부터 물려받아 정해지기 마련인데, 형욱은 역사상 최초로 그걸 바꿀 사람이라고 했다. '새로운 인류의 창조자'가 될 거라고.

주로 미국과 중국을 오가며 연구에만 몰두했던 아버지는 정은에게는 거의 만날 수 없던 사람이었다. TV에 형욱의 모습이 뜰 때마다 혜조는 꿈을 꾸듯 바라보며 자랑스럽게 웃었다.

'완벽한 인류를 만드는 게 네 아버지의 꿈이자 소명이지.'

유전자 조합. 흠결 없는 인류. 형욱의 연구 주제였지만 사실 뚱뚱하고 혐오스러운 외모의 혜조가 집착하는 것들이기도 했다. 더 나은 외모를 정은에게 물려주는 것으로 자신의 유전자 개량을 꿈꿨던 혜조는 다만, 자연적이고 전통적인 방법을 택했을 뿐이었다. 자신의 배경을 비롯한 외적인 조건을 이용해서 만난, 유전자 좋은 남자와의 결합. 그리고 출산.

정은은 작은 코끼리 같은 몸을 가진 혜조와 달리 갸름한 뼈대를 가지고 태어나는 데는 성공했지만, 양쪽 집안의 우수한 머리를 물려받는 데는 실패했다. 자연 출생의 아이는, 유전자 조합에 있어선 무작위의 법칙이 작용한다는 걸 증명한 셈이다.

'애는 어떻게 이런 것도 외우질 못하죠? 좀 심각해요.'

어제 배운 것은 오늘 꼭 까먹었다. 이해도 느렸다. 아무리 많은 선생을 갈아 치워도 소용없었다. 공부는 포기하는 게 좋겠다는 가정교사의 진지한 충고에 혜조는 절망했다.

'돈만 많은 신정은' 혹은 '돌머리'라는 쑥덕거림이 등 뒤로 들렸다. 주눅이 들기도 했지만, 정은은 그들의 심리 또한 정확히 파악했다. 제약업계 거물의 손녀이자 신형욱의 딸. 즉 싸가지 없고 머리도 나쁘지만 그래도 돈 많은 건 부럽다는 뜻일 것이다.

'초콜릿은 안 돼. 나처럼 살찌면 어떻게 하니.'

못생긴 외모로 은둔자처럼 살아가던 혜조는 정은이 먹을 것을 쳐다만 봐도 조마조마해하고 불안해했다. 비뚤어지고 영악한 성격이, 아무리 노력해도 다른 사람의 반도 따라가지 못하는 성적 때문인지, 또는 몰래몰래 식욕을 채워야 했던 욕구불만에서 비롯된 건지, 그것도 아니라면 아버지의 부재 탓인지는 알 수 없다.

　언제부터인가 정은은 거울을 보기 시작했다.

　거울 너머의 여자애는 평범했다. 못생기지는 않았지만 조금은 통통한 편인, 그렇다고 딱히 예쁘지 않은 여자아이. 혜조는 정은에게 '너는 내가 빚어낸 제법 성공적인 작품'이라고 했지만, 정은 자신의 기대치에는 전혀 미치지 못했다.

　'오리와 백조가 합쳐져서 어떻게 백조만 나오겠어?'

　아버지는 그 훌륭한 기술로 딸 좀 교정해 줄 것이지, 원망스러웠지만 정은은 거울 앞에서 백조를 흉내 내며 빙글빙글 발레를 하곤 했다.

　'나는 백조다, 나는 백조다, 백조가 될 것이다.'

　삐딱하게 자신을 조롱하면서도 실리적인 성격의 정은은 어떻게 하면 나아질 수 있을까를 연구했다. 살을 빼기 시작했고 혜조를 졸라 치아 교정을 했다. 잡지를 보며 꾸미는 법을 배웠고, 온갖 옷을 입어 보고 자신에게 어울릴 색깔과 재질을 연구했다. 친구들이 밤새워 중간고사 준비를 하는 동안, 얼굴에 오이를 붙이고 초저녁부터 잠이 들었다. 살찌는 건 일절 안 먹고 매일 운동을 했으며, 걷는 방법, 웃는 방법, 말하는 방법조차 연습했다.

사춘기가 지났을 때 정은은 남학생들이 자신의 작은 얼굴과 또래 애들보다 봉긋한 가슴, 날씬한 허리를 흘끔거린다는 것을 깨달았다. 또한 자신이 예뻐지는 만큼 주변 사람들을 뜻대로 움직이기가 더 쉬워진다는 사실도 배웠다.

사람을 내 마음대로 움직일 수 있는 힘을 권력이라고 부른다면, 아름다움은 돈만큼이나 커다란 권력이었다. 그래서 가꾸고 다듬는 데에 더 노력했다. 타고난 외모가 아니라면 노력으로라도 이룰 수 있을 거라 믿었다.

거울을 통해 나날이 예뻐지는 자신을 볼 때마다 흐뭇함을 느꼈지만 동시에 불안함도 들었다. 꾸미지 않으면 사실은 평범한데. 어쩌면 더 퇴화한 것은 아닐까. 사람들이 이런 나를 알아채고 비웃으면 어떻게 하지. 타고난 게 아니라 모두 만들어진 가짜라고.

신현에 대한 집착은 그렇게 처음부터 옳지 않았던 감정에서 시작되었을 것이다.

갖지 못한 것에 대한 본능. 소유를 통해 진짜가 되고 싶은 열망.

그러므로 순수하지도 않고 정당하지도 않은, 어쩌면 비틀린 소유욕.

'신현'이라는 이름을 언제부터 들었는지 기억나지 않는다. 그 정도로 오래전부터 들은 이름이었다. 보육학을 전공한 혜조가 종종 일손을 거들기 위해 외할아버지가 설립한 복지원에 다녀온 날이면 혜조는 형욱에게 전화를 걸어 신현에 관한 소식을 전달하곤 했다.

'애가 낯을 많이 가려요.'

그게 처음 그에 대해 들은 말이었을 것이다.

'발달이 많이 늦어요. 언어도 그렇고.'

잠이 들면서 가물가물 들은 말들이라 모두 정확하진 않다.

'아버지 말로는 애가 결이 맑다더라고요. 참 맘에 드신다고.'

'결이 맑다.'라는 뜻을 그 당시엔 이해하진 못했지만 정은에겐 하늘 같았던 외할아버지가 한 말이어서 유독 오래 기억에 남았다. '인류애'라는 말로 온 인생을 정의할 수 있을 만큼 훌륭한 인성을 갖췄지만, 사람을 판단하는 기준만큼은 매우 까다로웠던 외할아버지였다.

혜조가 복지원에서 찍은 사진을 모아 둔 앨범을 찾아 든 건 그런 질투심에서 비롯되었다. 대체 차신현이 누구야?

정은도 해마다 복지원에 끌려가곤 했다. 부모가 없거나 몸이 불편한 애들이 모여 있는 곳이었고, 정은에겐 찌푸린 표정을 숨겨야 하는 곳이었다. 아무리 기억을 뒤져 봐도, 할아버지가 눈여겨볼 만큼 우월한 애는 분명 없었다.

앨범을 훌렁훌렁 넘겨 단체 사진을 찾아냈다. 50여 명의 아이와 몇몇 교사들이 서 있는 모습 속에서 눈에 띄는 대상은 역시 없었다. 그중 가장 나설 것 같은 인상의 사내애를 찍으며 정은이 물었다.

'얘가 차신현이에요?'

고개를 저은 혜조가 손가락으로 다른 사내애를 짚었다. 그순간 울렁거리던 기분이 지금도 생생하다. 그렇게 정은은 신현을 처음 마주했다.

'이건 한참 된 사진이긴 한데.'

사진 속의 소년은 전혀 눈에 띄지 않았다. 남들과 똑같이 남루한 옷, 얼굴을 가리고 있는 머리칼과 안경, 작은 체격 때문만은 아니었다.

흐릿하달까, 밋밋하달까.

마치 자기가 색깔을 죽이기라도 한 것처럼.

혜조가 자리를 뜨자 이번엔 정은의 손가락이 남자애의 사진을 짚었다. 사진 찍히는 게 싫은 건지, 아니면 뭐라도 감추려는 건지 잔뜩 찡그린 표정이었다. 덥수룩한 머리칼과 안경, 표정을 들추고 얼굴선을 따라 그려 봤다. 이마가 반듯하고 남자애치곤 눈이 컸다. 또렷한 얼굴 윤곽에 코도 높고 무엇보다 입술이 붉고 예뻤다.

본판은 괜찮았지만, 남자들은 대부분 커 갈수록 못생겨지게 마련이었다. 그렇게 앨범을 치우며 정은은 다른 생각을 떠올렸다.

애가 좀 쓸쓸해 보이긴 하네. 괜히 말이라도 붙이고 싶게.

가슴이 서걱거리게 하는 아이. 마음이 울렁거리게 하는 아이.

그게 신현에 대해 가진 첫 감정이었다. 어디선가 여러 번 본 듯한 느낌은 그만큼 평범했기 때문이라고 넘겨짚었다.

혜조가 복지원으로 부임한 후, 신현에 대한 말은 더욱 자주 들려왔다.

'글쎄, 아버지가 잘못 봤지 싶어요. 제 눈엔 그냥 평범해요.'

어딘가 모르게 낙담한 어조였다. 그럼에도 혜조는 신현에 대한 소식을 형욱에게 꾸준히 전달했다.

자라면서 그렇게 드문드문 소식만 들었다. 어떤 날은 같이 자라는 사촌처럼 느껴지기도 했고, 어떤 날은 먼 세상의 아이처럼 느껴지기도 했다. 사실 제약 회사 상속의 향방을 두고 사람들의 시선과 긴장 속에서 자라야 했던 정은에게 있어서 복지원의 사내애쯤은 큰 관심 사안이 아니었다.

'너도 복지원 운영에 대해서 배워야 하잖아.'

혜조는 '그런' 아이들은 우리 같은 사람들이 도와줘야 한다며 종종 복지원에 같이 가자고 청했지만 정은은 성의 없는 편지와 물품만 보냈다. 복지원에선 정은을 쳐다보는 시선도 불쾌하거니와 늘 덥거나 추워서 불편한 기억뿐이었다. 아무튼 그렇게 신현의 어린 시절을 지켜볼 수 있었던 기회를 여러 번 날려 버린 셈이다.

'제 학년 심화 문제집을 사흘 만에 다 풀어 왔어요.'

어느 날, 어딘가 모르게 놀라고 미심쩍은 어조로 혜조가 형욱에게 전화했다.

'답을 분명 제가 갖고 있었는데. 숫자 감각이라곤 없던 애고요.'

그다음에도 마찬가지라고 했다. 정은은 일부러 흘려들었다.
혜조의 서재에 갈 때마다, 자신도 모르게 앨범을 들춰 보긴 했다. 역시 사진 찍기 싫어하는 게 맞는지 신현의 모습은 자주 보이지 않았다. 다만 매년 한 번씩 혜조가 단체 사진을 추가할 때마다, 사진 속의 사내애가 한 살씩 자라는 걸 지켜볼 수 있었다.

신현. 차신현. 얼굴과 다르게 특이한 이름이었다.

그렇게 종종 이름과 얼굴을 여러 번 곱씹기는 했다. 왜 차 씨인 거지? 고아들은 누구의 성을 따르는 거지? 그런 평범한 의문들로 가끔 이름을 중얼거려 보기도 했다.

'유전자일까, 환경일까?'

복지원에서 퇴근한 혜조가 언젠가 혼잣말처럼 물었다. 그 흐릿한 사내애에 대해 거의 잊고 앨범을 들춰 보는 일조차 까먹고 있던 무렵이었다. 신현이 전국 수학 경시대회에서 입상을 했다고 했다. 정규 수학 교육이라곤 학교에서 받은 게 전부였고 혜조가 구해다 준 문제집만 몇 권 풀어 보게 했는데 말이다. 그때부터 종종 혜조는 이사장실에서 신현의 수학 공부를 봐주기 시작했다.

늦된 아이였던 신현은 천천히, 힘겹게 치고 올라갔다. '반에서 2등'이라는 소식도 들었다. 정은은 수학이 괴물처럼 싫었는데, 그 남자애 별명은 어느새 수학 괴물이 되었다. 바쁜 외할아버지가 종종 시간을 내어 복지원을 찾아가 그 애를 본다는 말조차도 흘려들었다. 세상은 공부가 전부가 아니고, 남자들도 별것 없다고 생각했다. 첫 생리를 하고 외모를 가꾸기 시작한 이후부터, 남자들이 시시하게만 느껴졌다.

가슴을 흘끔거리며 섹스만 생각하는 하등 한 존재들. 뒤에선

'돈도 많은 신정은'이라고 쑥덕거리며 성적 대상으로만 여기면서도, 앞에선 정은의 외모를 찬양하며 녹아내리던 남자들. 손 한번 잡았을 뿐이면서 잤다고 떠벌리던 남자들. 그게 그 시절 정은이 남자에 대해 내린 결론이었다.

공부 잘하는 남자라고 별반 다를 것도 없었다. 오히려 그런 남자들을 떠올리며 가슴 설레고, 종이가 꽉 차도록 이름을 쓰는 주변 소녀들이 더 한심하게 여겨지기도 했다. 차신현도 그런 흔하고 가벼운 사람 중 하나라고 생각했다.

그때는 그랬다.

성적표를 집에 갖고 왔던 날이었다. 혜조가 한숨을 쉬며 농담을 했다.

'신현이 등수도 두 자리인데, 너도 두 자리구나.'

그새 성적이 떨어졌나.

'전교에서요?'

정은이 되묻자 혜조가 성적표를 덮으며 대충 대답했다.

'아니, 전국에서.'

그러면서도 혜조는 평소처럼, 깊은 애정과 신뢰가 가득한 눈빛으로 정은을 마주했다.

'넌 다른 걸 잘하잖아. 이해관계도 빠르고.'

신현에 대해 말할 때와는 다르게 분명한 애정이 담긴 목소리에 정은은 가슴을 쓸어내렸다. 그리고 순순히 고개를 끄덕였다. 형욱의 공부 머리를 물려받진 못했지만 혜조를 닮아 돈이나 이해관계는 빠른 그녀였다.

그 순간 잠시 신현의 모습을 상상해 봤다. 수학 잘하는 남자애들은 다 못생겼으니, 여드름 잔뜩 난 뚱뚱한 안경잡이일 것이다. 현실적으론 서로 마주칠 일도 경쟁할 일도 없으니, 은연중에 잘되길 바랐는지도 모르겠다. 즉 '다른 의도'가 있던 건 자신이었던 셈이다. 성실한 공붓벌레라니, 나중에 후원을 핑계로 내 회사에 취직시켜 날 위해 일하게 하면 되겠네, 그런 심술궂은 계산을 하기도 했다.

복지원에 돈을 더 투자하는 게 어떻겠냐는 혜조의 말은 흘려들었다. 누구에게도 돈은 내어 줄 수 없었다. 그런데도 혜조가 신현의 옷을 살 때는 옆에서 골라 주었다. 생일에는 정은이 좋아하는 모자를 사서 보냈다. 복지원의 다른 아이들에게 보내는 크리스마스 카드는 책을 보며 길게 베껴 썼지만, 왜인지 신현에게 쓰는 카드에는 무슨 문구를 써야 하나 오래 망설이기도 했다.

그 많은 카드와 선물에도 보답은커녕 형식적인 답장도 없었으나 '감사함을 모르는 애인가 보네.' 하고 그냥 흘려 넘겼다. 혜조가 신현을 집에 데려온 적이 있지만, 정은은 외가댁에 있던 때라 만나진 못했다. 그때 즈음 신현이 유명 과학고에 합격했다는 소식을 들었다. 성적 우수자로 교외 장학금까지 받고 입학한다고 했다. 말이 성적 우수자지, 실질적인 1등이라고 했다.

많은 시간을 신현의 공부를 관리하는 데 투자한 혜조는 당연히 뿌듯해했다. 어려운 환경에서 그 정도의 성과를 낸 것이 대단하다고 생각은 했지만, 사실 놀라워하는 엄마를 바라보던 정은의 마음은 심히 복잡했다.

그래서 그에게 저금통을 보냈다. 공부하는 데 도움이 되었으면 좋겠다고 카드에 썼지만, 불순한 열등감이 더 컸을 것이다. 합격 선물의 뜻으로 흔쾌히 보낸 큰 액수의 돈이었는데도 불구하고 그 저금통은 고스란히 되돌아왔다. 분홍색 저금통을 책상 위에 올려놓고 한참을 바라보았다. 잘못이라도 한 것처럼 뜨끈한 감정이 들었다.

'하, 웃겨.'

그 남자애가 싫다고 생각했다. 그때부턴 신현의 소식이 들릴 때면 괜히 날을 세웠다.

고2 첫 전국 모의고사에서, 신현은 난생처음 전국 1등의 쾌거를 기록했다. 길고 긴 싸움 끝의 힘겨운 승리라는 걸, 짐작할 수 없는 노력으로 살아가는 애라는 걸 자연스럽게 깨달으면서도 마음은 착잡했다.

신문에 '어려운 환경에서 낸 최고의 성적' 또한 '국영수를 중심으로 예습 복습 철저히'라는 뻔한 문구와 함께 복지원의 이름이 헤드라인을 장식했다.

'네 할아버지도 자랑스러워하셨단다. 사진도 잘 나왔네.'

할아버지까지 자랑스러워했다니 기분이 확 상했다. 온 지구상에서 날 제일 예뻐하셨는데!

정은은 빼앗듯 신문을 낚아챘다. 여드름 잔뜩 난 얼굴을 확인하고 마음을 풀 생각이었다. 그렇게 몇 년 만에 그의 모습을 다시 마주했다. 혜조와 함께 찍은 사진이었다. 놀라서 목이 탁 막혀 왔다.

'애가, 그, 그, 차신현이라고요?'

시원시원한 이목구비와 깊고 커다란 눈. 넓은 어깨. 훌쩍 솟은 키.

눈부신 남자애였다. 그 표현밖에 떠오르지 않았다. 생물이 탈피하여 완전히 다른 성체로 변한 듯, 완벽하게 바뀌어 있었다. 너무 놀라서 시기와 질투의 감정조차 사라졌다. 무엇이 그를 이토록 뚜렷하게 변화시켰을까.

'응, 몇 번 봤을걸. 오래전에 인사도 했었고.'

무슨 소리. 난 이런 애는 생전 처음 구경했다.

'애는……, 여자 친구 있어요?'

무관심한 어조를 가장하며 스치듯 물었다.

'아니. 또래에 비해 좀 순진해. 낯도 많이 가리고. 좀 어수룩하달까.'

갸웃하면서도 사진에서 눈을 떼지 못했다. 여자들이 가만 놔둘 용모는 결코 아니었다. 차가운 눈매를 보며 문득 생각했다. 호박씨 잘 까게 생겼다고. 그리고 그 점이 가장 정은의 흥미를 끌었다.

애를 어디서 만나 어떻게 꼬시지? 우선 어디서 정보를 구할지를 고민했지만, 딱히 어려울 것도 없었다. 대치동 유명 수학 학원에 다니는 친구에게 '너 혹시 키 크고 잘생긴 과학고 1등 입학, 아니?' 넌지시 물었을 뿐인데 그의 소식을 줄줄 들을 수 있었다.

'그 오빠, 타고 다니는 버스 번호까지 신상 다 털렸어.'

그 외모에 성적까지 완벽해서 그 일대 모든 여학생의 장래 희망이 '차신현 여자 친구'라고 했다.

'딱 첫사랑처럼 생겼잖아. 모든 여학생의 첫사랑.'
'얼굴은 지적인 냉미남인데 몸은 운동선수. 여름에 반팔 티 입으면 가슴팍이 우와, 예술. 근데 목소리는……, 으윽. 난 모르겠어.'

낄낄거리던 여학생이 덧붙였다. 예쁘다는 여자들이 다 덤볐지만 열이면 열 모두, 눈길 한번 주지 않고 거절한 유명한 철벽이라고.

상관없었다. 정은은 어떤 단단한 벽도 허물 자신이 있었으니까. 오히려 쉽지 않다니 도전욕이 자극되어 더 좋았다. 무너뜨리면 그 쾌감이 더 클 테지.

기숙사에서 지내는 신현은 금요일 9시가 되어야 모든 일정이 끝난다고 했다. 며칠 후 정은은 할아버지의 운전기사에게 혜화동에 데려다 달라고 부탁했다.

봄비가 내리는 평일 저녁이었다.

설마 마주칠 수 있을 거란 예상도 안 했다. 그냥 '사진이 잘 나온 거겠지. 별거 없을 거야.' 그렇게 생각하며 떠난 길이었다.

그 학교 근처를 차를 타고 들어섰다. 차 한 대가 간신히 지나갈 만큼 좁은 도로로 들어서는데 자전거 한 대가 앞서 달리고 있었다.

청바지를 입고 해진 배낭을 멘 남학생이었다. 발달 상태 좋은 체격이나 넓은 어깨, 페달을 밟을 때마다 규칙적으로 움직이는 허벅지가 학생 같지 않았다. 이제까지 봐 왔던 주변 남자애들이랑은 하드웨어 자체가 달랐다. 아마도 운동하는 성인 남자이겠거니 했다.

그냥 스쳐 지나가려던 눈길을 자전거가 잡았다. 혜조가 신현이 통학할 자전거를 고를 때 그 옆에서 계산을 한 게 정은이었다. 색깔이나 모양이 엇비슷했다. 우연이겠지 하면서도 제대로 보려고 차창을 내렸다. 그 틈으로 차가운 바람과 옅은 비가 들어왔다.

그때 최 기사가 욕설을 중얼거렸다. '씨팔.' 정은이 듣기에도 거북한 욕이었다. 말수는 적어도 한번 열 오르면 불끈하는 성격이었다.

'아, 우라질. 왜 안 피해?'

그러게. 학교 주변이라고 그러나. 근데 쟤도 좀 까칠하네.
빠르게 달리던 자전거의 속도가 오히려 서서히 늦춰졌다. 아주 느린 동작이었다. 설마 욕을 들은 건가. 헤드폰을 끼고 있으니 아닐 텐데.
최 기사가 창을 내리고 크게 한 소리 했다.

'거기, 자전거! 너, 안 들려!'

뒤돌아보지도 않았다. 차를 정면으로 막아선 채로 느릿하게 가고 있다. 마치 약을 올리는 것도 같다. 마음에 든다.

'클랙슨 눌러 봐요.'

등을 좌석에 기댄 채로 정은이 최 기사에게 부탁했다. 괜히 더 성질나게 하고 싶었다. 돌아보게 하고도 싶었다. 정확히는 이쪽에서도 약을 올려 주고 싶어서였다.

빵빵, 도로 가득 클랙슨 소리가 울렸다. 여전히 안 피해 줄 기세였다.

'한 번 더요.'

또 클랙슨을 눌렀지만 소용없었다. 비에 젖은 데다가 헐렁한 티셔츠 때문에 각진 어깨와 탄탄한 등 근육이 드러났다.

성격 급한 최 기사가 한숨을 쉬었다.

'어이, 거기 앞의 남학생! 좀 비켜 주지?'

제 성질을 못 이겼는지, 시비조였던 최 기사의 음성이 안달하는 어조가 되었다.

남학생이 그제야 들었다는 듯, 머리에 끼고 있던 헤드폰을 목까지 내리고는 자전거의 방향을 살짝 틀었다. 속도는 여전히 느긋했다. 골목 한쪽으로 다 비켜 주고 나서야 차를 돌아봤다.

처음엔 알아보지 못했다. 오히려 성인 남자가 아니라 학생이라는 데에 놀랐다.

오뚝한 이목구비, 금테 안경. 전형적인 모범생의 인상이었다. 긴 팔과 자전거 핸들을 잡고 있는 손등, 남자다운 관절이 시선을 끌긴 했다. 정은은 감상하는 눈길로 남학생을 훑었다.

남학생이 운전석 쪽을 향해 죄송하다는 뜻으로 고개를 숙이자 최 기사는 눈에 띄게 당황해했다.

'진짜 못 들었나……, 보네.'

최 기사가 말을 더듬었다. 정은의 입가에 희미한 미소가 떠올랐다.

아닌데. 쟤, 다 들었는데.

죄책감 때문인지 최 기사는 아주 천천히 학생 옆을 지나갔다. 남학생은 이제 자전거를 세우고 한 발만 페달에 올린 채로 정은의 차가 지나가는 걸 지켜보고 있다. 경멸을 잘 감춘, 감쪽같은 얼굴로 비켜선 남학생을 정은도 감정을 숨기고 바라봤다.

좁은 도로에서 최 기사가 조심조심 차를 운전했다. 차가 앞으로 움직이며 남학생의 시선이 자연스레 뒷좌석으로 옮겨 갔다.

비스듬하게 내려다보는 차가운 시선과 마주쳤다. 숨이 차올랐다.

신문에서 본 흑백사진과 남학생의 얼굴이 데칼코마니처럼 명확하게 겹쳐졌다.

그……, 남자애였다. ……신현.

동시에 그의 잔잔한 눈에서 어떤 놀람이 섬광처럼 비쳤던 것도 같다. 찰칵, 암흑 같은 시간이 지나고 남학생의 시선은 다시 무감해졌다.

서로 그렇게 마주 본 채로 있었다. 얼마만큼 시간이 흘렀는지 모른다.

신현이 페달에 다른 한 발마저 올렸다. 말을 걸지 않고 떠나는 게 이상하지 않았다. 어차피 그는 그녀의 얼굴을 모를 테니 당연했다. 정은도 몸을 틀고 다시 정면을 주시했다. 내린 차창과 이슬비를 사이에 두고, 그들은 그렇게 서로를 스쳐 지나갔다.

'결이 맑다.'라는 뜻을 그때 깨달았다. 얼음 낀 숲속의 냇물. 그런 느낌을 말씀하신 게 아닐까 한다. 반면 정은은 순간 담담한 마음으로 예감하기도 했다. 그녀에게는 그 냇물만큼이나 차가울 거라고.

정은이 탄 차가 자전거를 앞섰다. 정은은 백미러로 남학생의 모습을 지켜봤다. 시선을 뗄 수가 없었다. 남학생이 몸을 숙이고 다시 제 갈 길 가는 모습을 마지막으로, 차가 도로 끝 커브를 돌았다. 더 이상 신현이 보이지 않게 되자 정은도 마침내 백미러에서 시선을 떼었다.

내 거다.

자연스럽게 그런 생각이 가득 차 왔다. 저 앤, 내 거야.

'뒤에 창문 닫아야지.'

최 기사의 말에 정은은 여전히 열려 있던 창문을 닫았고 좌석에 몸을 기댔다.

'뉘 집 아들인지, 거참 잘도 섞어 놨네. 귀티도 나고.'

정은이 빙긋 웃었다. 일반적인 사람들과 확연히 달라 보인 건 사실이었다. 낡은 옷을 입고, 아무런 정성을 들이지 않았는데도 우월한 느낌, 기품 있는 움직임.

짧은 순간이었지만 충분했다. 형욱도 혜조도 틀렸고, 다윈도 멘델도 다 틀렸다. 정은만큼은 알아봤다. 누구보다도 특별했다.

노력에도 한계가 있는 거다. 문득 깨달음이 스쳤다. 저렇게 처음부터 탁월하게 태어난 사람들을 따라가는 건 불가능했다. 생애 처음으로 깊은 부러움을 느꼈다. 상관없다. 내가 갖고 태어나지 못했으면 저 남자애를 가지면 된다.

얇은 셔츠 끝이 해진 게 기억에 남았다. 곰곰이 고민하다가, 증여받은 돈 중 일부를 그 복지원에 장학금 형식으로 지원하기 시작한 것도 그즈음부터였다. 할아버지도 크게 기뻐하며 칭찬했다.

가끔 혜조가 다른 우수한 아이들과 마찬가지로 신현을 집으로 초대하는 것도 알고 있었다. 책을 사 주거나 밥을 대접하곤 했지만, 정은은 의도적으로 그 시간을 피했다. 그저 시간이 지나기를 기다렸다. 일반적으로 한 번 스친 사람을 완전히 잊을 때까지의 시간은 어느 정도일까, 계산하고 계속 기다렸다. 일부러 학교까지 찾아간 걸 들키는 건 왠지 지고 들어가는 느낌이어서 싫었다.

몇 달 지나면 잊힐 것이다. 어차피 모르는 얼굴이고 스치기만 했으니 알아볼 확률이 거의 없다고 추측했다.

가끔씩 떠올리기만 했다.

길을 걷다가, 자율 학습을 하다가, 문득문득.

거울을 보다가도 떠올렸다. 거울 너머로 제법 잘 다듬어진 소녀가 자신을 바라봤지만 머릿속에 떠오르는 건, 타고나길 완벽한 얼굴과 단단한 체격이었다.

처음 만난 지 넉 달여 지난 어느 주말이었다. 백화점을 다녀온다던 혜조가 길이 막혀 늦는다고 했다. 거실 소파에 수능 문제집과 입시 대비 교양서적, 클래식 음반이 잔뜩 쌓여 있었다. 소설 한 권이 끼어 있기에 정은은 그 책을 빼 들고 2층으로 향했다. 하나도 재미없고 두껍기만 한 영국 고전이었다. 글씨 많은 건 딱 질색이었다. 침대에 엎드려 훌렁훌렁 구경하듯 책을 넘기는 동안, 위이잉 돌아가는 선풍기가 땀을 식혀 주었다. 샤워를 해서인지, 아니면 책이 지루해서인지 슬슬 졸음이 밀려왔다.

해거름이 가까울 무렵, 정은은 집 안을 울리는 벨 소리를 들었다.

인터폰으로 대문을 열어 주었다.

그제야 소파에 쌓인 책과 음반이 누굴 위해 사 놓은 건지 깨달았다. 계단을 올라오는 모습을, 신현의 정수리를 2층 방 창문으로 내려다보았다. 신현은 거슬릴 정도로 말끔한 흰 셔츠에 청바지를 입고 있었다. 현관문을 열고 들어왔다가 1층에 아무도 없는 걸 확인했는지 얼마 뒤 다시 나가는 소리가 들렸다.

정원에 선 신현이 집을 올려다보기 직전, 정은은 커튼 뒤로 몸을 숨겼다. 왜 숨었는지는 자신도 알 수 없었다. 하양 커튼이 잠깐 살랑거렸을까. 서성거리다가 이쪽을 올려다본 것도 같은데 확실하지 않다.

숨을 고르고 다시 내려다봤을 때 신현은 정원 뒤쪽으로 걸어가고 있었다. 아무도 없는 집에서 혜조를 기다리는 대신 정원에서 시간을 때우기로 결정했나 보다. 정은이 계단을 내려가는 동안, 슬리브스 원피스를 입은 자신의 모습이 거울에 비쳤다. 얼굴은 묘하게 상기되었고 입술은 붉었다.

현관을 나서자, 기울어졌어도 여전히 쨍쨍한 해가 눈을 아프게 했다. 움직일 때마다 하늘거리는 원피스 안으로 더운 바람이 스며 왔다. 조금만 걸어도 금세 땀이 나는 날이었다.

오래된 주택이지만 실험처럼 키우는 신비롭고 이국적인 나무들이 무성했다. 연녹색 풀들을 밟으며 집과 담 사이에 난 좁은 길을 지나쳐 뒷마당으로 향했다. 나무들 덕에 태양 빛이 가려졌다. 그림자 때문에 컴컴한 그곳은 어둑하고 습한 기운이 느껴졌다.

발소리를 죽이고 걸어갔는데도 인기척이 났나 보다. 서둘러 후다닥, 행동을 정리하는 소리가 들렸다. 꺾인 벽 모서리를 돌고 나니 뒷마당이 한눈에 들어왔다.

커다란 나무 아래 신현이 등을 돌린 채 서 있었다. 혜조인 줄 알았는지 돌아보는 동안 쑥스러운 웃음을 띤 채였다.

시선이 마주쳤다. 그의 입가에 남아 있던 웃음이 순식간에 사라졌다.

아는 사람을 쳐다보는 눈길도, 모르는 사람을 쳐다보는 눈길도 아니었다. 가까이 오지도 않고 이계의 생명체를 바라보듯 정은을 조용히 주시했다.

이상한 일이지만 둘 다 인사를 하지 않았다. 기이한 경계심과 낯선 흥분 속에서 둘 다 서로를 지켜만 봤다.

신현이 섣불리 다가오지 않을 거란 걸 정은은 본능적으로 알아챘다. 어딘가에 발이 묶인 사람처럼, 정은을 바라보기만 했다.

정은이 먼저 한 발을 내밀었다. 땅에서 바스락, 소리가 났다.

놀란 눈동자도 아니고 어딘가로 피하지도 않았다. 정은이 한 발 한 발 다가오는 모습을 지켜보기만 했다. 드문드문한 나뭇잎 사이로 빛줄기들이 새어 들어왔다. 그 빛이 정은의 옷 사이에 조각조각 무늬를 만들기도 했고, 투과해 속을 비추기도 했다.

가까이 다가간 정은이 그를 올려다봤다. 넉 달밖에 안 지났는데 키가 더 큰 건지, 이렇게 체격이 큰 걸 몰랐던 건지 알 수가 없다.

숨결과 땀 냄새가 희미했다. 청결하지만 여자의 냄새와는 분명 달랐다.

신현은 주먹을 꽉 틀어쥐고 있었다. 목덜미에 흐르는 땀방울이 시선을 끌었다. 흔들리지 않을 것을 알아봤기에 더 흔들고 싶었는지도 모른다.

그렇게 반쯤은 장난, 반쯤은 진심.

바로 앞에 비스듬히 서자 정은은 까치발을 했다. 고개를 숙이면 안이 다 보일 만큼 얇고 헐렁한 옷 사이로, 아직 덜 성숙한 가슴 끝이 부딪쳤다. 정은만 느꼈을 것이다.

서로의 더운 숨이 느껴졌다. 늦여름의 쨍한 태양 빛이 그의 얼굴에 가려졌고, 정은이 그의 귓가에 입술을 가져갔다.

'피부에 안 좋아.'

정은이 놀리듯 속삭였다.

'……담배 말이야.'

킥킥 웃음이라도 나올 것 같은 순간이었다. 정은이 그에게서 떨어져 몸을 돌리던 때에, 팔목이 잡혔다. 흠칫 놀란 정은이 그를 돌아봤다. 다시 정면으로 시선이 마주쳤고……, 이번엔 정은의 눈빛이 굳었다.

바람이 불었다. 나뭇잎 흔들리는 소리가 주변을 울렸고, 정은의 머리카락이 나부꼈다. 꽉 잡힌 팔의 살갗이 뜨거웠다.

그 손목을 왜 잡았냐고, 오랫동안 그를 원망할 거라는 걸 그땐 몰랐다. 손목을 잡히지 않았더라면 정은도 희망을 갖지 않앉을 텐데.

무언가를 말하려는 건지 신현이 마침내 입술을 떼는 순간이
었다.

멀리, 철제 대문이 열리는 소리가 들렸다. 마법이 사라지듯
손목이 풀렸고 정은은 몸을 틀어 급히 도망쳤다.

그토록 서투르고 엉망이어서

'한 권이 어디 갔는지 모르겠네.'

혜조가 소파 근처를 헤매는 동안, 정은은 2층에서 내려왔다.

'분명 목록대로 다 샀는데 권수가 안 맞아. 하나가 뭐였더라?'

흐트러진 머리카락을 정리하며 계단을 내려오던 정은이 먼저 신현을 쳐다봤다.
이런 경우 일반적인 남자라면, 정은에게 호감을 표시하며 다가올 것이다. 그런 예상부터 했다.
혜조가 서로를 소개했다.

'정은이야. 내 딸. 말한 적 있지?'

'네.'라고 답변한 신현이 정은에게 인사했다.

'안녕.'

목소리를 그때 처음 들었다. 그래서 그 여학생이 그랬구나 싶었다.

보통 남학생들보다 굵고 낮았다. 뭐랄까. 살이 긁히는 느낌. 저 얼굴에 저 목소리가 맞나, 다시금 확인하고 싶어지게 만드는 소리였다. 볼이 달아오르게 된다.

상기된 얼굴로 돌아보자 마치 처음 본 사람처럼 거리를 둔, 예의 있는 눈빛과 마주쳤다. 예리한 눈길로 살피다가 먼저 고개를 돌려 버렸다. 어딘가 익숙하고도 묘한 인사라는 생각을 무의식중에 하기도 했다.

괜스레 무안해져서 정은은 들고 있던 책을 혜조에게 건넸다.

'재미없던데요. 《폭풍의 언덕》이요.'
'아, 맞아. 거기 있었구나.'

혜조가 책을 받으며 부연했다.

'이거 재미있는데. 그래서 신현이한테는 내가 원서부터 빌려

줬었거든. 정은이도 끝까지 읽은 거니?'

소녀 시절의 혜조가 밤늦게 몰래 보다가 침대를 부여잡고 엉엉 울게 만든 책이라고 했다. 유심히 바라보는 시선을 느끼며 정은은 어깨를 으쓱했다. 현실성 없는 내용이 대충 떠올랐다.

'어떻게 끝나는데요? 걔네, 이뤄져요?'

잠시 멈칫했던 혜조가 서늘한 어조로 되물었다.

'어떻게 이뤄질 수 있겠어?'

정은이 의문의 눈빛으로 혜조를 바라보았다. 이해가 되지 않아서였다. 그때 신현이 혜조를 쳐다보았고, 혜조는 왜인지 눈길을 피했던 것 같다.
혜조가 얼버무리듯 대답했다.

'어떤 의미로는 이뤄지긴 해.'

그 이후 신현을 다시 만나기는 쉽지 않았다.
혜조가 김천댁에게 전달해 주는 소식들만 옆에서 귀를 쫑긋하며 들었다. 조기 졸업에 입시까지 준비할 시기여서 정신없다고 했다. 고급 과학, 고급 수학, 대학생용 일반 물리……, 그 학교에서는 그런 과목을 배운다고 했다. 고르는 곳을 다 갈 수 있을 거라고, 지켜보는 사람들은 아무런 걱정을 하지 않는데도 정작 본인은 스트레스가 많은 눈치라고 했다. 왜인지 모르게 무척 초조하고 예민해져 있다고.

그다음 신현이 찾아온 건 늦여름, 주말이었다. 시험이 코앞인데 정은은 공부하기 싫어 미칠 지경이었다. 어렵고 재미없는데 억지로라도 해야 한다니 자신감도 떨어져 있었다. 창피해서 마음속 방황을 아무에게도 말하지 못하고 혼자 끙끙 앓던 시기였다.

그날, 정은은 손목이 또 아팠다. 진짜 아픈 건지, 자꾸 만져봐서 그런 건지 알 수 없었다. 약국에 파스를 사러 나갔다가 돌아왔을 때였다. 들어서다가 딱 눈이 마주쳤다. 예의 있던 눈빛이 정은과 마주치자 딱딱해졌다.

날 싫어하네. 왜지?

더 쌀쌀맞은 시선을 쏘아 주고 정은은 곧장 2층으로 향했다. 계단 꼭대기에서 발걸음이 멈칫했다. 이상한 의심이 들어서였다. 이성에게 끌리는 건 때로 취향의 문제여서, 당연히 그녀를 싫어할 수도 있었다. 그런데 정말로 그럴까. 오만해서가 아니라 미심쩍어서였다. 정은이 첫눈에 파악한 차신현은 굉장히 신중하고 내성적이었다. 오랜 시간이 지나서야 마음을 내주고, 식을 때도 오랜 시간이 걸리는 그런 성격 말이다. 그런 사람들은 보통 한번 보고 누군가를 좋아하거나 싫어하지 않는다.

계단 끝, 바닥에 앉아 손목에 얇은 파스를 붙이며 정은은 1층에서 나누는 얘기를 훔쳐 들었다. 곧 다가올 입시에 대한 혜조의 충고, 학원 수업에 관한 이야기, 그러다가 정은의 성적에 대한 엄마의 한숨.

'영어, 수학은 고사하고 국어도 점수가 안 나오는 애를 어쩌면 좋니.'

정은이 이맛살을 찌푸렸다. 창피하게 저런 말을 대체 왜 해?

'바자회 가는 길인데 학원까지 데려다줄까?'

대화가 마무리됐는지 혜조가 물었다. 그때 김천댁이 점심 먹고 가라며 신현을 잡았다. 혜조가 나가고 김천댁이 점심을 다 차릴 때까지 기다린 다음 정은은 1층으로 내려갔다.

'저도 밥 주세요.'

다이닝 룸에 들어서며 정은이 말하자 김천댁이 놀라 돌아봤다.

'네가, 밥을 먹겠다고?'
'배고파요. 주세요.'

탄수화물은 일절 먹지 않는 정은 때문에 해물찜을 한 날이었다. 그 해물찜을 먹은 게 고작 한 시간 전이었다. 뻔뻔하고 아무렇지 않은 얼굴로 정은은 신현의 맞은편에 앉았다.

물끄러미 정은을 쳐다보던 김천댁이 심상하게 웃고는 밥그릇을 가져왔다. 식탁에는 모든 해물 요리들이 사라지고 불고기와 나물, 두부부침, 호박전이 있었다. 신현이 오는 날이면 따로 준비해 두는 반찬들이었다. 김천댁은 정은이 좋아하는 김부각만 따로 덜어 가져왔다.

낮인데도 다이닝 룸은 어둑하고 서늘했다. 둘을 남기고 김천댁은 설거지를 마저 한다며 조리실로 향했다. 신현은 밥을 반쯤 비우고 있었다. 이쪽으로는 아예 시선을 주지 않는다. 오히려 정은이 흘긋거렸다.

머리를 잘랐는지 목 윗부분이 파르스름했다. 얼굴의 모든 선들이 더욱 시원시원해지고 뚜렷해졌다. 반팔 셔츠 아래로 드러난 굵은 팔뚝에 시선이 가는 건, 분명 무서워서일 것이다. 저런 스타일은 어른 남자 같아서 절대 안 좋아했으니까.

젓가락을 남들과 다른 방법으로 쥐고 있는데, 그 손등에도 힘줄이 툭툭 튀어나와 있었다. 괜히 입이 말라 왔다. 안경 낀 저 얼굴처럼 몸도 단정하고 얌전하기만 했다면 이렇게 쳐다보지는 않았을 텐데.

무뚝뚝하게 밥만 먹고 있지만, 왠지 훔쳐보는 걸 들켰지 싶다. 곤란해하는 눈치랄까. 그럼에도 또 대놓고 쳐다보다가 식탁 위에 놓인 모자에까지 시선을 옮겼다.

짙은 남색의 야구 모자. 별로 비싼 것도 아닌데 저걸 아직도 갖고 있다. 누가 산 건지 모르거나, 아니면 신경을 안 쓴 거거나. 아무튼 모서리가 많이 닳아 실밥이 몇 개 튀어나와 있었다. 괜히 또 마음 불편하게시리.

고개를 숙이고 정은은 억지로 밥을 먹었다. 긴장된 침묵이 흘렀다. 신현이 묵묵히 밥을 비우는 동안 멀리서 설거지하느라 틀어 놓은 물소리가 들렸다. 그리고 거실의 라디오 소리.

그나저나 오늘 덥네.

얼굴에 손부채질을 하던 정은은 손목에 묶어 둔 머리끈을 풀었다. 머리를 묶다가 괜히 가슴이 도드라져서 얼른 손을 내렸다. 잠깐 쳐다본 거 같은데 진짜였는지 알 수 없다.

신현은 여전히 밥 먹는 데에만 열중한 채였다. 그도 좀 더운지 귀와 광대뼈 부분이 살짝 불그스레할 뿐, 정은에게는 말도 걸지 않았다.

정은이 젓가락으로 김부각을 하나 가져왔다. 바스락, 정은의 입 안에서 김부각 부서지는 소리가 났다. 그 소리를 핑계 삼아 그제야 흘끗 정은을 쳐다보고는 다시 밥을 먹는다. 이번엔 진짜 쳐다봤다. 심지어 싫어하는 눈빛도 아니었다. 이상하게 배 근처가 조여 왔다. 뭐랄까……

하지만 말을 걸 법도 한데 무슨 결심이라도 한 사람처럼 신현은 무뚝뚝하게 밥만 먹었다. 정은은 하염없이 또 김부각에 젓가락을 뻗었다. 입 안에서 다시 김부각 부서지는 소리가 났지만 이번엔 쳐다보지 않는다.

'왜 젓가락을 그렇게 쥐니?'

참지 못하고 정은이 먼저 말을 건넸다. 사근사근하게 먼저 인사를 하기엔 자존심이 상했고, 그래서 트집 잡는 어조가 되어 버렸다. 신현은 젓가락을 고쳐 쥐지도 않았고 정은을 쳐다보지도 않았다.

너무 틱틱거렸나? 정은은 미간을 모으며 고민했다. 그럼 어떤 말을 해야 날 바라보지?

'넌 남색이 잘 어울리더라.'

정은이 딴청 부리듯 꺼낸 말이었다.

정은이 사 준 모자가 기가 막히게 잘 어울리는 건 저 피부색 때문일 것이다. 청색과 보라색이 섞인 남색. 왠지 성격이 그럴 것 같다는 생각도 든다. 한데 신현은 정은의 말을 이번에도 삼켰다.

흥, 그런다고 내가 뭐 순진하게 밥만 먹고 일어설까 봐?

역시 애도 남자라 말로는 안 되는 거다.

마침 여름이 깊어져서 정은도 그도 짧은 바지를 입고 있었다. 잘된 셈이다.

우연을 가장한 채, 정은은 식탁 아래로 다리를 뻗었다.

가늘고 매끈한 맨다리가 단단하고 조금은 거친 맨다리를 스쳤다. 정확히는 정은의 복사뼈 있는 부분이 그의 정강이 부분을, 부드럽게. 그러고 나서는 뻔뻔하게 시치미를 뗄 예정이었는데……

도리어 자신이 화들짝 놀라 버렸다. 느낌이 희한해서였다.

침이, 아니, 남은 김부각이 꿀꺽 넘어갔다. 볼썽사납게 기침까지 했다. 상대의 반응을 살펴야 할 와중에 왠지 정신이 없었다.

신현이 자리에서 일어났다. 뭐라 한마디 할까 봐 고개를 푹 숙이고 먹는 척만 하는 동안 신현은 김부각 그릇을 들고 부엌으로 향했다.

'이걸, 더 달라고?'

김부각을 더 달라는 말에 김천댁은 다소 당황한 눈치였다.

'네. 더 주세요.'

부각 안 먹는 눈치였는데 아마도 이 자리를 피하기 위해 가지러 갔지 싶다.

근데 정말 저 목소리는……, 왜 저래. 자꾸 듣고 싶게.

신현이 김부각이 가득한 그릇을 다시 식탁에 놓았다. 정은과 가까운 위치에 툭 놓더니 무뚝뚝하게 자리에 앉았다. 어딘가 모르게 퉁명스러운 움직임에 이상하게도 기가 죽었다.

신현의 밥이 얼마 남지 않았다. 먼저 일어나야 상대가 아쉬울 거라는 건 이론적으론 알고 있었고 그동안 잘해 왔었다. 그런데 정은은 또 김부각에 손을 뻗으며 뭉그적거렸다.

꼬아 앉은 다리 사이로 땀이 찼다. 뒤척이며 다리를 바꿔 꼬던 중이었다. 의도하지 않았는데 민망하게도 정은의 발가락이 그의 다리를 또 건드렸다. 이번엔 말랑한 발가락 끝이 그의 딱딱한 무릎 주위를.

그제야 신현은 고개를 들었다. 싸늘한 눈이 찌르듯 자신을 쳐다봤다. 젓가락을 입에 물고 있어서 변명도 못 했다.

'그만해라.'

무언가를 참는, 꽉 막힌 목소리였다. 이번에 귀가 붉은 건 진짜 화가 나서인가 보다.

인정하기 싫지만 무서웠다. 이게 그렇게 화낼 일인가.

이번엔 실수였다고 변명할 마음이 들지 않았다. 도리어 뻔뻔한 얼굴로 그를 쏘아봤다.

'내가 뭘?'

신현이 젓가락을 식탁 위에 내려놓았다. 마침 밥그릇을 다 비운 후였다. 자리에서 일어나며 신현은 식탁 위에 놓인 모자를 집어 들었다.

정은을 내려다보며 신현은 의외의 말을 했다.

'네가 잘할 수 있는 일을 찾아. 그런 게 없으면, 차라리 공부를

해 봐.'

애 좀 봐라. 단순하고 흔한 충고로 정은의 자존심을 콱 눌러
버리는 초능력을 갖고 있다.

'넌 새 모자나 사.'

살짝 움찔했던 것도 같다. 이미 말해 버렸으니 그런 뜻이 아
니라, 자꾸 그 모자를 쓰는 네가 신경 쓰인다는 뜻이었다고 부
연할 수는 없었다.
　신현은 오히려 그 모자를 푹 눌러쓰곤 정은을 차갑게 훑었다.

'인성은……, 별로네.'

한심하다는 눈길에 정은도 지지 않고 한심하다는 눈길로 쏘
아보았다.

'넌 네가 되게 잘난 것 같지?'
'교과서부터 제대로 읽어. 무슨 뜻인지 파악하면서 여러 번.'
'너나 잘해. 한두 번 1등 한 게 뭐 대수니?'
'기본적인 것부터 해. 차근차근. 의외로 공부도 할 만해.'
'모자, 내가 사 줄까?'
'주어진 일을 잘 해내면 자신감이 붙을 거야.'

'내가 너 찍었는데. 넌 좀……, 눈치가 없구나?'

'나한테 관심 가질 때가 아니라는 뜻인데.'

타이르는 어조로 심장을 푹푹 찔러 온다. 제대로 된 놈 하나 찾은 느낌이다. 숫기라곤 일절 없게 생겨서는, 어째 한마디를 안 진다.

정은은 하나도 못 알아듣겠다는 듯, 고개를 절레절레 젓고는 나른한 표정으로 웃었다.

'너도 알지? 나중엔 네가 나한테 매달릴 거.'

비웃을 거라 생각했지만, 신현은 그 말엔 아예 대꾸조차 하지 않았다. 상대할 가치를 못 느꼈는지도 모르겠다. 그저 정은을 쳐다보기만 했다.

정은도 편안하게 의자에 등을 기댄 채 그를 천연덕스럽게 올려다보았다.

그런데 참 이상한 일이다. 신현이 바라본 건 정은의 얼굴뿐인데, 딱 붙는 옷차림 아래로 드러난 목과 팔이 괜히 신경 쓰였다. 낱낱이, 한참을 쳐다보던 시선이 떨어진 건 마침내 정은이 붉어졌을 때였다.

목부터 얼굴까지 차례로 복숭앗빛이 되었을 것이다. 그리고 그 모습을 확인한 신현은 인사도 없이 그 자리를 떠났다.

그날 밤부터 매일매일 이불 킥을 하면서 잤을 것이다.

대체 왜 그때 얼굴이 붉어졌지? 그러면서도 더욱 마음을 다잡고 머리를 쥐어짰다.

어떻게 해야 그 무심한 애를 흔들 수 있을까. 아니다, 이건 자존심이 상해서 그러는 거다. 그 잘난 콧대를 꽉 눌러 주고 싶어서. 나한테 절절맬 때 뺑 차 버리면 속이 시원할 것 같아서.

입시 잘 치르라고 초콜릿을 보내거나, 예쁜 옷을 입고 찾아가도 신현은 반응하지 않았다. 한창때의 남자라면 누구나 넘어갈 만한 노골적인 유혹을 해도 신현은 결코 넘어오는 법이 없었다. 정은을 무시하거나 조용히 거절했다. 후원자의 딸이니 대놓고 창피를 주지는 못했을 것이다.

그렇게 꿋꿋하게 정은을 외면하던 신현은 열아홉 되던 해에, 예상치 못한 방법으로 정은에게 답을 전달했다. 입시 결과가 차례로 발표되면서였다.

모두를 질리게 할 성적과 함께 신현의 이름이 언론을 장식했다. 한두 번 1등 한 게 대수냐고 했던 정은의 코가 오히려 납작해졌다. 성적 우수자들이 모두 인터뷰를 하고 합격 비결을 떠들어 댔지만 명실상부한 1등인 차신현은 정작 올림피아드 수상 때의 사진만 나와 정은을 더 겸연쩍게 만들었다.

'잘난 척하기 좋아하는 애인 줄 알았더니 의외네.'

무심결에 중얼거린 정은의 말에 김천댁이 '행여나.' 하면서 헛웃음을 지었다. 그리고 걱정스러운 어조로 덧붙였다.

'쟤가 요즘 성적에 유난히 예민해졌더라고. 원래 무덤덤한 애인데.'

김천댁이 안타까워하면서도 궁금해했다.

'뭣 때문에 저렇게 필사적이 된 건지.'

정은에게는 그렇게 당당하고 무신경한 애가 저런 일엔 초조해한다니 오히려 신기했다. 그렇다면 여자를 고를 때도 교과 성적을 좀 볼 수 있겠다.

과외 하느라 사 놓은 좋은 참고서들이 집에 쌓여 있었지만, 정은은 우선 교과서부터 노려보았다.

'저 쉬운 걸 나한테 읽으라고?'

툭 꺼내 펴 들고 읽기 시작했다. 차신현 때문이 아니라 할아버지를 기쁘게 해 주기 위해서라고 우기다가, 그게 아니면 또 어떤가 싶기도 했다.

교과서는 의외로 어려웠다. 하지만 공부 잘하는 애가 교과서부터 읽으랄 때는 이유가 있을 거였다. 뜻을 해석하며 읽었고, 맘 내키면 여러 번 되풀이해서 읽기도 했다. 겨우 교과서만 반복해서 읽었을 뿐인데, 시험 볼 때 아는 문제가 생기기 시작했다. 지루하기만 했던 수업 시간에 종종 열중해 있는 자신을 발견하기도 했다.

신현과 자주 마주친 건 아니었다. 그가 대학에 합격한 후에는 더 뜸해졌다. 한 번쯤 인사차 혜조와 김천댁을 찾아올 법도 한데 신현은 그러지 않았다. 정은을 피한다는 느낌이었다.

변덕 심한 정은이 신현을 조금씩 잊을 무렵이었다. 학원에 가기 위해 2층에서 스타킹을 신는 동안 특유의 낮은 목소리를 들었다. 파블로프의 개처럼 가슴이 설렜다.

대학 입학 선물로 사 놓은 새 모자를 지금 전해 줄까 하다가 그냥 내려갔다. 신현은 다이닝 룸에 있었고 정은은 거실을 지나쳐 현관으로 갔다. 신발을 신는 동안 시선이 따가워 돌아보았지만, 신현은 김천댁과 인사 중이었다.

대학생이 된 신현은 어딘가 모르게 훨씬 크고 당당하게 느껴졌다. 그 학교에서도 모든 여학생의 애 좀 태우게 생겼다. 불안함과 초조함에 휙 돌아서서 먼저 그곳을 나왔다.

한참 걸어가다가 멈칫하고는 다시 집 앞으로 돌아왔다. 그렇게 모멸감을 줬는데도 왜 그 모자를 쓰고 왔는지 궁금해서라고 핑계를 댔다.

얼마 뒤, 집을 나오던 신현이 정은을 보고는 걸음을 멈췄다.

'내가 싫어?'

이 혼란스러움을 어떻게든 정리하고 싶어서 그렇게 물었다. 쉬운 질문이라 바로 대답하리라 생각했는데 복잡한 눈길이 정은을 응시했다. 예상과 다른 답이 나올 것 같아 정은은 그를 말갛게 주시했다.

대답이 나온 건 한참 뒤였다.

'……응.'

기계처럼 무감한 목소리. 내가 진달래꽃도 아닌데 사뿐히 지르밟아 주신다.

그런데 이해가 되지 않았다. 싫어할 만큼 신현에게 나쁜 짓을 한 적이 없었다. 지루한 웃음으로 감정을 감추며 정은이 되물었다.

'어디가 싫은데?'

그래야 바꿀 수 있으니까.

'그냥 싫어.'

보고 싶었던 여자를 만난 것도 아니면서 신현은 정은의 얼굴을 놓치지 않고 빠짐없이 뜯어봤다.

'외모도, 목소리도, 인성도. 그냥……, 네 모든 것이.'

마치 외워 버린 수학 공식처럼 들렸던 말이었다. 짧고 확실했다. 여자가, 좋아하는 남자한테 싫다는 소릴 듣는 게 대수로운 일인 줄 아나 보다. 가슴이 확 긁히는 기분에 정은은 푸훗, 웃음을 터뜨렸다.

'나는 네가 마음에 드는데.'

속삭이듯 정은이 덧붙였다.

'외모도, 목소리도, 노력도, 인성도. 그냥……, 네 모든 것이.'

신현이 가늘게 뜬 눈으로 정은을 바라봤다. 역시 의심 많은 성격이었다. 그리고 정은은, 싫다는 사람에게 달콤한 말을 해 줄 만큼 나긋한 성격은 아니었다.

'그래서 가끔 널 떠올려. 심심할 때……, 아주 가볍게.'

눈빛이 어둡게 가라앉았다. 정은이 어깨를 으쓱하곤 덧붙였다.

'하지만 곧 싫증 나겠지? 네가 가진 게 아무것도 없는, 별 볼

일 없는 남자라는 사실을 깨닫게 된다면.'

　그렇게 웃으며 돌아섰다. 등에 시선이 꽂히는 게 느껴져도 기분만큼은 한없이 비참했다.
　어쨌든 저 모자는 정은이 선물한 걸 모르는 거지 싶다. 아니면 정은의 말은 전혀 신경 쓰지 않아서이거나.

　신현이 휴학계를 제출했다고 했다.
　생활비를 벌기 위해 아르바이트를 할 예정이라고 들었다. 마침 태희가 과외 선생을 구할 때였다. 혜조가 그 둘을 연결해 주었다. 정은의 과외를 해 달라는 요청은 단번에 거절했으면서, 신현은 태희의 선생 자리는 순순히 수락했다.
　정은의 불안한 예상대로 태희는 첫눈에 신현에게 빠져들었다. 별로 친하지 않았던 정은에게 무수히 연락하며 신현의 근황을 묻기도 했다. 신현은 그 과외 자리 덕에 무사히 학업을 계속할 수 있었고, 태희의 성적은 끝을 모르고 올랐다. 김천댁 아들의 과외도 해 주는데 굳이 정은만 안 해 줬던 이유는 뻔했다. 정은의 성적이 오르면, 혜조가 챙겨 주었을 큰돈까지 포기할 정도로 정은이 싫었던 게 분명했다.
　국영수를 중심으로 교과서를 열심히 읽은 덕분에 정은은 가까스로 약대에 합격했고, 태희는 신현의 후배가 되었다. 한갓진 곳에 위치한 대학이지만 정은도 대학생이 되었다. 인정하기 싫어도 신현의 조언이 결정적인 도움이 되었던 셈이다. '약대에 붙었으니 내 회사에 입사할 수 있겠구나.'라며 외할아버지는 껄껄 웃었다. 정은 본인도 자신감을 되찾았다.

마냥 놀 수 있을 거라 기대했으나 꼭 그렇지도 않았다. 힘들다는 약대에 붙기는 했으나 사실 공부 머리는 없는 터라 깨지도록 공부해도 학사 경고를 간신히 면할 정도였다. 주말에는 아무리 외진 곳으로 숨어도 조 전무에게 붙잡혀 할아버지 앞으로 질질 끌려오곤 했다.

경영 따위는 절대 하지 않을 거라고 아무리 설득해도 소용없었다. 가치관이 다른 딸과 사위에게 회사를 남기지 않기 위해 할아버지는 제법 혹독하게 정은을 훈련시켰다. 억지로 술과 제약업계의 흐름을 배웠고, 질병 치료와 인류애에 대해 외우고 낭독해야 했으며, 그 분야 유명 연구원들과 권력자들을 만나 얼굴을 익혀야 했다. 그래도 꾸미기 좋아하는 정은에게 이미지 트레이너와 쇼퍼가 딸렸고, 아무 데나 데려다주는 운전기사도 붙여졌다.

반면 신현은 대학 시절 내내, 그리고 졸업 후에도 학업과 일에만 열중했다. '저 범생이, 수석 졸업하겠네.' 지나치던 정은이 들으라며 비꼬듯 한 농담이었는데, 정말로 신현은 한국에서 제일 똑똑한 사람들이 모였다는 그 대학을 결국 수석으로 졸업하며 자신의 미래를 힘겹게 지켜 냈다.

생업을 위해 가장 높은 연봉의 직장을 다니면서도 유학을 고민했다. 세상의 모든 잘난 남자들의 전형적인 행로를 당연하다는 듯 걸어가는 신현을 정은은 구경하듯 지켜보았다. 자신이 투자한 돈으로 계속 빛을 내며 다채롭게 성장하는 그를, 비틀리고 배 아픈 감정으로.

그렇게 둘 다 완벽히 다른 각자의 삶을 살았다. 수많은 곳에서 좋은 미래를 제의받으며 신현은 정은의 삶에서 계속 멀어지기만 했다.

오기, 소유욕, 집착⋯⋯. 신현을 향한 감정은 딱 그 정도뿐이었다고 고집부려 본다. 아픔, 비참함, 모멸감⋯⋯. 그에게서 받은 보답도 딱 그 정도뿐이었을 것이다. 그럼에도 왜 그렇게 포기하지 못하고 맴돌았을까. 부정적이었든 긍정적이었든 신현과의 관계를 통해 형성된 감정의 역치를 다른 사람들과의 관계로는 넘어서지 못했다는 게 그 이유이지 싶다. 누굴 만나도 시시하고, 시들하고, 그다지 궁금하지 않고.

'너, 싫어한다는 말뜻 정확히 몰라?'
'널 상처 입혀야 할 때마다 난, 내 자신이 싫어져.'
'자존심이라도 챙기라고.'

모두 신현으로부터 들은 말들이다. 일방적으로 감정을 요구했으니 신현의 입장에선 방어하듯 정은을 찔렀을 것이다. 비난할 여지는 없었다. 그럼에도 원망스러운 점이 아주 없는 건 아니었다. 그만둘 수 있는 기회 또한 여러 번 있었는데도, 아주 사소한 것들이 정은의 마음을 뒤집곤 했으니까. 돌아보면 어김없이 마주치던 시선, 정은이 스칠 때면 굳어지던 몸, 달라지던 숨결 같은 것 말이다. 노골적인 경멸 뒤에 감춰진, 그런 울렁이는 감정들.

벼랑 끝처럼 위태위태하게 쳐다보면서도, 대체 왜 그녀에겐 넘어오지 않았을까…….

아무리 흔들어도 차신현은 마치 신정은에게 흔들리면 안 된다고 세뇌라도 당한 사람 같았다.

열여섯부터 스물셋까지의 뾰족한 방법도 없던 그 시절. 해가 갈수록 정은도 더 이상 표현하고 매달리지만은 않았다. 약사 고시, 후계자 교육, 주식, 골프……. 그렇게 미래에 도움 될 것들에 집중했고, 때론 계산하에 그를 멀리 두었다. 적당히 유혹하고 적당히 놓아줬다.

보고 싶어 미칠 것 같다가도 마침내 때가 되어 만나는 순간에는, 최선을 다해 치장을 하고서도 그를 외면했다. 마주칠 때마다 보았던 그 눈빛에 희망을 걸고 있어서 그럴 수 있었는지도 모르겠다.

그렇게 기다리고.

제 삶에 충실하고. 더 기다리고. 잊기도 하고. 방황하고. 또 기다리고.

믿어 보기도 하고. 그렇게 늘……, 기다리고.

그래, 그즈음이었다. 마주치는 일도 뜸해져서 오히려 태희로부터 종종 신현의 소식을 듣곤 했던 그때. 선배들이 참석하는 술자리에서는 종종 본다고 했다. 다른 후배들과 달리 자신에겐 유달리 친절하다며 태희는 자랑을 했다.

'드디어 신현 오빠랑 밥을 먹었어! 이거 데이트 맞지?'

의구심을 갖고 쳐다보자 당황해하면서도 태희는 둘만 먹었다며, 이건 연애의 시작이라고 거듭 강조했다. 어디서 무얼 먹었고 어떤 대화를 나눴는지 구구절절, 노래를 부르듯 다 읊어 주었다.

정말로 태희와 연애라도 하려는 걸까. 핀트가 나가는 느낌이었다.

비싸게 굴며 온갖 여자를 다 거절했던 이유를 그 순간 망치로 때려 맞은 것처럼 깨달았다. 연애조차도 시험 문제를 풀듯 차분히 계산해 보고, 주어진 보기 중에서 제일 적당한 답을 고를 남자라는 사실을.

아아, 나도 물려받을 돈 많은데. 왜 기다려 주지 못하고 태희와.

거기에 더해 신현이 유학을 준비하고 있다는 소식도 들려왔다. 자의식 과잉인지, 그렇게 떠나는 이유가 자신 때문일 거라는 착각이 들었다. 기어이 곁을 떠나겠다고.

떠난다니. 이렇게 아무것도 하지 않은 채로 헤어지면 우린 정말로 끝인데.

보내 주자. 괜찮은 남자니까 차라리 놔주자.

아니야, 안 돼. 평생 후회할 것 같으니 단 한 번만 시도해 보고. 너 따위에게 허비한 시간이 너무 아까워서.

홧김에 정은도 다른 남자들을 만나기 시작했다. 신현과 정반대의 남자들이었다. 놀기 좋아하고 정은에게 적극적으로 호감을 보여 주는 쉬운 남자들과 시간을 때웠다. 함께 대학 축제를 가고 클럽엘 갔다. 차신현 따위, 다 부질없다고 마음을 정리하기 시작했다.

그 단단하던 남자가 마침내 정은에게 흔들렸다. 처음이자 마지막이었지 싶다. 무엇이 정은의 조건을 바꾸었고 그를 설득시켰을까. 태희가 영국으로 떠난 시기가, 정은의 외할아버지가 후계자로 딸뿐만 아니라 손녀도 그 대상으로 생각하고 있다고 외부에 공표한 시기가 모두 그즈음이었던 게 우연이라고 여길 만큼 정은은 해맑지 않았다.

그가 정은에게 갖고 있던 감정이 적어도 호감은 아니라는 걸, 정은은 첫 관계에서 직시했다. 좋아하는 여자를 그렇게 안는 남자는 세상에 없다. 그게 아니라면 평생을 후회할 테니.

전쟁 같던 관계였지만 그 시절만큼은 공부에 쏟아붓던 것보다 더한 집중력으로 정은에게 몰입했었다고 생각한다. 혹시 내게 미쳐 있는 게 아닐까 싶을 만큼, 매일매일 뜨겁게 정은을 안았다.

그래서 정은은, 눈도 멀고 귀도 먹어 있었다. 남자들이 육체의 열락에 훨씬 더 취약하다는 걸 깜빡 잊고 있었다. 아무리 바른 인성을 갖고 있어도 섹스를 처음 알게 된 20대의 건강한 남자라면 좋아하지 않는 여자와도 얼마든지 관계를 지속할 수 있다는 사실에 의도적으로 눈을 감았다. 나날이 짙어지고 대담해지는 행위들이 친밀해지는 과정이라고 혼자 상상했다. 예쁘다거나 사랑한다거나, 어쩐 일인지 단 한마디의 달콤한 말도 해주지 않고 끝까지 몸만 탐하던 남자를, 준비가 제대로 될 때까지 인내하는 거라고 오해했다. 그런 불안함 속에서 그가 미국행 티켓을 아직 취소하지 않았다는 것도 알게 되었다.

'나랑 같이 떠나자.'

혼자 그 말을 애타게 기다렸다.

어떻게 그렇게 멍청할 수 있었을까 싶기도 하지만 시간이 지난 후 돌아보면, 그 일방적인 관계에서도 정은이 망상을 하게 할 만큼 애매한 기억들이 분명 있긴 했다.

신현이 선을 넘어오던 아찔한 순간들…….

처음 정은의 가슴을 만졌던 순간, 붉어지던 광대뼈와 뜨겁게 내쉬던 숨이 지금도 선명하다. 한낮의 시간, 사람들 틈으로 시선이 마주치면 묘하게 긴장했었고, 정은이 뻔뻔하게 말이라도 걸라치면 더 당혹해하곤 해서 혼자 몰래 웃기도 했었다. 내내 거칠게 대하다가도 불쑥불쑥 부드러워지던 손길이, 꼭 육체적인 본능에서 비롯된 것만은 아닐 거라고.

멀쩡하고 무료하게 잘 살아가다가도, 일관적이지 않은 그 기억들에 때때로 갸웃하게 된다.

어쩌면 유혹을 했던 쪽은 내가 아니라 너였던 게 아닌가…….

너도 내게 조금쯤은 마음을 열었을지도 모른다고. 너도 어리고 순수했으니까. 그렇게 어영부영 경계를 풀다가 내게 차곡차곡 다가올 수도 있는 거라고.

그런 황홀함과 불안함의 경계에서, 언론은 자꾸만 제약사를 정은이 물려받을 확률이 크다고 떠들어 댔다. 그리고 마침내 신현은 정은에게 섹스 외의 것을 제의했다.

'⋯⋯영화 보자.'

하필이면 그날 못 나가게 된 게 과연 잘된 일이었을까, 아니면 잘못된 일이었을까.

그 자리가 그들 관계의 또 다른 시작이 되었을 수도 있었다. 어쩌면 영화를 보는 것뿐만 아니라 함께 밥을 먹는다든지, 눈 내린 거리를 같이 걷는다든지, 그런 것도 해 볼 수 있었을지도 모른다. 그러다가 신현이 진심으로 그녀에게 빠져들게 됐을 수도 있었다.

아니다, 그 자리는 더한 거짓말의 시작이 되었을 것이다. 더 빠져들게 되는 건 정은이었을 거고, 질질 끌려다니다가 더 큰 돈을 빼앗기고 더 큰 상처를 입은 채 버려졌을 확률이 훨씬 컸다.

그렇게 간혹 벌어지지 않은 일들이 정은은 궁금해지곤 했다. 그때 그런 식으로 급하게, 억지로 마무리되지 않았더라면 우린 어떻게 끝났을지. 신정은과 차신현은 언제 어떤 모습으로 헤어졌을지.

나는 죽어도 너를 내 손에서 놓아주지 않았을 테니 예쁘게는 못 끝났겠지. 그렇다면 너는 결국 어떤 핑계를 대고, 언제쯤 나를 떠났을까.

혹시 내가 못 떠나게 끝까지 매달렸다면 어땠을까. 내 재산, 내 고집, 성적인 끌림, 그런 사소한 것들로 몇 달이라도 내 곁에 더 남아 주지 않았을까. 결국 우습고 비참하게 헤어지는 건 마찬가지 결말이었겠지만……, 거짓된 남자를 곁에 두고 한동안은 죽어도 좋을 만큼 행복했을지도 모르는데.

매일 아침 눈을 뜨면

아침 9시, 신현의 비서인 상은은 오늘 변경된 일정들을 신현의 구글 스케줄러에 넣는 중이었다. 비서가 알아서 정리해 주는 스케줄대로 하루하루를 살아가는 상사이기에, 자칫 실수라도 하면 곤란했다.

[머핀 샀는데 갖다 줄까?]

다른 부서 여직원이었다. 마무리된 일정을 인쇄하며 상은은 잠시 상대 여직원을 떠올려 봤다. 우선 성격이 마음에 들지 않는다. '탈락'이라고 결정한 상은은 메신저에 답을 적었다.

[내가 가지러 갈게.]

붉으락푸르락 당황한 상대방의 얼굴이 여기서도 보이는 것 같다. '차신현 와이프'가 장래 희망인 현일 여직원들이 사무실을 찾아오려 할 때마다 상은은 이렇게 선을 긋는 편이었다. 그러지 않으면 밸런타인데이에 초콜릿을 전해 달라는 둥, 사진 좀 보내 달라는 둥 어영부영 도를 넘을 게 분명했다.

마침 기조실 입구로 신현이 들어왔다. 기조실장과의 회의에서 돌아오는 길인가 보다. 큰 키에 말쑥한 슈트 차림. 일을 하던 몇 명의 직원들이 무의식중에 고개를 들고 쳐다보는데도 정작 당사자는 휴대폰으로 상은이 정리한 스케줄을 확인하는 데만 집중해 있다.

빠른 걸음으로 집무실을 향하던 신현이 상은의 책상 앞을 지나쳤다.

"좋은 아침입니다, 상은 씨."

신현은 매일 아침 대면을 이렇게 교과서적인 인사로 시작하곤 했다. 친근한 인사를 건네려던, 밝고 명랑한 상은조차 다시 각을 잡고 정신을 차리게 하는 인사.

"네. 안녕하세요, 상무님."

자리에서 일어난 상은이 신현을 따라 집무실로 들어섰다.

"회의 시간, 변경되었습니까?"

'현일바이오 화장품 사업본부 분리 1차 미팅'이었다. 차신현 상무가 입안한 프로젝트인데, 어느새 최종 책임자가 강태준 상무로 변경됐다는 소문이 파다했다. 지난번 회의 때는, 본인이 책임자이면서도 모든 발표를 신현에게 미뤘다고 들었다. 엄밀히 말하면 같은 상무라도 전무 대우인 신현이 선임자인데도 말이다.

"네, 강 상무님께서 현일바이오 주요 인사와의 미팅이 있다고 시간을 당기셨어요."

불만을 간신히 감춘 어조였다. 문제는 그 시간에 신현에겐 화학 사장 보고가 있다는 거였다. 큰 회의 시간이 바뀌면 다른 회의 시간도 줄줄이 사탕처럼 변경되는 걸 모르는 건가.

선 채로 결재 서류를 손에 들던 신현이 날카로운 눈동자로 상은을 바라봤다.

"주요…… 인사?"

핵심에서 벗어난 질문에 갸웃하면서도 상은은 고개를 끄덕였다.

"네."

신현이 손 위에 든 결재 서류로 시선을 내리며 물었다.

"누구인지 신 비서는 모르고?"

딱딱한 어조였다. 열 받을 만한 상황이었다. 오너 아들이라고 아무 협의 없이, 그것도 회의 당일 아침에서야 시간을 변경한 게 처음도 아니었다.

"네. 그냥 그분 일정에 맞추느라 이쪽 회의 시간 바꾸니 양해해 달라고. 화학 사장님 보고 일정은 곧 변경하겠습니다."

선 채로 신현이 결재 서류에 서명을 했다. 그 서류를 건네며 신현은 자리에 앉았다.

"제가 직접 해결할게요."

아무래도 사장 보고를 연기하는 일이니, 예우 차원에서 직접 연락하려는 듯했다. 서류를 받으며 상은은 군말 없이 고개를 끄덕였다.

신현이 사탕으로 가득 채워진 커다랗고 둥근 컵에 버릇처럼 손을 뻗었다. 바스락, 사탕 껍질을 뜯는 소리가 주변을 울렸다. 상은은 한 가지 더 보고했다.

"참, 인사팀에서 임직원 인사 정보 다시 업데이트해 달라고 연락 왔어요. 상무님 가족으로 아무도 등록 안 되어 있다고."

신현이 등을 의자에 기댔다. 사탕을 입에 넣자 신현의 한쪽 볼이 볼록해졌다. 금테 안경 너머로 무덤덤한 눈동자가 상은을 응시했다.

"작년에도 전달했는데. 나, 가족 없다고."

무슨 말인지 못 알아듣다가 제대로 이해한 순간, '아아.' 입 모양을 움직이고 말았다. 자신에게 놀란 상은은 허둥대며 눈을 피했다.

"네, 어, 그렇게 전달하겠습니다. 참, 커피, 드릴까요?"

엉뚱한 물음에 신현이 이미 식은 커피를 눈짓했다. 제풀에 놀란 상은은 고개만 떨어뜨렸다. 얼굴이 빨갛게 달아올랐다. 아무래도 빨리 사라져야 할 상황이다.

신현의 책상에서 이면지를 모은 후 고개를 꾸벅하며 그곳을 떠날 때였다.

"신 비서, 잠깐."

"네?"

신현은 상은이 들고 있는 이면지를 손짓하며 말했다.

"그 클립은…… 놓고 가죠."

후다닥 놀라며 확인하니, 이면지 묶음 끝에 고정시켜 놓은 갈색 집게가 빛을 받아 반짝였다. 앗, 이거.

신현의 다른 개인 용품처럼 낡고 오래된 물건이었다. 군데군데 스크래치 때문에 칠이 벗겨진 그 집게였다. 별것 아닌 것처럼 보이지만, 저번에 사라졌을 때도 상은에게 어디 있냐고 찾았던 게 기억났다.

"아, 네."

마주 보고 어색하게 웃으며 상은이 집게를 건넸다. 신현은 언제나처럼 손이 스치지 않게 배려했다.

"감사합니다."

"네."

그렇게 답한 상은은 집무실을 나와 책상 앞에 앉았다.

자리에 앉아 파쇄기에 이면지를 넣던 상은은 문득 갸웃하며 다시 집무실을 돌아보았다. 신현이 집게를 책상에 두려다가, 잠시 바라보고 있다.

상은은 갸웃하며 쳐다봤다.

회사 내의 정치질이나 알력 다툼, 이런 거에 일절 관심 없어 보였는데. 대체 강 상무가 만나는 현일바이오 주요 인사가 누구인지 왜 궁금해하시는 거지?

"1차 미팅 참석할 시간입니다."

일에 집중해 있던 신현이 손목시계를 내려다봤다. 벌써 시간이 이렇게 되었나 하는 표정이더니 자리에서 바로 일어났다. 그런데 강태준 상무와의 회의 자료를 드는 대신 화학 사장 보고 자료를 든다.

"상무님, 지금은 그 보고가 아니라……."

상은이 묻는 표정으로 쳐다보자 신현이 대답했다.

"저는 원래 일정대로 화학 사장님 보고 갑니다."

헉. 놀라서 눈이 동그래지는데 신현이 집무실을 나가며 지시했다.

"상은 씨는 오늘 강태준 상무실에서 오는 전화는 받지 마세요. 제가 알아서 할 테니."

길게 이유를 설명하는 법이 없다. 목이 타는 기분을 느끼며 상은은 '네.' 하고 짧게 대답했다. 신현이 사라지자 상은은 자신의 자리에 풀썩 앉았다.

신현이 참석하는 회의는 보통 신현이 없으면 진행이 불가능한 경우가 많았다. 아무리 사장급 보고도 중요하다지만, 강태준은 현일의 후계자였다.

어이없어 혼자 고개를 젓다가, 상은은 다시 자리에서 일어났다. 신현의 자리를 정리하기 위해서였다. 집무실에 들어서자 위이잉위이잉, 작은 소리가 들렸다.

"무슨 소리지?"

두리번거리다가 상은은 책상 맨 아래 서랍에 넣어 둔 신현의 휴대폰을 찾아냈다. 액정에 '강태준 상무실'이라고 뜬다. 별명은 인간 컴퓨터지만, 사실 정신없이 사는 사람이라 자주 깜빡깜빡하긴 했다. 그래도 휴대폰을 두고 나갈 정도까지는 아니었다. 혼자 떨고 있는 휴대폰을 들고 멍하니 있는데, '강태준 상무실'이라는 글자가 액정에서 사라지고 아예 '강태준 상무'라는 이름이 뜨며 다시 휴대폰이 부르르 진동을 했다.

열 받은 그룹 후계자께서 결국 직접 신현에게 전화를 한 거다.

그때 자신의 자리에서도 키폰이 울리는 소리가 났다. 안 봐도 뻔했다. 회의는 시작했고, 뚜껑 열린 강태준이 온 동네 사람한테 전화하라고 성깔을 부리고 있는 거다. 어떡하지.

걱정스럽게 휴대폰을 지켜보던 상은은 그래도 전화를 받는 대신, 신현이 시킨 대로 휴대폰을 있던 자리에 그대로 곱게 되돌려 놓았다.

정은은 태준의 사무실로 향하고 있었다.

확실한 차기 경영 승계자인 태준의 사무실은 건물 로열층인 30층에, 그것도 접견실까지 갖추고 있었다. 비서 두 명이 엘리베이터까지 나와서 인사를 하며 안내했지만 어딘가 안절부절못하는 모양새였다. 게다가 평소엔 적막하기만 한 30층인데 오늘은 떠들썩했다.

"그게, 잠시만 기다리시면……."

감히 나한테 기다리라니……. 서늘하게 쳐다보면서도 정은은 소파에 앉았다.

"잡지나 갖다 줘요."

접견실에서는, 안의 대화 내용이 여과 없이 들렸다. 태준이 임원들을 박살 내고 있었다. 요는, 회의를 주재해야 할 임원이 참석을 안 해서 그 시간 동안 참석자들이 유인물만 읽다 나왔다는, 대충 그런 내용이었다. 오너가 참석하는 회의를 펑크 내다니, 자리 하나 갈리겠구나. 정은은 막연히 추측했다. 김 회장이 아직 건재하긴 해도 그룹 내에서의 태준의 힘은 막강했다. 직원 교육 똑바로 하라고 혼내는 소리에 분이 담겨 있었다.

잡지를 넘기던 정은의 손이 멈칫했다. 문득 오늘 신현의 일정이 떠올라서였다. 골똘히 상황을 짚어 보던 정은이 옆에 선 비서에게 물었다.

"오늘 참석 안 한 임원이 차신현 상무예요?"

집무실을 흘끔한 비서는 곤란한 얼굴로 답변했다.

"네."

피씩 웃음이 나왔다. 정신 나간 인간. 그룹 차기 오너를 엿먹였다.

그런데 약간 이상했다. 먼저 누군가를 공격하는 법이 없는 사람이었다. 그러고 보니 원래 그 회의가 이 시간이었다.

"난 아무 일정 상관없었는데, 아침에 갑자기 이쪽에서 이 시간으로 변경해 달라고, 꼭 맞춰 달라고 하지 않았어요?"

깐깐한 정은의 목소리에 비서의 얼굴이 창백해졌다.

"그게, 그러니까……."

그제야 상황이 이해됐다. 강 상무가 '차 상무 길들이기'를 하고 싶었던 거다.

쯧, 사람 볼 줄 되게 모르네. 자신이 길들일 대상이 아니란 걸 첫눈에 못 알아본 건가.

마침 사무실에서 사람들이 나왔다. 나이 지긋한 사람들이 정은을 알아보고 몸을 숙여 인사하는데 다들 눈길이 묘했다. 3년은 지났을 혼담을 아직도 기억하는 고루한 사람들인 거다.

정은은 잡지를 내려놓고 자리에서 일어섰다. 문이 열리자 탁트인 사무실이 시야에 들어왔다.

"왔어?"

태준이 소파 쪽으로 걸어왔다. 재킷 없이, 셔츠에 베스트 차림이었다. 현일의 후계자이고 지주 회사 상무까지 하고 있지만, 아직 30대라 움직임이 가볍다.

"네, 괜찮으세요?"

정은은 우선 예의 바르게 반문했다. 태준이 이마를 쓸고 지친 웃음으로 답변했다.

"별일 아냐. 앉아."

태준의 시선이 자신을 짧게 훑었지만 못 본 척할 때였다.

"예쁘네."

예의상 하는 소리에 답하는 사람처럼 정중히 웃었다. 이 사무실이 기조실과 가까워서 잘 차려입었는데, 괜히 엉뚱한 사람만 오해하게 만들었다.

태준은 정은의 신변 언급으로 대화를 시작했다.

"연구소에 6년 있었고 허가에 3년 정도 있었으니까, 신 이사도 햇수로 9년 차네."

"네, 그렇죠."

"이제 임원 달아야지."

머릿속으로 외할아버지의 얼굴이 스쳤지만, 정은은 가볍게 웃어만 보였다.

태준이 어딘가 살피는 눈치로 잠시 뜸을 들였다. 목적하는 바가 있는 느낌이랄까. 스푼을 들어 찻잔을 젓던 태준이 이번엔 업무를 물어 왔다.

"스핀라자 시밀러는 어떻게 진행되고 있지?"

외모는 닮았지만, 태준은 태희와 다르게 뼛속까지 사업가였다. 스핀라자는 척수성 근위축증 신약이었고, 정은의 의지로 그 복제약*을 현일바이오에서 만들고 있었다. 현재 3상 진행 중으로, 조 단위 매출이 예상되었다.

"피험자를 모으고 있어요. 1상, 2상 결과가 다 우수해서 어렵지 않은 거로 보이고."

태준이 편하게 다리를 꼬며 유연하게 물었다.

"허가는 빨리 나올까?"

대화가 빙글빙글 도는 느낌에도 정은은 매끄럽게 대답했다.

"희귀 의약품이니 신속 허가 해 주겠죠."

"사업개발 본부장, 머리가 나쁘지 않나? 허가 잘 받아 낼까?"

이런 걸 묻는 속내가 궁금했지만, 정은은 우선 표정 변화 없이 대꾸했다.

"어차피 실무자가 하는 일이니까요."

"현일바이오의 미래를 결정하는 중요한 자리야. 측근의 생생한 정보를 듣고 싶은데……, 너무 방어적인 것 아냐?"

---

* 시밀러

뭔가 짚이는 게 있었다. 정확한 의중을 파악하기 위해 정은은 한발 뒤로 물러나는 대답을 했다.

"제 말을 잘 듣는 상사여서요."

태준이 한발 다가왔다.

"실적은 괜찮은데 판단이 좀 느려."

아하, 사업개발 본부장 자리에 관심이 있으시네. 상대가 더 깊은 속내를 내놓도록 정은은 세상 느긋한 답변을 했다.

"대안도 없잖아요."

"바꿔 줘? 그 뜻인가?"

이제 확실해졌다. 그 자리를 원하고 있다는 뜻이다. 나중에 현일을 물려받을 태준에게 있어서 사업개발 본부장 자리는 징검다리로 최선이기는 했다. 하지만 그렇게 되면 태준이 정은의 직속 상사가 된다.

"현일바이오 인사권의 반은 제게 있어요. 김 회장이 승인하셔도 제가 반대하면 그만이에요."

경영을 할 사람은 무릇 눈치도 빠르고 교활해야 한다. 이렇게 친절한 서열 정리도 이해하지 못하고 재빠르게 판단할 머리도 없다면, 내 회사에, 심지어 내 윗자리로 들어올 자격이 없다.

날카롭게 쳐다보던 태준이 천천히 입을 열었다.

"그래서? 내가 어떻게 하면 되지?"

비위를 거스르지 않는 부드러운 목소리였다. 진작 이렇게 나올 것이지. 시간 아깝게.

"제게 힘이 되어 줄 거라 약속하시면 되죠."

꿈의 항암제 카티CAR-T. 그 순간 정은이 떠올린 사업이었다. 정은이 여러 번 추진했으나 김 회장의 반대로 무산된 건이었다. 대규모 투자는 정은과 김 회장이 동시에 승인해야 한다. 강태준이 힘을 실어 주면, 김 회장의 승인을 얻어 낼 가능성이 높아진다. 카티 정도의 사안은 되어야, 향후 정적이 될지도 모를 사람을 내 베이스에 들여도 후회가 없다.

"내용을 확인하지 않고 계약서에 서명하라는 뜻인데?"

"불확실한 건 서로 마찬가지예요."

정적이 흘렀다. 본부장 자리에 있는 동안 정은의 힘이 돼 주면, 정은도 태준의 앞날에 힘이 되겠다는 뜻을 잘 알아들었는지 어느 순간 태준은 빙긋 웃었다. 보통내기가 아니라는 감탄이 스친 것도 같지만, 아마 좋은 뜻은 아닐 거였다.

비서가 문을 똑똑 두드리고 들어오더니 시간을 알려 왔다. 태준은 다소 아쉬운 표정으로 정은을 쳐다봤다.

"출장이 있어서."

"네."

정은도 자리에서 일어났다. 태준이 옷걸이에서 재킷을 꺼내 들며, 또다시 아무렇지 않다는 듯 입을 뗐다.

"회의에서, 결국엔 차 상무 손을 들어 주던데."

심상한 어조는 둘째 치고, 느닷없이 언급된 이름에 놀랐다. 무심함을 가장하며 정은은 우선 태준과 시선을 맞추었다.

"저번, 마케팅 분리할 때도 그렇고 말이야."

3년 전이었다. 지주 회사에 입사한 신현이 김 회장에게 올린 첫 제안이었다. 마케팅과 물류를 따로 분리해서 회사를 설립해야 할 거라고. 현일바이오가 해외 수출로 인해 급박하게 성장하던 때라, 정은도 그 제안이 맞겠다고 판단했다. 김 회장은 반신반의했지만, 정은이 전격 승인했다.

그렇게 '현일바이오마케팅'은 상장되었고, 첫날 코스닥 시총 7위로 뛰어올라 정은과 김 회장은 말 그대로 돈방석에 앉았다. 상장을 총지휘하며 인센티브로 주식을 받았던 신현도 제법 돈좀 쥐었다.

약간 시간을 둔 뒤에 정은은 적당한 대답을 했다.

"전 투자자예요. 돈 냄새가 나서 승인했어요."

재킷을 입던 태준이 정은을 돌아본다. 흘끗 정은의 표정을 훑고는 갑자기 툭 물어 왔다.

"원래 차 상무랑 아는 사이라고 했던가?"

뜨끔했지만 정은은 애매한 웃음으로 답했다. 태준이 재킷을 마저 입으며 중얼거렸다.

"예민하게 굴던데. 괜히 기분이 별로더라고."

묻는 시선으로 바라보았으나 태준은 문 쪽으로 걸어가며 오히려 다른 말을 했다.

"출장 다녀와서 밥이나 한번 사지. 음, 열흘쯤 뒤에."

"태희한테도 연락할게요."

빠른 걸음으로 앞서 나가던 태준이 고개를 돌리더니, 마지막으로 시선을 맞췄다. 묘한 예감이 뇌리를 스쳤다.

빙긋 웃은 태준이 짧게 대꾸했다.

"아니. 둘이 먹자는 뜻인데."

태준의 사무실에서 나오자 비서가 얼른 따라와 문까지 열어
줬다.

복도는 적막했다. 임원용 엘리베이터로 향하던 정은은 문득
발걸음을 멈췄다.

"잠시만요."

보안 요원에게 그렇게 말하고 홀의 가운데로 향했다. 이 건
물의 30층은 29층이 내려다보이게 만들어진 구조라는 게 기억
나서였다. 원목의 둥근 난간에 손을 올린 채로 정은은 아래를
내려다봤다. 사람들이 바쁘게 일하는 업무 공간이 시야에 들어
왔다. 다른 사무실과 마찬가지로 흔한 책상과 파티션으로 채워
져 있는 좁은 공간, 바로 현일의 싱크 탱크라는 기조실이다.

기조실장실 옆에 줄지어 위치한 산하 임원들의 집무실 중 하
나에 정은의 눈길이 멈췄다. 저곳이 신현의 사무실일 것이다.
생긴 것과 다르게 책상은 늘 복잡했다.

자리가 비어 있다. 근처 선반에 놓인 브리프케이스를 보니
먼 데 가지는 않았다. 양치하러 갔거나, 다른 부서 임원을 만나
러 갔거나, 커피를 타러 갔을 것이다. 브랜드 커피는 아침에 시
럽을 잔뜩 타서 한 번만 마시고 일반적으로는 믹스 커피를 마
신다. 쓴 거라곤 다 싫어해서, 약은 물론이고 술이나 커피도 좋
아하지 않는 사람이었다.

정은은 하나하나를 천천히, 마음껏 관찰했다. 랩톱, 두 개의

모니터, 가득 쌓인 서류, 두꺼운 수학 문제집, 사탕이 가득 채워진 컵, 그리고 A4 용지 묶음. 이면지를 활용해서 노트 대신 쓰곤 했다. 그 위에 붙어 있을 클립이 여기선 보이지 않는다. 귀퉁이의 칠이 벗겨진 두꺼운 갈색 집게.

몸을 숙인 정은은 난간에 올린 팔에 턱을 기댔다.

공부할 때면 똑바르게 허리를 펴고 세상이 두 쪽 나도 모를 정도로 집중하곤 했었다. 책장을 넘기거나 안경을 올리는 건 왼손으로 하고, 오른손으론 글씨를 썼더랬다.

이 자리 좋네. 여기서 일하게 되면 하루 종일 차신현을 구경할 수 있겠다. 김 회장한테 여기에 사무실을 만들겠다고 해 볼까. 하지만 정은은 그의 상사로 가고 싶었다. 아무 때나 업무를 핑계로 불러서 그때처럼 가까이에서 그 잘난 얼굴을 구경하고. 볼 때마다 질린 표정을 지을 텐데 그럼 난 또 괴롭히고 싶어질 테고.

……그렇게 되면 이 사막처럼 퍽퍽한 인생이 조금은 살 만해질 것도 같은데.

몸을 일으켜 허리를 편 정은은 몸을 돌려 엘리베이터로 향했다. 하강 버튼을 누르자 곧바로 엘리베이터가 도착했다. 사무실이 있는 8층을 누르자 문이 닫히고 서서히 움직인다. 그 움직임에 몸을 맡기고 벽에 등을 편하게 기댔다.

그나저나 귀찮은 일을 하나 벌여 놨다. 강태준이 저녁 먹자고 한 말을 흘려들을 순 없었다. 너무 가깝게 지내는 것도 위험하지만 무시하며 척을 질 필요는 없었다.

위이잉 소리를 내며 움직이던 엘리베이터가 이내 멈췄다.

29층. 몸을 바르게 하고 쳐다보는 동안 서서히 문이 열렸다.

정은은 빠르게 얼굴 표정을 수습했다.

신현이 서 있었다. 예상처럼 질린다는 낯빛은 아니었다.

그저 아무 표정 없는 얼굴로 그녀를 응시했다.

신현이 머뭇거림 없이 엘리베이터 안으로 들어섰고, 문이 닫혔다.

두 사람만 탄 엘리베이터 안에 정적이 흘렀다. 체격 때문인지 내부가 갑자기 비좁게 느껴졌다. 신현이 누른 층은 12층이었다. 오늘은 화학 사장에게 보고가 있고, 엔터테인먼트 사장과 회의가 있는 거로 알고 있다. 상무인데 거의 매일 사장급 단위의 보고만 한다.

정은이 엘리베이터에 등을 기댄 채 그를 응시했다. 짧아진 머리가 정은의 시선을 잡았다. 저렇게 머리칼을 치니, 문득 학생 때가 떠올랐다. 주변의 무수한 사람들과 지겨운 일상을 반복하다가 가끔 신현을 볼 때면 자신의 반응에 놀라게 된다. 그냥 보는 것만으로도 정은의 심장을 뛰게 만드는 남자.

그런데 이쪽은 쳐다보지도 않고 정면만 보고 있었다.

"강 상무가 먼저 건드렸나 봐."

정은이 가볍게 말을 건넸다. 시비를 건 것도 아닌데 대답은 없고 침묵만 흘렀다.

아랑곳없는 태도로 정은은 어깨를 으쓱했다.

"오만하지만 나쁜 사람은 아냐."

대답을 기다리듯 그를 바라봤다. 턱선이 딱딱하게 굳는 게 시야에 들어왔다. 이럴 땐 말을 안 거는 게 더 낫다. 하지만 어차피 더 나아질 관계도 아니고 할 말은 해 주고 싶었다.

앞으로도 제멋대로 살라고. 강태준을 포함해서, 비위 건드리는 것들은 다 자근자근 밟아 주라고. 절대 고개 숙이지 말고, 당당하게. 내가 끝까지 그 뒤를 지킬 테니.

"굳이 적으로 만들 필요도 없지만, 잘 보일 필요도 없어."

신현이 문득 가벼운 숨을 내쉬었다. 그리고 그제야 정은을 돌아봤다. 비스듬히 고개를 숙인 채 속을 알 수 없는 눈길이다.

"내가 네 주변 남자들에게까지 관대하기엔……."

특유의 솔직하고 낮은 목소리. 어떤 땐 담백하게 느껴지기도 했지만…….

"……너에 대한 감정이 아직 좋지 않아서."

펀치라도 맞은 기분이다. 익숙한 모멸감도 밀려들었다. 빙긋 웃으며 정은은 돌아서려는 그의 눈길을 잡았다. 그리고 자신도 모르게 빈정거리듯 말했다.

"날 좋아하진 않아도, 나 때문에 받은 돈은 좋아하지."

이런 신랄한 비난을 오래 기다리기라도 했던 것처럼 그의 표정은 변화가 없었다. 신현은 감사했다는 듯 고개만 끄덕였다.

"요긴하게 잘 썼어. 한 푼도 빠짐없이."

의아함을 감추며 정은은 그를 쳐다보았다. 하긴 그 돈으로 곽윤기에게 투자했고 크게 성공했으니, 잘 썼다는 뜻일 수도 있겠다.

"그러니 이제 나란 놈한테 관심 좀 끊어 줄 법도 한데."

다른 사람하고는 인사말도 멋쩍게 나누는 사람이 정은에게는 이런 말을 거리낌 없이 잘도 한다. 짧은 머리 아래로 잘 드러난 귀, 깔끔한 턱에 비웃는 시선을 던지며 정은이 변명했다.

"더 잘생겨져서."

한심하다는 눈길로 바라보자, 정은은 눈부시게 웃어 보였다.

"나는 가끔 네가 신기하기까지 해."

정색을 하고 뻔뻔한 어조로 입을 열었지만, 그 답이 진심으로 궁금하기도 했다.

"어떻게 처음부터 줄곧, 변함없이, 날……, 싫어할 수 있는지."

희한하게 정은에겐 낯도 안 가렸다. 얼마나 싫으면 그럴 수 있을까 싶기도 했다.

신현이 정은을 마주 본 채였다. 한심함도 경멸감도 사라지고 그저 어두운 눈빛으로 변했다. 정은의 등에 긴장이 서렸다. 저런 눈빛으로 변하고 나면, 그가 어떤 말을 할지 이제는 알기 때문이었다.

그새 엘리베이터도 멈췄다. 이전처럼 준비가 다 되었는지, 신현이 열림 버튼을 눌러 엘리베이터를 멈춘 채 천천히 입술을 뗐다.

"매일 아침 눈을 뜨면 너부터 떠올려."

꽉 잠긴 어조였다. 아침에 눈을 뜨면 떠올린다니 순간 가슴이 두근거렸다. 정은은 숨을 죽인 채 이어질 그의 말을 기다렸다.

"끔찍한 여자라고. 변덕스럽고, 오만하고, 무신경하고……
잔인했다고."

감정을 감출 여유가 없었다. 제대로 한 방 맞은 것처럼 얼굴
이 창백해졌을 것이다.

정은의 얼굴빛을 확인한 신현은 마치 숙제를 마친 사람처럼
그제야 다시 고개를 돌렸다. 쓰디쓴 표정을 얼굴에 비친 것도
같지만, 그렇게 인사도 없이 정은을 스치고는 엘리베이터를 나
섰다. 문이 닫힐 때까지 정은은 시선을 떼지 않고 그의 뒷모습
을 지켜보았다.

한참을 멍해 있는 동안 엘리베이터가 움직이다가 다시 멈추
고 문이 열렸다. 정은의 사무실이 있는 8층이었다. 기계처럼 걸
어가던 어느 순간, 뭉근한 흉통에 정은은 복도 한가운데서 우
뚝 섰다.

멍한 상태에서 문득 헛웃음이 나왔다. 그렇게 어쩔 줄 모르
고 한참을 서 있었다.

밤 11시.

신현은 드문드문 책상 위에 잠든 직원들을 두고 사무실을 나
섰다. 기사를 퇴근시킨 후라 택시를 탈까 하다가 지하 주차장
버튼을 눌렀다.

자정이 가까워져서인지 거리는 적막했다. 매일매일 똑같은
일과였다. 운전을 하다가 어두운 창밖을 응시했다. 내일은 토
요일이었다. 눈을 뜨면 아침을 챙겨 먹을 거고 또 일할 거였다.

월화수목금토엔 일을 하고, 일요일엔 윤기랑 운동을 하거나 죽은 듯이 잠을 자고.

목적지가 어디인지도 모르면서…….

핸들을 손에 꾹 쥔 채 다시 속도를 올렸다. 이런 시간엔 여의도에서 그의 반포동 아파트까지 15분이면 도착한다. 단지 근처, 불이 켜져 있는 편의점 앞에 차를 세웠다. 차 문을 닫고 내린 뒤 신현은 성큼성큼 안으로 들어섰다.

"뭐 드릴까요?"

어수룩하게 서 있었더니, 꾸벅꾸벅 졸던 아르바이트생이 눈을 반짝 뜨고는 물어 온 질문이었다.

'담'까지 말하다가 그 말을 꿀꺽 삼켰다. 음료수 냉장고를 대충 훑고는 손에 잡히는 대로 에너지 드링크 하나를 꺼냈다.

"얼맙니까?"

"2,000원이요."

만 원짜리 지폐를 건네고, 거스름돈을 받아 챙긴 뒤 신현은 편의점을 나섰다.

고등학교 때 끊은 담배인데 오늘은 절실했다. 힘든 고비들을 지나쳐 오면서도 잘 참아 왔는데 말이다.

차를 옆에 두고 어두컴컴한 도로에 선 채로 그는 음료 뚜껑을 땄다. 시원한 바람이 머리칼을 흩뜨렸다. 떠올리지 않기 위해, 드문드문 간판이 켜진 도로를 열심히도 응시했다. 아주 잠시 방심한 사이에, 그 모습이 기어이 그의 뇌리로 쳐들어왔다. 지우기를 포기하고, 오늘도 되짚어 본다.

무채색 정장, 평소처럼 완벽한 화장, 진주 귀걸이.

얼마 전 청담동에서 마주쳤을 때는 풀었던 머리를 오늘은 하나로 묶었다. 정은은 혹시 알고 있을까. 앞머리를 그렇게 올리면 이마가 톡 튀어나와 되게 어려 보인다는 걸.

원래도 예쁜 애가 꾸미고 치장하는 걸 참 좋아했다. 학창 시절에도 하라는 공부는 안 하고 매일 거울만 보던 애였다. 용돈을 받으면 옷과 액세서리만 부지런히 사들이곤 했었다.

이렇게 혼자 정은을 떠올릴 때면, 마치 붉은 경고처럼 버려진 시절들이 연달아 떠오른다. 미국에서의 시간은 말 그대로 모두 지옥 같았다. 눈부시게 아름다웠던 순간도, 가슴 미어지게 아팠던 순간도 수시로 떠올랐고, 어디에 있어도 정은의 눈빛이, 웃음이, 향기가 그의 목을 짓눌러 왔다.

합의서에 했던 서명, 혜조의 당부, 날 버린 여자에 대한 원망.

몇몇 컨설팅사와 한국 기업으로부터 수십 번의 제안을 받았지만, 거절만 했던 이유가 그 셋 중 무엇 때문인지 알 수 없던 그때, 발신 번호 표시가 제한된 전화 한 통을 받았다.

'서울로 들어오셔야겠습니다.'

누군지 밝히지도 않았다. 마침내 유배가 풀린 순간이었다. 망설이는 동안 상대는 냉한 어조로 이어 말했다.

'현일 강태준 상무와 혼담 진행 중이라고 전해 달라고 하셨습

니다. 이 말이면 들어오실 거라고.'

순간 말문이 막혔다가 마침내 '잘됐네요.' 인사를 건넸다. 그 전화를 어떻게 끊었는지 기억나지 않는다. 현일 인사 담당자에게 고사했던 제안을 다시 받아들이겠다고 대답한 건 바로 그다음 날이었다.

얼마 전 회의 때 정은은 눈부시도록 예쁘게 차려입었고, 강태준 또한 그런 정은에게서 시선을 떼지 못했다. 정은이 그렇게 차려입을 때는 목적이 있어서이고, 그는 강태준의 그 시선이 어떤 뜻인지도 잘 안다. 그래서 회의에 집중할 수 없었다.

그날 강태준이 정은에게 차를 마시자고 했던가.

그리고 오늘 엘리베이터에서 만났을 때, '현일 주요 인사'인 정은은 위에서 내려오는 중이었다. 그가 엘리베이터를 잡은 29층에서, 위에 있는 층은 30층뿐이고 30층엔 회장실과 대형 회의실, 강태준의 집무실이 전부였다.

그렇게 차려입고 강태준을 만나……, 마주 앉아 차를 마셨을 것이다. 서로에 대해 더 많이 알게 되었을 테고. 그래서 내 앞에서 그를 옹호해 주었나.

그러니까 너는 여전히 내가 경멸하고 증오하고 원망하는 그 여자, 그 모습 그대로일 뿐인데.

음료를 꿀꺽꿀꺽 한 번에 마셨다. 갈증이 났나 보다.

코스모스의 꽃말이 뭐더라. 내가 받은 꽃도 아닌데 신현은 종종 떠올려 보곤 했다. 피곤한 얼굴을 문지르다가, 신현은 다

마신 음료수 병을 쓰레기통에 툭 던져서 버렸다.

다시 차 문을 열고 운전석에 오르는데 쓴웃음이 흘러나왔다.

집에 술이 있던가…….

시동을 넣으며 신현은 떠올려 봤다.

양주는 있는데 소주는 기억나지 않는다. 한 병 다 비우고 누우면, 이 멍청하고 초조한 심화는 다 가라앉을지도 모른다.

일식당

최 기사가 운전하는 차의 뒷좌석에서 정은은 조 전무가 건넨 탭으로 메일을 읽고 있었다. 연말이면 현일 회장실에서는 주주들에게 이렇게 짧은 메일을 보내왔다.

현일이 올해 얼마를 팔았고 얼마를 남겼다는 간단한 사업 현황과, 그럼에도 어려운 점, 그리고 어떻게 극복할지, 또 내년에 주력할 사업은 무엇인지를 초등학생도 이해할 만큼 쉽게 쓴 편지글이었다. 그래프도 없고 숫자도 거의 없다. A4 용지 한 장 분량 맨 끝엔 김 회장의 서명만 붙어 있었다.

발신자는 ㈜현일 회장이지만 실제 작성자가 차신현인 건 이제 회사 내 주요 인물들은 다 안다. 처음 기획안을 올린 것은 차신현이었고, 문서 꾸미기 좋아하는 기조실에서 수정해서 올린 엄청나게 화려한 파워포인트 파일을 받자마자 김 회장이 '원래 초안 가져와.'라는 이상한 지시를 했다고 한다. 결국 김 회장은 이 담백한 이메일을 선택했는데, 의외의 결과로 주주들의 현일에 대한 신뢰감이 대폭 상승했다는 소식이었다.

그 편지를 보며 정은은 뿌듯한 미소를 지었다.

"돈 많이 들여 빚은 피그말리온인데……, 제법 잘 컸어요. 내가 끌어오지 않았으면 미국에서 더 잘됐을 것 같기도 하고."

동의하듯 조 전무가 고개를 끄덕였다.

"사실 기초 과학을 했어야 할 인재죠."

아쉬운 목소리를 정은은 못 들은 척했다. 조 전무가 이번엔 현일바이오의 실적을 클릭했다. 숫자를 흘낏한 정은이 중얼거렸다.

"HI-202는 매출이 꾸준하네요."

정은의 자산을 톡톡히 불려 준 유방암 치료제로 현일의 대표 제품이기도 했다.

"동남아 쪽에 허가가 나면 시너지가 더 클 겁니다."

술을 마시고 잤더니 복통이 있었다. 살살 아파 오는 배를 만지면서도 정은은 화면에 집중했다.

"스핀라자 시밀러, CRO 최종 선정 전에 저한테도 보고하라고 해 주세요. 선정 사유는 자세하게."

정은이 말한 모든 지시는 바이오 CEO인 황 대표에게 공유된 후에 담당자에게도 전달된다.

"그러겠습니다."

보고서 화면을 닫은 조 전무가 다른 파일을 열었다. 인터넷 기사다. 사진은 어차피 자신이 고른 거니 마음에 들지만, 내용이 문제였다.

"……자극적이지 않아요?"

언론사에서 정은의 의도와 다르게 '차신현 vs 강태준'을 서술했다. 오로지 두뇌와 실력으로 상무가 된 차신현과, 학벌도 실력도 모두 밀리지만 오너의 아들로 쉽게 상무 자리를 거머쥔 강태준을 비교해 놨다.

"내년에 꼭 승진시키라고 하셨잖습니까. 지금 이 정도는 작업해 두어야 합니다."

"아직 강태준과 경쟁 구도에 놓고 싶지 않아서요. 강 상무, 만나 보니 성격이 살짝……."

그 정도에서 말을 멈추자 조 전무가 알아듣고 고개를 끄덕였다.

"올해 둘 다 같은 회사, 전무 승진 대상이니 이미 경쟁자입니다. ㈜현일 인사팀에서 이사님께 재가 요청 왔어요. 강태준 상무, 이쪽 사업개발 본부장으로 이동하는 것 맞냐고."

곰곰이 생각하다가 정은은 최종 결정을 내렸다.

"네. 그렇게 전달해요."

사인을 할 필요도 없다. 그냥 조 전무가 말로만 전달하면 모든 게 결정된다.

"정말 강태준 상무를 상사로 모시게요?"

"내가 최대 주주인데 모실 일이 뭐가 있어요. 그냥 그 자리에 두고 사용하는 거죠."

"이렇게 본부장으로 추대해 주시면 사실, 강 상무를 밀어주는 결과가 되는 겁니다."

"차신현은, 당분간 김 회장이 밀어줄 거예요."

"아직 회장실 출입 못 하게 하는 거 보면 확실히 용병으로만 대우하는 겁니다."

신현의 사진에 즐거운 시선을 둔 채로 정은은 희미하게 웃었다.

"김 회장, 자신의 눈에 들어온 대어를 놓칠 사람은 아니죠. 두고 보세요."

신정은이 그렇다면 그런 거다. 조 전무가 경험한 바로는 그랬다.

조 전무가 탭에서 다른 파일을 열었다. 차신현 관련 재정 서류였다. 탭의 숫자에 주목하며 정은은 중얼거렸다.

"제법 많이 모았네. 귀신같은 구석이 있다니까."

놀람을 감추기 위해 시니컬한 어조가 흘러나왔다.

"재주가 꽤 있습니다. 예측 능력 때문일 겁니다. 실패가 없어요."

안정적인 성향인지 대부분 부동산과 채권이었다. 미국 바이오 주식에 투자해 얻는 수익도 상당했다.

"내 말 잘 들으면 내 돈 다 줄 수 있는데. 이런 거 보면 계산이 느린가 싶기도 하고."

"남자는……."

오늘 보고한 자료를 모조리 삭제하느라 조 전무의 말이 끊겼다. 정은이 다음 말을 기다리며 조 전무를 쳐다보았다.

"……싫은 여자하고는 1분도 같이 못 있습니다. 얼마를 준다고 해도."

배를 꾹꾹 누르던 정은은 신경질적인 웃음을 터뜨렸다. 배가 아픈 걸 넘어 이제 쓰리기까지 했다. 맵고 뜨끈한 해장국 한 그릇이면 다 나을 테지만, 칼로리 때문에 꿈도 못 꾼다.

차창 밖으로 고개를 돌리니 출근 시간이 가까워져 차량이 부쩍 늘어나 있었다.

"끔찍한 여자래요."

입술 사이로 한숨이 섞여 나왔다. 물끄러미 응시하는 눈길이 느껴진다. 침묵 뒤에 조 전무가 한마디 했다.

"가끔 이해가 안 됩니다. 제가 이사님 조건이면, 그냥 맞춰주는 남자를 만날 것 같은데 말이죠."

감정이 드러날까 봐, 혹은 목소리가 떨려 나올까 봐 정은은 잠자코 듣기만 했다. 조 전무는 가끔 이렇게 현실적인 조언을 하곤 했다.

"돈이 더 많거나 더 잘난 남자를 만나라는 뜻도 아닙니다. 꾸준히 찾아보면 이사님을 진심으로 좋아할 남자도 있을 거고."

그럴지도 모르겠다. 하지만 자신이 그럴 수 있을지 의문이 든다. 매일 아침 침대에서 눈을 뜰 때마다, 그 남자를 떠올리는 건 정은도 마찬가지였다. 정반대의 방식이지만.

그의 숨결, 체취, 목소리, 얼굴, 그리고 함께였던 짧은 기억들. 그럼에도 제대로 같이 웃은 기억이 없다는 아쉬움.

감정을 정리한 깨끗한 목소리로 정은은 입을 열었다.

"전 제 맘에 드는 남자를 갖고 싶어요. 절 좋아하는 남자를 갖는 게 무슨 재미가 있어요? 난 아무 감정이 없는데."

"대부분의 여자는 자신을 사랑해 주는 남자와 결혼을 합니다."

왜 그렇게 살아야 하나. 참 답답한 사람들이네.

"비슷한 용모를 가진, 같은 조건의 남자를 한번 구해 볼까요?"

"찾을 수는 있겠어요?"

조 전무의 입이 다물렸다. 그러다가 다시 설득하듯 말했다.

"이건 집착이에요. 자신을 싫어하는 남자를 만날 정도로 자존감 없는 분은 아니잖습니까? 아껴 주는 남자를 만나세요."

이 잔소리를 끊는 방법은 한 가지였다. 한술 더 떠야 한다. 정은이 차창 밖으로 눈을 돌리며 다시 한번 계획을 정리했다.

"그 사람, 현일 꼭대기까지 올리는 일, 그 목표에나 집중하세요."

끄응, 한숨을 내쉬는 소리가 들렸지만, 정은은 진지했다. 이렇게 매일매일 계획을 세우고 수정하기를 반복하며 살아온 세월이 벌써 몇 년째였다.

조 전무가 담담하게 충고했다.

"송두리째 인생이 뒤집힌 사람입니다. 현일 돌려받는다고, 용서가 되거나 마음이 풀리지는 않을 겁니다."

역시. 가슴이 잠겨 든다. 그래, 그럴 것이다.

차창 밖에 시선을 두며 정은이 물었다.

"요즘 저쪽 감시는 어때요?"

마치 정은의 생각을 눈치챈 것처럼 조 전무가 답답하다는 목소리로 되물었다.

"감시도 만만치 않습니다. 왜요? 기회를 틈타 사고라도 쳐 보시게요?"

차에 등을 기대고 노곤한 눈을 감으며 정은은 빙그레 웃음을 지었다. 끔찍하다는 말까지 듣고 보니, 사실 그런 유혹이 더 거세지긴 했다. 어차피 영원히 갖지 못할 대상이라면, 차라리 제대로 작업이나 걸어 볼까……. 하룻밤, 아니면 며칠 밤만이라도 곁에 둘 수 있게.

"어차피 안 넘어올 사람이에요."

그냥 상상이나 해 보는 거다. 안 그러면 진짜 사는 낙이 없으니까.

"다행입니다. 아예 처음부터 가능성이 차단되는 게 더 나은 관계도 있으니까요."

그래, 어쩌면 천만다행이었다. 시큰한 가슴으로 정은은 인정했다. 매일 아침에 눈을 뜨면 신현의 모습을 떠올리는 것처럼, 밤에 잠들기 전이면 하루도 빠짐없이 이 관계를 곱씹곤 했다. 혹시 해결책이 있을까…….

하지만 아무리 궁리해 봐도 혜조의 끔찍한 경고가 떠오를 때면 결론은 늘 똑같았다.

조 전무의 말이 맞았다. 차신현이 내게 안 넘어오는 건 서로에게 분명 유일한 행운일 수도 있었다. 그래서 조 전무에게는 이런 정은이 구질구질하고 한심해 보일 것이다. 자신도 그렇다고 생각은 한다. 그래도 왜 이렇게 쫓느냐고 묻는다면…….

눈을 감은 채 정은은 비스듬하게 미소를 지었다.

"조 전무님은 어떤 여자가 마음에 들어서, 그래서 잘해 주고, 오래 따라다니고……, 결국 나한테 넘어왔을 때 어떤 감정인지 겪어 본 적 없죠?"

잠깐 대답이 없었다. 조금 시간이 흐른 뒤 조 전무가 멋쩍게 대답했다.

"그 순간만큼은 통쾌할 것 같습니다만……, 뭐, 겨우 그 감정 한번 겪자고."

통쾌하다라. 그랬나?

찬찬히 기억을 더듬어 봤다. 어떤 감정이었는지 사실 지금은 정확하지 않다. 진짜 벌어졌던 일인지도 믿기지 않았다. 다만 한 가지는 확실했다.

살아왔던 시간 중의 한순간을 골라 다시 겪을 수 있다면, 아마 그 순간을 고를 것 같다고. 정해진 끝을 알게 되더라도 어쩔 수 없이 그 순간을 위해 살 것 같다고.

신현이 내게 무너졌던 그 순간.

'안 돼.'라고 낮게 속삭이면서도 정은의 입술을 삼켜 왔던.

그리고 이후 펼쳐졌던…….

이 지루하고 엿 같은 인생에서 가장 황홀하고 아팠던 그 모든 순간.

점심시간이 가까워 오자 태희는 거절당하리라 예감하면서

도 또 '밥 먹자.'라는 메시지를 정은에게 보냈다. 의외로 '그래.'라는 흔쾌한 답변이 돌아왔다. 혹시나 싶어 신현이 자주 가는 회사 꼭대기 층의 한식당을 제안했지만, 조 전무가 최종적으로 알려 온 장소는 그 옆 일식당이었다. 둘은 룸으로 안내되었다.

"나 한식 먹고 싶었는데."

전생에 독립운동이라도 했는지, 대학 시절 신현은 학교 내 일식당을 간 적이 단 한 번도 없다고 들었다.

"난 이 건물에선 여기만 와."

정은이 심드렁하게 중얼거렸다.

정은의 음식은 조 전무가 미리 주문을 해 놨는지 매니저는 태희에게서만 주문을 받았다. 주문을 받으면서도 매니저는 계속 정은을 흘낏거렸다. 짙은 회색 실크 블라우스에 얇은 바지 정장일 뿐인데도 정은에게서 시선을 떼지 못했다.

고교 시절에도 정은은 남학생들로부터 항상 화제의 중심이었다. 대부분 음담패설이었고, 목적이 좋지 않은 짧은 흥미뿐이었지만 그래도 질투는 났다. 그런데 주문을 마친 정은이 오히려 태희를 칭찬했다.

"더 예뻐졌네."

다행이다. 정은에게는 잘 보이고 싶었다.

"그치? 외모는 내가 너보다 더 낫잖아."

장난스럽게 한 말에 정은이 아무 감흥 없이 대답했다.

"다른 것도 다 그래."

하긴 그랬다. 듣도 보도 못한 대학 약대도 간신히 들어간 정은에 비해, 태희는 학벌도 최고였고 집안 레벨도 더 높았다.

"아냐, 전혀."

붉어진 얼굴로 예의상 답했지만 희한하게 마음이 놓였다.

엄마인 김 회장은, 언젠가 정은을 조심하라고 했었다. 네 주
변에 경계해야 할 친구가 딱 한 명 있는데 그게 정은이라고. 그
런데도 왜 자신이 오히려 정은을 쫓아다니며 혼자 비교하고 그
러는지 알 수가 없었다.

음식이 도착했다. 태희의 앞에는 푸짐한 벤토가 준비되었고,
정은의 앞에는 얇게 슬라이스 된 생전복과 맑은 스이모노가 놓
였다. 저게 점심일까 싶지만 정은은 아예 안 먹거나 저렇게 조금
먹었다. 둘은 잠깐 태희가 새로 맡게 된 업무를 주제로 대화를
했다. 태희는 지루한 어조로 자신의 업무를 설명했다.

"정말 재미없는 일이야. 공부가 훨씬 쉬웠어. 넌 어떻게 이
회사에서 이렇게 오래 버티니?"

정은이 대답 없이 젓가락을 들자, 태희가 '아아.' 하며 고개
를 끄덕인다.

"그래, 오빠가 그러더라. 너, 회의에서 만났다며?"

정은이 잠깐 웃는다. 태희가 '왜?' 하며 쳐다보자 정은은 천
천히 대꾸했다.

"화제가 이상하게 연결돼서. 너다운 대화법이야. 뭔가 연결
점이 없어."

그랬나? 태희가 갸웃하자 정은이 어깨를 으쓱했다.

"이젠 그러려니 해."

그렇게 말한 정은이, 태준에 대한 화제로 대화를 이어 갔다.

"상무님 출장에서 돌아오셨어?"

"응. 갑자기 왜?"

되묻는다는 핑계로 태희는 정은을 훔쳐봤다. 정은이 젓가락질을 할 때마다 두 줄짜리 팔찌가 눈길을 끌었다. 예쁘네. 정은은 남들이 뻔히 알 만한 브랜드는 착용하지 않는다. 그럼 어디서 샀는지 어떻게 알아내지? 나도 사고 싶은데.

"열흘쯤 뒤에 상무님이랑 같이 밥 먹을 장소 알아봐 줘."

전혀 예상치 못한 전개에 태희가 눈을 동그랗게 떴다.

"왜?"

"그냥 숙제 같은 건데……."

따분한 표정.

"……네가 먼저 먹자고 한 거로 하고, 장소도 네가 정해."

진짜 의외였다. '나, 남자 좋아해.' 시큰둥하게 말하던, 그렇게 늘 조숙했던 정은이 남자에 흥미를 뚝 잃어버린 게 언제인지 정확지 않다. 오빠인 태준이라니. 한국에서 제일 조건 좋은 미혼남이라지만, 역시 돈의 위력인가.

"흠."

"둘이 먹기는 아무래도 불편해서."

오빠가 누구를 만나는지 사업을 얼마나 늘리는지는 별 관심 없다. 그래도 정은이 오빠와 만나고 싶다면 유세는 한번 떨고 싶었다.

"우리 오빠 요즘 혼담 오가는 여자 있는데. 유통 회사 딸."

국내 기업 중 중국에서의 힘이 가장 막강한 현일이었다. 김 회장이 방중을 하면 중국 최고위 실세들이 직접 나섰다. 그 힘을 더 키우겠다고 중국에 기반을 가진 유통 회사를 먹겠다는 게 태준의 전략이었다.

태희의 거만한 말투에 정은이 물끄러미 쳐다보더니 픽 웃었다.

"나이 많은 남자 별로야."

기막혀. 태준은 서른여섯 살이다.

"겨우 네 살 많거든?"

"네 살이면 대화도 안 통해. 곧 불혹이잖아."

"불혹不惑이면 더 좋지. 아무에게도 유혹을 당하지 않는 나이잖아."

"아무도 유혹하지 못하는 나이가 불혹이야."

입을 벌리고 쳐다보는 동안 정은이 귀찮은 어조로 덧붙였다.

"아무튼 그냥 밥 한 끼 먹는 거니까, 상무님 좋아하시는 데로 장소 잡아 줘."

취향도 아니라면서 왜 같이 밥을 먹게 해 달래? 그게 더 이상해. 태희는 혼자 입을 삐죽였다.

그나저나 불안했다. 얘가 그 유명한 '신정은' 아닌가. 아무리 도도한 남자들도 다 함락시킨다는.

그런 정은에게서 오빠를 어떻게 지켜야 할지 난감해졌다. 태희는 정은을 흘끗거렸다. 부드럽게 휘어져 내려오는 머리카락, 내리깐 눈, 작은 얼굴에 갸름한 턱. 매트한 립스틱을 발라서인

196

지 입술도 더 얇아 보인다. 왠지 우리 오빠가 잡아먹힐 거 같다.

걱정스러운 기분으로 태희는 휴대폰을 들어 일정을 확인했다. '열흘 뒤, 열흘 뒤.' 중얼거리면서 살피다가 갑자기 화들짝 놀랐다. 헉. 열흘 뒤. 띠용.

"28일?"

쿵쾅거리는 가슴을 누르며 태희는 다급히 되물었다.

"한정식 어때? 어, 연희동에 뭐라더라, 가온? 그런 식당 있거든."

식당 이름을 들은 정은이 생전복 슬라이스에 긴 젓가락을 뻗다가 멈칫했다.

"왜? 차 상무님 그날 거기서 약속 있으시대?"

부드럽게 되묻는 정은을 태희는 숨이 꽉 막혀서 쳐다보았다.

"아, 그게, 으응."

딱 걸렸네. 태희는 오히려 천연덕스럽게 고개를 끄덕였다.

"이번 동창 모임이 거기래."

신현의 일정표에 종종 등장하는 식당이었다. '시어머니'라는 별명을 가진 신현의 비서는 뭘 갖다 줘도 뻣뻣하게 원칙만 반복했다. 그래서 그 부서 팀장에게서 겨우 얻어 낸 일정표였다.

시선을 피하며 태희는 음식만 끼적거렸다.

"한식 좋아하나 봐. 난 양식이 좋은데."

정보나 얻을까 싶어 슬쩍 꺼낸 말이었다. 의외로 정은은 선선히 대꾸해 줬다.

"갑각류나 해물 빼고는 대체적으로 잘 먹어. 그냥 반찬 많은

상이 좋은 거겠지."

대충 내놓은 대답 같지만 머리에 확 불이 들어오는 느낌이다. 그래서 일식은 잘 안 먹었던 거구나.

"어머, 나도 해물 싫어하는데. 우린 취향도 같네."

역시 차신현 정보를 모으는 덴 신정은이 최고다. 그러면 그것도 물어봐야지.

"혹시 신현 오빠, 사귀는 여자는, 있어?"

"호칭 좀 통일해."

다소 차가운 목소리였다.

호칭? 무슨 호칭? 아, 신현을 부르는 호칭.

"그럼 '신현 씨'라고 부를까?"

태희는 혼자 킥킥거렸다. 둘이 있을 때 그렇게 부를 날이 진짜로 올 것만 같다.

"차 상무님이라고 부르는 게 낫지 않겠어? 앞에서 실수하지 않으려면."

안 그래도 이미 들은 말이라 기분이 그렇다. 하필이면 두 사람이 같은 말을 할까.

"넌 차 상무라고 부르잖아."

"그 사람은 ㈜현일 상무고, 난 낙하산이지만 그 회사 등기 임원이야. 넌 그냥 과장이고."

"모르겠고. 그래서 우리 신현 선배, 혹시 여자 있을까?"

가슴이 두근거려서 태희는 의자를 테이블 쪽으로 당기고 몸을 숙였다.

198

"말해 봐. 토요일은 근무하니까 혹시 일요일에 여자 만나는 거 아닐까? 아, 곽 대표 만난다고 했나?"

태희가 북 치고 장구 치고 혼자 대답까지 다 하는 동안 정은은 식사를 마무리했는지 전복 한 조각을 접시에 남긴 채 젓가락을 내려놓았다.

태희는 갑자기 울상을 지었다.

"나도 곽 대표처럼 신현 오빠랑 같은 단지로 이사 갈까? 근데 여자도 없다면서 왜 나한테 사귀자고 안 하는 걸까?"

정은이 냅킨을 들어 입 주변을 가볍게 닦았다.

"그러게. 너랑 결혼하면 최소한 계열사 하나는 손에 들어오는데. 야심만만한 남자가 대체 왜 그러지?"

서늘한 어조에 태희는 잠시 뜨끔해졌다. 오래전 희미한 기억들이 태희의 머릿속을 스쳐서였다. 상대는 정은이었다. 신현과 관련해서 정은에게는 조심하긴 해야 했다.

흘낏 눈치를 살피던 태희는 건조한 입술을 축였다.

"그래도 나한텐 특별하단 말이야. 뭐든 잘 도와줬고, 잘 가르쳐 줬고."

어느 정도, 반 이상은 사실인데 물컵에 손을 뻗던 정은이 물끄러미 쳐다본다.

"왜?"

뜨끔해서 되물었더니 정은이 어깨를 으쓱했다.

"그 사람이 여자한테 친절한 게, 상상이 안 가서."

뭔가 의심스러운 목소리에 땀까지 나는 기분이었다.

"진짜야. 나 지갑 안 가져왔을 때 대신 내 술값도 내준 적 있었어. 그때 우리 과 여자 선배들, 완전 난리였었어."

여자 후배나 동기한테는 먼저 말도 안 붙이던 남자였다. 오가는 곳도 늘 강의실, 도서관, 과외, 기껏해야 과 술자리.

"과외를 다섯 개씩 뛰던 사람인데. 재벌 딸한테 돈 뿌리고 싶어 그랬나. 대단하시네."

그때 과 선배들이 태희를 쳐다보던 눈빛과 비슷해서 괜히 승리감이 느껴졌다. 으쓱했지만 태희는 오히려 조심스러운 어조로 말했다.

"예뻐하는 것 같긴 해. 나를 제일."

정은이 마시던 물을 조용히 내려놨다. 컵을 쥔 손의 관절이 유독 하얗다. 다른 곳에 시선을 두는 정은을 보며 이상하게도 초조한 마음이 들어 태희는 충동적으로 고백했다.

"올해는 꼭 진도를 나가야겠어. 술이라도 잔뜩 마시고 집 앞에 찾아가려고."

정은이 태희를 쳐다봤다. 차고 건조한 시선으로 빤히 바라본다. 별로 관심 없는 눈치였지만 그래도 정은에게는 먼저 말해두고 싶었다.

태희가 어색하게 웃으며 되물었다.

"안 통하려나? 하긴 그런 건 그다지 안 좋아할 남자 같기도 해. 음, 섹스, 말이야."

말하기도 곤란한 단어에 얼굴이 붉어졌다. 눈을 피하며 태희는 문득 신현의 행동이나 평판을 되짚어 봤다. 술 취해도 여자

동기나 후배들에게 스킨십을 시도하거나 성적인 농담을 했다는 말을 들은 적도 없다.

괜히 쓸데없는 짓을 하게 되는 것 같아 불안해지던 무렵이었다. 정은이 태희를 마주 봤다.

"그걸 왜 나한테 물어?"

고저 없이, 담담한 목소리에 속을 들킨 기분이었다. 그래서 아무렇게나 둘러댔다.

"아, 그냥 넌 그런 것, 잘 아니까."

오해할 말일 수 있어 부연하려는데 그런 편견은 신경도 쓰이지 않는 듯, 정은은 화제에만 집중했다.

"어떤 근거로 내가 그 사람 성적 취향까지 알 거라 판단했는지 모르겠는데, 글쎄, 그런 건 안 좋아할 남자 같긴 하다."

정은이 삐뚜름히 웃으며 한 소리였다.

"으응? 뭐라고?"

술 마시고 그 사람 찾아가서 육탄 공격을 하는 건 안 통할 거라는 말이었을 것이다. 섹스 별로 중요하게 생각할 남자 아니라고. 그 말은 맞는 것 같은데…….

정은이 어깨를 으쓱하며 손목시계를 확인했다.

"난 다 먹었는데. 나갈래?"

얼떨결에 태희는 고개를 끄덕였다. 그리고 자리에서 일어나며 무심결에 생각했다.

예상했던 대답을 들었는데 이 희한한 기분의 정체를 모르겠다고. 뭔가 자신이 모르는 무언가가 존재하는 것 같은 기분.

알게 되면 몹시 불쾌할.

룸을 나가는 동안 직원들의 시선이 쏠렸다.

둘의 친분에 모두 흥미로워하는 분위기였다. 계산은 정은의 예산을 처리하는 부서로 올려질 테니 둘 다 매장 복도로 향하려던 때였다. 맞은편 복도에서 걸어오는 장신의 남자에게 태희의 시선이 멈췄다. 주변을 싹 죽이는 외모와 저 우월한 핏은 알아보지 못할 수가 없었다.

신현은 두서너 살 어려 보이는 직원과 함께였다. 신현의 시선이 먼저 닿은 건 정은이었다. 감정 없는 냉랭한 눈빛에 태희의 등조차 서늘해질 때였다. 신현이 정은에게 묵례를 건넸고 정은이 움찔하는 게 옆에서도 느껴졌다.

정은에게서 시선을 뗀 신현은 마침내 기다리던 태희에게로 시선을 주었다. 태희는 본능적으로 행동했다. 밝은 미소를 담아 인사를 하고는 신현의 앞으로 참새처럼 포르르 날아가듯 다가갔다.

"식사하셨나 봐요?"

"응."

무관심한 눈빛으로 마주 본 신현이 가볍게 고개를 끄덕였다. 그 짤막한 대답에도 괜히 설렜다. 정은에겐 묵례를 하고 자신에게는 반말을 하는 이 상황이 무척 마음에 들었다.

"여기, 해물이라 싫어하시지 않으세요? 뭐 드셨어요?"

그의 기호를 잘 알고 하는 물음에 신현의 일행이 신현과 태희 양쪽을 번갈아 봤다. 태희를 알아봤는지 둘 사이를 무척 궁금해하는 표정으로 대신 대답했다.

"상무님은 우동을 드셨습니다."

"아하, 우동 드셨구나. 여기 우동, 괜찮아요?"

답 없이 쳐다보는 눈길에 초조해질 때였다. 그들을 발견한 매니저가 뛰듯이 걸어와 정은과 태희에게 차례로 꾸벅 인사를 하고는 신현 쪽으로 고개를 돌렸다. 먼저 식사가 괜찮았는지 인사부터 한 매니저는 '제가 계산을 맡겠습니다, 상무님.'이라고 사근사근한 어조로 말했다. 이 식당이 현일 계열사 산하이고 매니저 또한 현일 소속이다 보니 회사 내 스타들이 누구인지 다 아는 모양이었다.

갑자기 용기가 생긴 이유는, 옆에 있는 정은을 의식해서였다. 매니저에게 신용 카드를 건네던 신현에게 태희가 상냥하게 물었다.

"상무님, 얼마 전 저한테 점심 사 주기로 하셨는데. 기억하세요?"

신현은 분명 태희를 바라봤다. 그런데 그 짧은 시간, 왜 정은을 바라본 듯한 느낌이 들었는지는 알 수 없는 일이었다. 둘이 안부도 묻지 않는 사이인데도 말이다.

신현이 매니저에게 태희를 눈짓했다.

"이쪽 테이블 것도 같이 계산 부탁드립니다."

우와. 놀라서 신현을 쳐다봤다.

어렵게 떠본 말인데 선뜻 밥값을 계산해 주겠단다. 오늘 왜 이렇게 쉽게 굴지.

신현의 일행도, 매니저도 핑크빛 기류가 흐르는 건가, 하는 표정으로 둘을 번갈아 바라봤다. 매니저가 들고 있는 휴대용 신용 카드 단말기에서 결제 전자음이 울렸다.

"맛있게 잘 먹었습니다."

활짝 웃으며 인사한 태희가 한마디 보탰다.

"다음번엔 저희랑 꼭 식사도 같이하셨으면 좋겠어요."

매니저도 기대에 찬 눈으로 바라봤지만 신현은 대답 없이 영수증과 신용 카드만 돌려받았을 뿐이었다. 고개만 까딱하는 거로 인사를 대신한 신현이 일행과 함께 식당을 나섰다.

아쉬움이 가득 담긴 목소리로 태희가 인사했다.

"다음에 봬요, 선배."

"안녕히 가십시오, 상무님."

신현과 일행의 등 뒤에 대고 매니저도 몸을 숙여 인사했다.

흥분이 사그라지지 않았다. 태희가 그 등에서 시선을 못 떼며 매니저에게 물었다.

"차 상무님 이 식당 자주 오세요?"

"네. 거의 매주 오세요. 대체적으로 이 시간에."

매니저가 비밀을 알려 주듯 전해 주자 태희는 이마를 찌푸렸다. 아까 정은으로부터 신현은 해물 싫어한다고 들었다. 그런데 여긴 생선회, 초밥 전문점인데 이 비린내를 참고 매주 온다고?

"혹시 뭐 드세요?"

태희의 관심에 호기심 가득한 시선을 감추지 못하고 매니저는 싱긋 웃었다.

"우동이나 메밀국수만 드세요. 다른 건 주문하시는 법이 없고요."

이 비싸고 맛난 일식집을 국수 먹는다고 매주 온다니. 별일이라고 생각하면서도 태희는 얼른 주변을 살폈다. 다행히 정은은 이미 식당을 나서고 있었다.

목소리를 낮춰 매니저에게 부탁했다.

"오찬 장소는 차 상무님 일정표에 안 적힌 경우가 많아서요. 혹시 앞으로도 상무님 여기서 식사하시면 제게 알려 주실 수 있으시죠?"

어려운 표정을 짓던 매니저가 상대가 누구인지 깨달았는지 웃으며 고개를 끄덕였다. 휴대폰 번호를 건네고 뛰어가 정은의 곁에 서며 태희는 뽐내듯 자랑했다.

"거봐. 나한테는 밥 잘 사 준다고 그랬지?"

정은의 대답이 흘러나온 건 한참 후였다.

"그러게. 덕분에 차 상무한테 밥을 다 얻어먹었네."

놀란 태희가 약 올리듯 되물었다.

"왜? 넌 한 번도 얻어먹은 적 없어?"

엘리베이터로 걸어가던 정은은 잠깐 쓰게 웃고는 대답했다.

"응, 없어. ……한 번도."

평소처럼 담담하고 무심한 어조로 인정한 말이었다. 그럼에도 태희는 미소를 감출 수가 없었다. 왜 처음으로 정은에게 이긴 듯한 짜릿한 기분이 드는 건지 알 수 없었다.

동창회

"식사 맛있게 하셨어요?"

그를 보자 자리에서 일어난 상은이 사려 깊은 어조로 물어왔다.

"아, 네."

상대방을 무안하게 만들 만큼 짧기만 한 대답에도 상은은 정성스레 고개를 끄덕거렸다. 그리고 이내 프린트한 신문 기사를 건넸다. 건성으로 훑다가 신현은 고개를 갸웃했다.

"이 사진 어디서 구했지? 혹시 신 비서가 홍보팀에 보냈어요?"

회사에 들어서는 사진인데 어떻게 이렇게 얼굴이 제대로 나왔는지 알 수 없다. 초근접 카메라로 찍은 듯한데 그렇다면 촬영 사실을 그가 모를 리가 없었을 것이다.

"앗, 아니요."

홍보팀에 파파라치가 있나. 신현은 이맛살을 찌푸렸다. 이와 비슷한 일이 그간 몇 번 있었다.

"임원 인사팀 담당자가 기다리고 있습니다. 들어오라고 할까요?"

자리에 앉기 전 신현은 시간을 확인했다. 1시 10분. 식당에서 시간을 끌며 질척거리다 기다리게 했나 보다. 자신의 인사 및 성과 자료도 책상 위에 준비되어 있었다. 슬쩍 봐도 10cm는 될 만큼 두꺼웠다.

"자료를 먼저 읽어야 해서. 5분 뒤에 들어오라고 해 주세요."

시간이 필요했다.

"아, 근데 바로 실장님 보고를 잡아 놓으셔서요. 늦는다고 전달할까요?"

"시간 맞출 겁니다."

상은이 의아해하면서도 고개를 끄덕였다. 눈치가 빠른 편이었다. 그런 상은이 나가지 않고 잠깐 서 있다. 망설이는 눈동자에 신현은 아차 했다. 11월 초, 임원 인사철이었다. 신현이 다른 부서로 움직이게 되면 본인은 어디로 가야 하는 건가 불안해할 게 당연했다.

"혹시라도 이동이 결정되면 신 비서에게 가장 먼저 알려 줄 겁니다. 그리고⋯⋯."

상은이 붉어진 얼굴로 고개를 끄덕였다. 더 묻고 싶은데 차마 묻지 못하는 표정이었다.

"⋯⋯어디로 갈지는 나도 아직 몰라요."

신현은 신중하게 입을 열었다.

"그래도 혹시 모르니까, 가고 싶었던 조직이 있으면 미리 알려 주세요."

고개를 끄덕거리면서도 상은은 눈을 피했다.

이런 상황에서 다른 상사라면 해 줄 수 있고 없고를 떠나 우선 희망이 될 달콤한 말들을 해 줄 테지만, 그는 아직 상은과 이런 살가운 대화를 할 사이도 아니었거니와, 확실하지 않은 말은 더욱 하고 싶지 않았다. 최선을 다해 본 이후 인사팀을 통해 공식적으로 전달되도록 할 계획이었다.

"다음 비서 정하실 때 저도 고려해 주셨으면 해서요."

나가 보라는 뜻으로 자료에 손을 뻗는데, 어물거리며 서 있던 상은이 후다닥 뱉은 말이었다.

"상무님 가시는 곳이면 전, 어디든 괜찮습니다."

의외의 말에 쳐다만 보는 동안, 상은은 얼굴이 새빨개진 채 나가 버렸다. 그 모습을 곤란한 마음으로 응시했다. 이름이 마음에 들어 별생각 없이 뽑았던 비서이고 해 준 것도 없는데, 가끔 곰살궂은 모습을 보일 때가 있어 의도치 않게 더 거리를 두게 되곤 했다.

신현은 시간을 확인했다. 곧 인사 담당자가 들어올 것이다. 상은은 부서 이동이나, 향후 커리어를 논의하는 육성 면담으로 알고 있으나 실은 연봉 계약이었다. 이 회사 전체의 임원들은 회사에서 정한 연봉 테이블을 따르지만 김 회장 쿼터로 스카우트된 몇몇 임원들은 이렇게 따로 계약을 한다. 어차피 전무 대우로 근무하고 있으니 실제 전무 타이틀을 달든 안 달든 조건은 동일하고 연봉만 재계약하면 되는 상황이었다.

'나중에 딴소리하기 없기다? 이번엔 무초건 나한테 오는 거야.'

며칠 전까지 윤기가 단단히 이르던 말이었다. 누가 들으면 오해할 만한 말을 제법 터프하게 했다.

목을 젖힌 채 눈을 감은 신현은 의자를 반 바퀴쯤 빙글 돌렸다. 탄탄한 대로가 저쪽 세상에 있는데 엉뚱하게 이쪽 판을 뒤집을 고민을 하는 중이었다. 도움 안 되게도 좀 전에 마주친 얼굴이 문득 떠올랐다.

쌍꺼풀이 곱게 진 섬세한 눈매, 비웃듯 쳐다보던 차가운 시선……. 예전에 그를 만나면 예쁜 눈웃음을 짓던 때가 정말로 있었더랬다.

차라리 이 미친 짓을 그만둬 볼까.

그럼 1년에 한 번, 혹은 2년에 한 번 청담동에서나 볼 수 있게 될 것이다. 어쩌면 아주 오래 못 볼지도 모르지. 그렇게 되면 정신을 차리고 온전한 그만의 삶을 살아갈 수 있을 것이다.

적당한 여자를 찾고, 그 여자와 결혼해서 아이를 낳고, 그 아이를 사랑하고 책임지는 그런 삶. 그렇게 살다 보면 언젠가 우연히 마주쳤을 때 미워하는 대신, 웃으며 서로를 바라볼 수도 있을 텐데.

그런데 이 미친놈은.

긴 한숨이 흘러나왔다. 돌아보면 늘, 자신의 미련함이 원인이었지 정은의 가벼움 탓은 아니었던 것 같다. 안경을 벗고 뻑뻑한 눈가를 누르는 동안 똑똑 노크 소리가 들렸다.

똑바로 앉으며 신현은 다시 안경을 꼈다.

"들어오세요."

인사 담당자였다. 꾸벅 고개를 끄덕이고 자기소개를 한 뒤, 그의 맞은편으로 걸어왔다. 깨끗이 프린트된 얇은 서류 한 장이 그의 눈앞에 놓였다.

연봉 계약서였다.

만년필을 찾아 들며 신현은 양해를 구했다.

"실장님께 바로 보고가 있어서요. 10분 정도만 시간이 있습니다."

"네."

전체적인 내용을 훑고 빈 연봉 칸과 서명란을 확인했다. 올해도 그가 적어 넣는 금액이 내년 연봉이 될 테니, 이동하지 말라는 지시를 들은 게 사흘 전이었다. 김 회장이 직접 지시했다고 기조실장이 알려 주었다. 새까만 상무의 인사를 '회장님께서 직접 지시했는데 어길 수는 없지 않냐고, 그러니 계속 내 밑에 있어야겠네.' 웃으며 농담을 했더랬다. 그러면서 기조실장이 연이어 새 소식 한 가지를 전달해 주었다.

'강태준 상무, 현일바이오 사업개발 본부장 자리 발령이던데. 신 이사가 끌어 주었다고 하고. 어째 어딘가 모르게 중의적인 뜻

으로 진행하시는 눈치야.'

예전에 깨진 혼담을 김 회장이 내내 아쉬워했다며, 기조실장은 혹시 신현이 더 아는 게 없는지 궁금한 눈동자로 쳐다봤었다. 현일 승계자의 혼사 소식을 먼저 접하게 될까 기대하는 눈치였다.

"올해, 이 회사에서 현일바이오로 이동하시는 분이 있습니까?"

만년필 뚜껑을 열며 묻자 인사 담당자가 당황해하며 그를 마주 봤다. 아마도 그와 전무 자리를 놓고 공공연하게 경쟁한 상대의 소식을 묻는다고 여겼을 것이다. 하지만 신현에게 중요한건 자신의 승진 여부가 아니었다.

"아, 그게……, 강태준 상무께서 현일바이오로 이동 예정이십니다."

껄끄럽게 대답하는 인사 담당자의 말에 신현은 고개를 끄덕였다.

강태준이 정은의 상사로 이동한다. 사실인 게 확인되자 신현은 연봉 칸에 계획했던 금액을 적었다. 맨 아래 서명을 한 뒤그는 만년필 뚜껑을 닫았다.

"경쟁사에서 제시한 금액을 근무 연수에 따라 안분하고 현재가치로 환산한 뒤, 거기에 10% 더했습니다. 합리적인 금액일겁니다."

그가 건넨 서류를 담당자가 두 손으로 얼른 받았다. 아무 협상 없이 숫자와 서명만 받아 오라는 지시를 받았을 것이다.

"네. 그렇게 보고하겠습니다."

담당자가 밝은 얼굴로 인사를 했다. 신현도 자리에 일어서며 서랍에서 넥타이를 찾던 때였다. 나가던 담당자가 우뚝 서서 뒤를 돌았다.

"어, 그런데요, 상무님."

서류를 쳐다보며 입으로 조용히 자릿수를 확인하던 담당자가 눈을 크게 뜨고 신현을 돌아봤다. 설마 저 사람이 자릿수를 틀렸을까 하는 표정이었다.

넥타이를 매며 신현은 출입문 쪽으로 향했다. 그는 들고 있는 패를 던졌고 나머지는 김 회장의 몫이었다.

"실장님께는 제가 보고하겠습니다."

그렇게 인사하고 신현은 먼저 사무실을 나섰다.

태준, 태희와 저녁을 먹기로 한 날이었다.

함께 이동하자는 태준의 제안을 딱히 거절할 이유가 없어서 같은 차를 타고 출발했다. 어차피 최 기사는 요즘 들어 몸이 안 좋다며 휴가 중이었고, 조 전무는 자신이 가야 할 술자리에 대리 출석을 시킨 참이었다. 집에 돌아갈 때도 태준이 데려다주기로 했다. 현일 오너 2세들이 한 번에 움직이느라 비서와 경호원들이 번잡스러웠다.

가온은 이런 곳에 식당이 있었나 할 만한 곳에 위치한, 짙푸른 남색 기와의 한옥이었다. 마당이 널찍해서 주차도 편리했다. 불우한 어린 시절을 보낸 곽윤기 대표에게 대학 등록금을 대 준 미망인이 주인이라고 했다. 신현이 수시로 이곳 매출을 올려 주는 것은 정은도 알고 있었다.

집을 개조한 곳이라 일반 식당과는 내부가 달랐다. 한정식집 특유의 방은 거의 없고 커다란 식탁이 중간을 차지하고 있었다. 심지어 그 자리도 이미 30여 명의 인원으로 꽉 차 있었다. 그 동창회일 것이다.

후덕한 인상의 여자가 쩔쩔매며 비서에게 상황을 설명했다. 이곳이 원래 정부 고위급 인사들의 회식이나 몇몇 유명 학과의 동기 모임으로만 쓰이는 곳이라고. 강 상무님께서 오신다는 말씀을 미리 들었다면 다른 예약은 안 받았을 거라고.

"오늘은 또 동창회 때문에 번잡할 거라고 앞서 설명드렸는데, 비서실이라며, 여자 비서분이 여기로 장소를 정하셨다고 극구 우기셔서."

태희가 눈을 피했다. 비서를 사칭한 사람이 누구인지 알 만했다.

내실에 자리를 마련해 뒀다는 주인의 안내를 듣고 그 뒤를 따랐다. 복도를 들어서기 전, 따끔한 기분에 정은은 주변을 살폈다. 분명 누군가 날 쳐다봤는데. 차고 날카로운 시선.

한지가 곱게 발린 방에 들어서며 태준이 태희에게 물었다.

"너희 과 선배들, 여기서 동창회 있는 것, 우연이야?"

따가운 눈초리를 피하며 태희가 시침 딱 뗀 목소리로 응수했다.

"오빠도 신기하지? 난 인사나 한번 가 봐야겠네. 반가운 얼굴 많겠다."

"이야, 이게 누구야. 강태희 아냐?"

태희가 가까이 가자 앉아 있던 모두가 쳐다봤다. 대학 시절에도 늘 듣곤 했던 익숙한 반응이었다. 이럴수록 더 겸손해야 한다.

"안녕하세요."

태희는 밝게 웃으며 인사했다. S바이오 곽윤기 대표를 포함하여 약 스무 명의 동기와 선배들이 모여 있었다.

05 학번 동기 모임이라면 뻔질나게 참석했던 태희라 모두들 반가워했다. '진짜 예뻐졌네.', '돌아왔다며.' 그런 인사들이 오갔다. 곽 대표에게 인사하는 척하며 옆에 있는 신현 쪽을 흘낏했다.

눈을 마주치려 하는데 쉽지 않았다. 태희가 어디 앉을까 고민하는 표정으로 둘러보니 모두 이리저리 자리를 내주려 했지만, 신현의 옆자리는 이미 차 있었다. 태희가 그의 옆 사람에게 자리를 비켜 달라는 표정으로 웃어 보이자 어색한 침묵이 흘렀다. 누군가가 그 선배를 툭툭 쳤고 당사자가 '강태희, 또냐?' 하며 너스레를 떨자 웃음이 터졌다.

다른 선배 한 명이 태희에게 소주잔을 건네 오며 말을 걸어왔다.

"아, 안 그래도 오늘 안주는 차신현이었지."

태희의 잔에는 소주 대신 맥주가 채워졌다. 나름대로 특별 대우였다. 태희는 그 술을 순순히 받으며 되물었다.

"차 상무님? 오늘 차 상무님이 술 사시는 순번이에요?"

생명공학과 동창회는 성공한 사람들이 차례로 밥을 사는 분위기였다. 곽 대표를 포함해 벤처로 크게 성공한 서너 명이 돌아가며 샀고, 대기업 임원인 신현도 서열 덕에 종종 사곤 했다. 또한 술 사는 사람이 그날 안주가 되는 게 전통이었다.

"응. 그래서 지금 찬란하게 까이는 중이야. 세 명의 대표가 잇달아 러브 콜 보내는데 왜 미적대냐, 대기업은 오너들 배만 부르게 해 주는 일만 할 뿐인데."

"이해가 안 되잖아. 혹시 다른 이유가 있는 것 아냐?"

왁자지껄 웃음소리와 여러 가지 추측들이 오가기 시작했다. 연봉이 다를 것이다, 여자가 있을 것이다 등등. 궁금한 시선 속에서도 태희는 얌전히 웃기만 했다.

아직 신현과 인사조차 못 했다는 사실만 머릿속에 가득했다. 옆자리인데도 자연스럽게 인사하기가 쉽지 않았다. 그래도 신현이 참석하는 술자리에 꼭 참석하는 이유는 알코올이 들어가면 신현이 다소 부드러워지는 걸 알고 있어서였다.

얼마나 마셨나, 좀 말랑해졌나, 태희는 연신 눈치만 살폈다. 오늘은 왠지 모르게 더 딱딱한 게 쉽지가 않다.

곽 대표의 농담을 듣던 신현의 눈매 끝에 예의 있는 웃음이 서리기가 무섭게, 그에게 고개를 돌린 태희는 '잘 지내셨어요?'라고 인사했다.

곽 대표가 표적 항암제 시장에 대해 침을 튀기며 설명하는 걸 듣던 신현은 '아아.' 하고 대충 답변했다. 대화가 길어질 눈치에 태희는 얼른 그에게 얼굴을 가까이하며 이 우연부터 설명했다.

"정은이가 저희 오빠한테 밥 좀 얻어먹게 해 달라고 해서요."

술잔을 들던 신현의 움직임이 멈췄다. 흘낏, 차가워진 눈길을 던지며 신현이 태희에게 물었다.

"그래?"

드디어 시선이 마주친 셈이다. 한껏 냉랭해진 분위기에도 태희는 웃으며 고개를 끄덕였다. 이렇게 가까이에서 대화를 나누는 것만으로도 가슴이 떨려 왔다.

"네. 정은이 부탁은 들어줘야죠."

그의 귓가에 태희가 엷게 웃으며 덧붙였다.

"여기서 만날 줄은 진짜 몰랐어요."

곁에 딱 붙어 속삭이는 태희와 신현을 번갈아 보던 그의 동기가 술을 따라 주며 말했다.

"가만, 이 자식, 이거."

다른 선배가 그 말을 받았다.

"내가 그랬잖아. 이 자식이 현일 못 뜨는 거, 다 태희 때문이라고."

"에이, 아냐. 진짜 마음 있으면 남자가 저렇게 냉랭하겠냐?"

"기억 안 나? 곽 대표가 이놈 여자 때문에 현일에 남은 거라고 한 거. 곽윤기, 대답해 봐, 맞지?"

곽 대표는 많이 취해 있었다.

"이 새끼들, 단체로 눈이 삐었나. 아까 저기, 저 방 들어갈 때."

216

윤기가 술잔을 든 채로 태희가 있던 룸을 손짓했다.

"같이 보고도 모르겠어? 이 인간, 여자한테 눈 못 떼는 거 난 오늘 첨 봤는데. 완전 핀트 나가서."

"진짜? 그럼 오늘 샴페인 터뜨려야 하는 거 아냐?"

태희의 얼굴이 함빡 붉어졌다. 연이어 신현의 술잔에 술이 채워졌다. 이름도 모르는 술이 잔에 찰랑거렸다.

술이라면 질색하는 사람이 독한 술을 한 번에 꿀꺽 마셨다.

"그만 줘요. 신현 선배, 술 잘 못하잖아요."

태희가 만류했지만 소용없었다. 여기저기서 야유만 들렸다.

"뭐야? 신문에 곧 소식 뜨는 거야?"

숨을 들이마신 후 태희는 신현의 잔을 대신 들고, 꿀꺽 다 마셔 버렸다. 쓰디쓴 술이 목을 넘어갔지만 상관없었다. 백기사 노릇을 했더니 '거봐, 거봐.' 커다란 웃음소리가 주변을 채웠다.

여자 선배들은 아예 포기했다는 표정이었다. 그들에게 태희는 쑥스럽게 웃어 보였다.

"야, 가득 부어. 이 자식, 오늘 죽이자고."

다시 한번 신현은 거절 없이 술을 받아 들었다. 그렇게 계속 술이 오가고 화제는 이제 다른 거로 바뀌어 있었다. 태희는 계속 술을 마시는 그를 안절부절못하며 바라봤다. 젓가락으로 탕평채를 집어 접시에 놓아 주던 때였다.

"너, 들어가라."

다른 사람들은 못 들을 만큼 낮은 소리였다. 그 핑계로 태희는 몸을 숙여 그에게 귀를 가져다 댔다.

"네?"

들어가라고? 그렇게 말한 것 같지만 확실하지 않았다. 살짝 갸웃하며 더듬어 봤다. 아아, 원래 있던 방으로 돌아가란 말인가 보다. 여전히 밀어내려는 모습에 또 서운해졌다.

"아, 그게, 오빠랑 정은이⋯⋯, 둘이 밥 먹고 있거든요."

그렇게 핑계를 댔다. 신현이 찰랑거리는 술잔을 물끄러미 내려다보며 답했다.

"그러니까."

싸늘한 목소리였다.

문득 과외 할 때의 기억이 머리를 스쳤다. 정은의 과외 요청은 거절했다는 걸 알고 있었다. 혜조에게 감사한 게 많을 텐데 왜 그러지 싶었다. 자신이 더 예뻐서 과외를 해 주는 건가, 은근 우쭐하기도 했다.

수학 시험을 보고 칭찬을 받기 위해 같은 반 애들 성적을 말해 줄 때였다. 정은이 시험을 망쳤다는 말을 전달하는데 신현이 이상한 표정으로 쳐다봤었다. 뭐라 설명할 수 없지만 그때와 왠지 비슷한 기분이었다.

선배 한 명이 신현에게 건배를 해 왔다.

"와, 강태희가 안주도 골라 주고. 보고 싶은 얼굴 봐서 넌 좋겠다, 새꺄."

남은 술을 목 뒤로 넘기던 신현이 그제야 하하, 웃음을 터뜨렸다.

"뭐야. 봤어, 다들? 차신현, 대놓고 웃네."

'차신현, 강태희.' 다들 노래를 부르듯 박수를 치며 그렇게 이름을 불렀다. 태희는 얼떨떨하게 주변을 둘러보았다. 이유도 없이 축하를 받는 분위기였다. 기분 좋은 신현의 얼굴을 보니 잠깐 들었던 불안한 느낌도 사라지고 한껏 가슴만 부풀어 올랐다.

메뉴판을 따로 본 적이 없는데 음료와 요리가 알아서 순서대로 나왔다. 정갈한 찬들이 차례로 깔렸다.

태희는 남매라고 아예 눈치도 보지 않았다. 음식에 입도 안 댔는데 코끝까지 찡긋할 만큼 밝은 웃음을 지으며 둘을 남긴 채 떠나 버렸다. 결국 태준의 원 제의대로 둘만 밥을 먹게 된 셈이다.

태희가 뜬 자리를 쳐다보던 태준이 쯧쯧, 소리를 내고는 한마디 했다.

"떨어뜨리겠다고 부랴부랴 유학까지 보내고 선도 여러 번 보였는데, 아직도 정신을 못 차려."

정은은 물수건으로 손을 닦던 중이었다.

"쟤가 어디 속을 감출 수 있는 애여야지. 그 부서 직원들 닦달해서 사진이나 받아 내고. 외부에 알려지면 그건 또 어쩔 거야."

태준이 젓가락을 들어 탕평채를 한 줌 집었다.

사실 별다른 말 없이 '그런가요?' 하고 조용히 받아 주다가, 혹시라도 종업원이 근처에 있으면 다른 화제로 넘어가도록 유도하는 게 예의인 그런 주제였다. 하지만 김 회장의 의중을 알려면 이 이야기는 들어 두어야 했다. 이 화제가 끊길까 봐, 정은이 '그래서요?' 하는 눈길로 쳐다보자 태준은 다시 말을 이어 나갔다.

"난 저놈이 더 수상해. 똑똑해서 때마다 뉴스에 난 놈이라고. 하고 많은 자리 중에 현일 입사한 게, 태희 노린 거 아닐까 싶은 거지."

잠시 시간을 둔 정은은 최대한 담담한 표정으로 부정했다.

"입사 조건이 좋았잖아요. 서른한 살이었는데 전무 대우가 세상에 어디 있어요."

태준이 피씩 웃었다.

"그 파격적인 조건, 내 생각엔 태희가 인사팀장 구워삶았지 싶어. 근데 그거 상관없었어. 차 상무 그때, 더 좋은 패 들고 있었거든."

"그래요?"

"ST 신사업 연구소. 같은 전무 대우, 현일 제시 연봉의 무조건 1.5배. ST가 그때 AI 쪽 진출한다고 파격적이었거든."

이번만큼은 정은도 대꾸 없이 잠자코 듣기만 했다. 백지 수표 때문에 현일로 온 줄 알았다. 그렇게 되면 태준과 똑같은 물음에 도달하게 된다. '왜 현일을 택했을까?' 하는. 정말로 태희 때문인가. 그 결론 외에는 마땅한 게 없다. 며칠 전 일식당에서 사람들 시선에도 불구하고 태희의 밥값을 내주던 모습이 함께 떠올랐다. 혹시 그동안 태희를 향한 그의 감정을 가볍게만 치부한 건 아닐까.

울렁거리는 속을 정은은 웃음으로 잠재웠다.

"회장님이 찬성하실까요? 회사 더 크게 불리고 싶어 하시고⋯⋯."

샐러드를 집던 태준이 잠시 접시를 내려다본다. 뭔가 생각에 잠긴 표정이었다. 잠자코 지켜보는 동안 태준이 한숨을 내리쉬었다.

"사실 난 도통 그분 뜻을 모르겠어서. 차 상무 덕 많이 본 것도 사실이고. 요즘 태희가 더 확고해진 눈치라 걱정이긴 해."

머릿속으로 여러 가지 계산이 오가던 차였다. 태준이 테이블 너머로 정은을 보더니 미소를 띤 채 말했다.

"하긴 넌 알지도 모르겠네. 어머니가 그러시더라. 서른도 안 된 여자애가 맹랑하게 자기 속을 들여다보더라고."

정은은 예의 바른 웃음만 지었다. 주식 양도 서류에 서명을 하던 날을 말하는 걸 테다. 정은에게도 세상천지에 그런 구렁이는 처음이었다.

종업원이 음식을 들여오기 위해 문을 열었다. 붉고 싱싱한 회가 상 위에 놓았다. 태준이 종업원을 흘깃하고는 아무렇지 않게 질문을 해 왔다.

"정은인 남자 친구 있나?"

냅킨으로 입가를 닦으며 정은은 가볍게 대꾸했다.

"헤어졌어요. 상무님은 유통 회사와 혼담 있다면서요?"

당황했는지 태준이 눈을 깜빡이며 정은을 응시했다. 얼굴에 웃음이 스치더니, 정은의 잔을 눈짓했다. 잔을 들자 태준이 쪼르르 술을 채워 주었다. 결혼에 대한 답변은 간단히 접어 두고,

태준은 다시 질문을 해 왔다.

"왜 헤어졌어? 이런 질문, 해도 되나?"

종업원이 비운 접시를 정리하는 동안, 열린 문 사이로 신현과 나란히 앉은 태희의 모습이 눈에 들어왔다. 다시 속이 울렁거렸다. 그 모습에서 억지로 눈을 떼고 정은은 태준을 응시했다. 뭐라고 물었더라.

평소의 차가운 이미지 대신, 어딘가 모르게 장난스러운 눈길이었다. 사람들 있을 때는 '신 이사'라고 부르다가 지금은 계속 '정은이.'라고만 부르고 있다. 남자들이 처음 여자에게 접근할 때 보이는 기미는 비슷했고, 그건 대체적으로 초기에 선을 그어 줘야 했다.

태준의 눈길을 모른 척하며 정은은 매끄럽게 둘러댔다.

"절 안 좋아했어요. 전 돈까지 뿌리며 쫓아다녔지만."

"이번엔 돈 많은 남자를 만나면 되겠네."

웃겨. 자산이 5조도 안 되는 남자가 정은 앞에서 돈으로 유혹한다.

"저보다 돈 많은 남자는, 60대 이상이어서요."

자존심이 상했을 텐데도 태준은 빙긋 웃으며 정은의 잔에 또 술을 따랐다. 비서가 사전 보고를 제대로 안 했는지 겁도 없이 정은과 술로 겨루려는 눈치다.

"그래서 어떤 남자가 좋은데?"

어떤 남자라. 무료한 눈빛으로도 정은은 다시 술을 말끔히 비웠다.

"지적인 근육질 좋아해요. 낯가리면 더 좋고."

"나도 부끄러움을 좀 타는데. 그리고?"

"집안 좋은 것보다, 본인이 능력 있는 게 좋아요."

"어머님이 날 독립적으로 키우셨지. 또?"

"나이는 어린 쪽이 좋겠어요."

"그래? 난 어제 담배를 사는데, 신분증을 보여 달라더라?"

되지도 않는 농담을 참 열성적으로 한다. 정은은 자신 옆에 놓인 술병을 들었다. 귀찮은데 여기 눕혀 버려야지, 그런 심정이었다. 태준의 잔을 채워 주며 정은은 최대한 예의 있는 어조로 반문했다.

"수배자 중에 상무님 닮은 사람이 있나 봐요?"

술을 받던 태준이 하하, 시원하게 웃음을 터뜨렸다. '한 방 먹었네.'라고 말한 태준이 잔을 비우고는, 이번엔 젓가락을 들어 회를 집었다. 안주로 먹나 보다 했는데, 질 좋은 참치 뱃살을 정은의 개인 접시에 놓아 줬다.

"맘에 드는 여자를 만나면 난, 뭘 좀 먹이고 싶더라고."

정은이 태준의 시선을 마주했다. 감정이 담기지 않은, 계획된 어조였다. 차라리 뭘 원하는지 이 자리에서 분명하게 말하면 더 편할 텐데 강태준은 적당히 때를 봐서 속을 드러낼 사람이었다.

"먹어 봐. 그게 제일 괜찮아 보여."

태준이 어떻게 하나 하는 흥미로운 표정으로 정은을 주시했다. 이상하게도 입맛이 하나도 없어서, 그 회를 물끄러미 쳐다만 보았다.

"감사의 뜻으로 받아들일게요. 제 덕에 요직에 오실 테니."

"그건 자리 한 번 더 잡아서 인사를 해야지."

태준이 빙긋 웃는 동안, 멀리서 소음이 들렸다. 차신현, 강태희. 자꾸 그 이름이 반복되었다. 싱싱한 회가 입 안에서 물컹거렸다.

태준이 대수롭지 않은 어조로 물었다.

"넌 혹시, 둘 사이 아는 거 있어?"

재빠르게 눈치챘다. 그래도 그룹 후계자라는 사람이다. 가족 문제를 아무에게나 털어놓을 리가 없다. 태희가 정은에게는 뭔가 말했을지 싶어서, 정보 교환을 원하는 것일 테다. 태희의 연애 문제는 이 집안에선 단순한 가십이 아니라 승계 문제와 직결되니까.

정은은 눈길을 내리깐 채 대꾸했다. 정신은 내내 바깥에 쏠려 있었다. 신현과 태희가 같이 나란히 앉아 있다는 사실.

"태희가 적극적으로 나간다면, 글쎄요……, 차 상무가 굳이 거절할 이유가 있겠어요?"

어쩌다 보니 본심이 튀어나왔다. 쓴 어조로 말하는 자신을 태준이 예리한 눈으로 쳐다보는 것도 눈치 못 챘다. 트레이를 가지고 온 종업원을 보는 척하며 정은은 다시 바깥을 흘낏했다. 태희를 곁에 두고 웃으며 신현이 술잔을 들고 있었다.

원래 저렇게 술을 잘 마셨나. 맥주 두어 잔 마시면 바로 식탁에 머리 박고 잠든다고 소문 들었는데. 남자치고 앳된 피부 때문인지, 연거푸 술을 마시는 모습이 이질적이다.

신현이 학과 모임에 참석하는 모습을 직접 눈으로 보겠다고, 겸사겸사 이 자리에 나왔다. 항상 저런 분위기였나 싶다. 태희를 옆에 끼고 웃으며 술을 마시고, 생글거리며 귓가에 속삭이는 말들을 다 들어 주고, 쑥스러워하면서도 태희가 집어 주는 저 안주를 맛있게 먹고.

저러다 은근한 스킨십도 허락했었을 테지. 대한민국 최고 조건의 태희가 저렇게 오래 매달리는 이유는 역시 틈이 있어서였던 거다. 머리에 후끈 열이 올라왔다.

태준이 곰곰 생각에 잠긴 어조로 말했다.

"연봉도 과감하게 요구하는 스타일이라, 태희에게 얼마나 순수할까 싶은 거지."

"올해는 얼마에 서명했대요?"

정은이 시치미를 떼며 물었다. 일식당에서 만난 날이 면담일이었고 그날 바로 회장실에 보고가 들어갔을 텐데도 조 전무조차 그 소식에 깜깜해서 당황해 있는 차였다.

"아직 내게는 보고가 안 들어와서. 금액이 큰지 쉬쉬하는 분위기야."

초조한 표정이었다. 강태준이 전무 승진에 본부장 타이틀까지 쥐게 되더라도 차 상무가 서명한 연봉은 강태준의 열 배가 넘게 될 테니 좋은 기분만은 아닐 것이다. 국내 연봉 서열 5위를 어떻게 이기겠는가.

정은은 오늘 이 자리에 나온 가장 중요한 목적을 다시 떠올렸다.

"상무님, 핏줄 덕분에 1년 빨리 승진하셨다고 지금 마음 놓으실 때가 아니에요."

술잔 너머로 태준이 정은과 눈을 마주했다. 목소리에 차가운 기운이 비칠까 봐, 정은은 엷게 웃어 보였다. 태준이 가늘어진 정은의 입꼬리를 물끄러미 바라본다.

조언처럼 들리도록 정은은 차갑고도 부드럽게 말을 이었다.

"태희부터 관리하셔야죠. 차 상무, 그 집안에 들어서면 승계 순위 바뀔 수 있는 것, 아직 모르시겠어요?"

울상을 지으며 태희가 돌아왔다.

"곧 2차 간대."

방 안으로 들어서던 태희는 자리에 거의 눕기 직전인 태준과 말짱한 정은을 어리둥절한 얼굴로 번갈아 쳐다보았다.

"아니, 우리 오빠를 어떻게 한 거야? 약이라도 먹였어?"

식탁을 짚으며 일어나던 태준이 웃으며 고개를 저었다. 일어서며 비틀하자, 경호원들이 헐레벌떡 뛰어와 부축했다. 이미 정은은 계산도 끝낸 후였다.

복도로 나오니 신현이 카운터 직원에게 신용 카드를 건네는 게 시야에 들어왔다. 일행들을 먼저 보내고 곧 뒤따라가려나 보다. 단말기가 고장이라도 났는지 카운터 직원이 열심히 계산기를 두드리는 동안, 기다리던 신현이 주문서를 흘끗하고는 중얼거렸다.

"297만 2,000원이네요."

"아, 네."

예의상 고개만 끄덕인 직원은, 미심쩍은지 다시 계산기를 두드렸다. 방을 나온 태희가 바로 뛰어가 그의 곁에 섰다. 마침내 계산을 끝낸 직원이 기겁한 눈으로 신현을 쳐다봤다.

"와, 맞네요. 297만 2,000원."

신현에게 바짝 몸을 기대며 태희가 신용 카드를 꺼냈다.

"세상에. 왜 이렇게 비싸! 이번 건 제가 계산할까요?"

두 손을 마주 잡은 채 수줍고 애교 섞인 목소리로 묻는다. 정은이 절대 할 수 없는 말과 행동들이었다. 근본적으로 내성적인 사람이라 타인과 저렇게 몸 붙이고 친밀하게 농담하는 것, 쉽게 못 하는 사람이었다. 무뚝뚝한 얼굴로 태희를 돌아보지도 않지만, 속으로는 흔들릴 수도 있었다. 정은에게도 그랬으니까.

이번에도 태희가 돈 쓰는 게 내키지 않았는지 신현은 말없이 자신의 카드로 결제했다. 태희가 안타까운 얼굴로, '너무 비싸다, 해장국은 제가 살게요. 응? 응?' 난리를 부렸다.

정은의 속이 부글부글 뒤집혔다. 뜨거워진 덩어리를 삼키며 시선만 돌렸다. 부드러워진 얼굴 옆 선과 그를 올려다보며 방긋 웃는 태희의 얼굴이 머릿속에 아른거렸다.

등만 보인 채 서 있는 신현을 정은은 스쳐 지났다. 술도 마셨으니 아마 태희를 귀엽다는 듯 내려다보고 있을까. 이런 거 다 각오하고 버렸으니 할 말도 없었다.

식당 밖으로 나오니 사위는 이미 캄캄해져 있었다. 쌀쌀한 공기 사이로 빗방울이 툭툭 떨어졌다. 곧 겨울이 되려는지 얇게 입은 옷 사이로 찬 바람이 스며 왔다. 경호원이 태준을 차 뒷좌석에 조심조심 앉혔다.

"정은이, 내가 데려다준다니까."

겨우 중상위권의 주량으로 감히 정은에게 술로 덤빈 남자가, 이마를 짚으며 머리를 좌석에 기댔다. 호전적인 성격인지 다소 분한 얼굴이다. 눈치도 모르고 태희가 호들갑을 떨며 따라 올랐다. 겉으로는 태준을 배웅했지만 실은 태희가 떠나는 걸 확인하기 위해서였다.

태준의 차가 자갈 밟는 소리를 내며 떠났다.

원래는 그 차를 타고 돌아갈 계획이었으니 난감하게 되었다. 경호원도 퇴근시킨 후였다. 회식 중이던 조 전무가 급하게 회사 내 유휴 차량과 기사를 배차해 주었다. 곧 도착할 거라는 연락에 정은은 주차장에서 기다렸다. 찬 바람이 휘잉, 비를 몰고 와 맨살을 스미고 머리칼마저 적시기 시작했다. 그때 신현이 식당 정문을 나와 준비된 차량으로 향하는 모습이 시야에 들어왔다.

기사가 문을 안 열어 주는 건 신현의 지시 때문일 것이다. 타기 직전 차 문을 잡은 채로 신현은 멈칫했다. 이제야 깨달았다. 쳐다보면 늘 시선을 느끼곤 한다는 것을. 정은에게만 그런 건지 알 수 없지만, 이번에도 어김없이 돌아본다.

태희 옆에선 그렇게 부드럽게 웃던 사람이 또다시 싸늘해졌다. 이젠 익숙한 눈길이지 싶어 정은도 피하지 않고 마주 보았다. 왜 저렇게 쳐다봐, 하던 순간 마침 정은이 기다리는 차량과 기사가 도착했다. 운전석이 열리고 내린 남자는 양복 차림이었지만 목에 문신을 한, 다소 껄렁껄렁해 보였다.

피우던 담배를 바닥에 짓이기고는 연기를 뱉으며 정은에게 걸어왔다.

"조 전무님 지시로 현일바이오 배차실에서 왔습니다. 전무님 동생분……, 어, 어라. 신정은, 회장 아니에요?"

남자의 눈이 휘둥그레졌다가 정은을 위아래로 훑어봤다. 회장은 무슨 회장. 재벌은 다 회장인 줄 아는 건가. 남자가 정은의 몸을 대놓고 훑었다. '제 이상형인데.'라고 말하며 실실 웃는데 묘하게 불쾌했다.

"즐겁게 모시겠습니다. 어서 타시죠."

남자가 차 뒷문을 열고 기다렸다.

"네."

건조하게 답하면서도 정은은 잠시 불안한 동작으로 목을 쓰다듬었다. 아무래도 집에 가는 내내 끈적거릴 눈치였다. 정은을 알아보면 전화번호라도 달라며 돌변하는 남자들에게 몇 번 호되게 당한 터라 조 전무는 그녀를 혼자 둔 적이 거의 없었다.

찜찜한 마음에 발을 못 떼고 있는데 남자가 '어서, 어서.' 하며 재촉했다. 웃느라 벌린 입술 사이로 누런 이가 보였다.

떨어지는 빗방울이 강해져서 우선은 타야 했다. 춥고 피곤했다. 회사 소속이라는데 설마 무슨 일이 벌어질까 생각했다. 실은, 신현의 시야 내에서 약한 모습을 보이고 싶지 않았다는 게 맞겠다. 마음을 정리한 정은은 차에 올랐다.

"한남동으로 가면 되죠?"

기사가 문을 닫으려던 순간, 차 문이 닫히는 소리는 오히려 저쪽에서 났다. 돌아보니, 신현이 성큼성큼 이쪽으로 오고 있다. 이렇게 그녀에게 먼저 걸어오는 게 처음이지 싶다. 무슨 중요한 말을 하려나 싶어 살짝 기대가 차오르기도 했다. 그런데 역시 정은은 쳐다보지도 않았다. 뭔가 대단히 마음에 안 드는 얼굴로, 기사가 닫으려는 차 문부터 잡았다.

"목적지가 바뀌었습니다. 제가 이 차량 탈 겁니다."

꽉 잠긴 낮은 목소리에 기사가 멈칫했다.

"네?"

기사가 정은의 눈치를 살피고는 항변했다.

"아니, 저는 원래 배차 지시대로……."

몸을 숙여 정은을 내려다보며 신현이 딱딱한 목소리로 말했다.

"내려."

가슴이 두근거렸지만, 차에 등을 기댄 채로 정은은 그를 미동 없이 바라봤다. 낯선 기분이었다. 우월한 위치만 고집하는 성격 탓에, 자신 대신 일을 처리하려는 남자가 있으면 도리어 쳐 내던 그녀였다.

"내리라고. 안 들려?"

신현이 다시 한번 말했다. 명령조의, 차가운 목소리였다. 이번엔 못 이기겠네. 떨리는 손을 잠시 쥐었다 편 정은은 마지못한 태도로 차에서 내렸다. 봉변을 당할 뻔했는데, 살아난 기분을 느낀 것도 사실이었다.

신현이 자신의 차량 쪽을 고갯짓하는 동안 기사가 당황한 목소리로 따지듯 설명했다.

"아니, 저는 그냥 대리 기사가 아니라, 회사 소속입니다. 현일……"

신현이 쳐다보자 기사의 목소리가 쉽게 사그라졌다. 체격으로 봤을 때도, 분위기로 봤을 때도 분명 이쪽이 우세였다.

신현이 재킷에서 명함을 꺼내 건넸다.

"차신현 상무입니다. 조 전무님께는 제가 따로 연락드리겠습니다."

기사가 우물쭈물하며 명함을 확인했다. 정은이 움직임 없이 서 있는 동안 신현이 다시 자신의 차로 앞서 걸었다. 정은이 말 없이 따랐다.

정은의 주소를 건물 이름까지 정확히 불러 준 신현이 자신의 기사에게 당부했다.

"안전하게 잘 부탁드립니다."

"그럼요. 상무님."

"최대한 서행해 주세요."

"네, 상무님."

"도착하면 제게 전화 넣으시고요."

"그러겠습니다."

신현이 자신의 차 뒷좌석 문을 열어 주었다. 타라고 고갯짓을 한다. 차에 올라타자 익숙한 향이 코 속을 스며들었다. 연이어 문이 부드럽게 닫혔다.

신현의 기사가 차량을 후진하며 방향을 바꾸는 동안 정은은 기막힌 기분으로 그의 뒷모습을 응시했다. 절대 친절하고 다정하게 말해 주는 법은 없다. 그럼에도 가끔, 이렇게 헷갈리게 하는 태도들은 대체 뭐란 말인가. 처참한 기분이 밀려들었다.

윤혜조의 딸이어서 신경 써 줬을 것이다. 다른 여자를 만나려 한대도 이젠 상관할 수 없다. ……알아.

나도 알아.

다 아는데.

열린 창문 너머로 멀리 찌르레기 소리가 들렸다. 머리가 어지러웠다. 후욱, 몸 안에 다시 열이 솟구쳤다.

"멈춰요."

차가 후진을 마치고 주차장을 나가려던 찰나였다.

"네? 아, 네."

기사가 답했고 차가 멈췄다.

차 문을 열고 내린 정은은 무작정 신현의 뒤를 빠른 걸음으로 따라갔다. 무슨 말을 할지 아무 계획도 없었다. 왜 나랑은 눈도 안 마주쳐. 고맙다는 말은 절대 안 할 거야. 그 정도만 생각했다. 아니, 한 가지 생각만 머릿속에 가득했다. 급하게 뛰어가 중간쯤에서 그를 잡았다.

"이젠 태희가 목표인가 봐."

앞서 걷던 신현이 정은의 조롱에 딱 멈췄다. 말을 뱉고 나서야 깨달았다. 내내 이 생각만 하고 있었다는 걸.

"여자 고르는 기준은, 한결같네."

신현이 천천히 몸을 돌렸다. 그의 머리칼 위에서 빗방울이 반짝였다.

싸늘한 눈으로 쳐다보며 신현은 차분히 대꾸했다.

"너만 하려고."

어떤 뜻인지 바로 알아들었다. 강태준을 말하는 거였다. 상관없었다. 지금 궁금한 건 자신에 대한 그의 생각이 아니라, 태희를 향한 그의 마음이었다.

가슴에 수많은 감정이 솟아올랐지만, 정은은 무심한 목소리를 만들어 냈다.

"태희, 결혼은 쉽지 않을 거야."

정은의 충고 따윈 별로 깊게 듣지 않는 눈치였다. 정은의 뺨을 흐르는 빗방울에 그의 시선이 닿았다.

"왜?"

흐린 하늘을 흘낏하며 대충 대꾸한다. 정은이 무슨 말을 하든 별 관심 없고 날씨에만 관심 있는 눈치였다. 추워서 빨리 가고 싶은 건가. 오들오들 몸이 떨려 오는 건 마찬가지였지만 정은에겐 시베리아여도 상관없었다. 정말 태희에게 마음이 있는 건지, 확인해야 했다.

신현이 시선을 내려 정은을 마주 봤다.

"왜 안 될 거라고 생각하지? 날 두고 물려받을 주식을 택할까 봐?"

흘러가는 물처럼 담담한 어조가 명치끝을 찔러 왔다. 빗속에서 서로를 마주 본 채 서 있었다. 정은이 부드럽게 되짚었다.

"너도 내게 순수했던 것만은 아니잖아."

왜 내게 넘어왔을까, 늘 궁금했었다. 어떤 여자의 접근에도 끄떡 않고 착실하게 제 갈 길만 가던 사람이었다. 심지어 정은을 싫어했었다. 더한 유혹을 해 오던 여자도 많았을 것이다. 정은이 그들과 다른 점은 단 한 가지였다. 상속녀.

"처음부터 돈이 목적이었어? 그래서 나랑 잤는지 궁금해서."

합의금을 요구하던 순간의, 분노와 모멸감이 다시 밀려들었다.

"몇 푼 되지도 않는 그 돈, 받겠다고? 아니면 혹시 더 큰 몫을 노리고?"

그의 턱이 굳었다. 빗줄기가 더 강해졌다. 언제나처럼 알 수 없는 눈빛으로 바라본다. 이를 지그시 물다가 어느 순간, 신현은 메마른 숨을 내쉬었다.

"가라. 할 말 없어."

차고 단단한 어투였다. 늘 저렇게 고고한 태도로 선을 긋곤 했었다. 역시 오늘도 거절만 당하지 싶다. 정은을 똑바로 바라보다가 신현은 등을 돌렸다. 치솟는 분노를 누르며 정은은 그의 팔목을 잡았다. 등만 보는 것도 이제 지겨웠다. 이런 상태로, 이렇게 엉망진창인 상태로 마무리하지도 않을 거였다. 아니, 태희에게 줄 수 없었다. 네가 어떤 놈이어도, 그 어떤 여자에게도, 나는. 아직은.

"상황 다 재 보고 만나라고. 김 회장 계산적인 사람이야. 조건 때문에 덤벼들었다가, 그때처럼……."

다시 정리되어야 한다면. 그 말이 튀어나올까 봐 입을 닫는 순간이었다. 마치 더러운 것이라도 보듯, 신현은 자신의 손목을 잡고 있는 그녀를 내려다봤다.

"너나 제대로 된 놈 만나. 술 취한 여자 놔두고 혼자 떠나는 놈 말고."

손을 털어 내며 잇새로 내뱉은 말이었다. 이미 질릴 만큼 익숙한데도 멸시하는 눈빛에 여전히 쓰라려 왔다. 마주 쏘아보며 정은도 아무렇게나 빈정거렸다.

"나야말로, 강태준 조건이 너무 좋아서."

"아, 넌 그랬지."

그의 얼굴에 노여움이 스쳤다. 비틀린 미소를 지은 채, 신현이 지적했다.

"잘 놈과 결혼할 놈 구별하며 만났잖아. 안 그래?"

더 낫다. 이렇게 감정을 드러내길 기다렸다. 정은은 차라리 웃음을 터뜨렸다.

"구분할 이유가 없어. 자고 싶은 남자는 늘 한 사람이니까."

시선이 마주쳤다. 바짝 메말라 있던 가슴에 충동이 똬리를 틀었다.

"너."

우뚝 멈춰 선 채로, 신현이 정은을 직시했다. 휘잉, 그들 사이로 바람이 불었다. 마치 오래된 정원의 그날처럼, 나뭇잎이 흔들리며 소리를 냈다. 상대의 숨소리가 귓가에 들리는 듯했다.

정은이 한 발 한 발 가까워질 때마다, 바닥의 자갈이 구두에 밟히는 소리가 울렸다. 그의 숨소리가 더욱 선명해졌다.

눈길을 내리고 셔츠 단추가 풀어진 사이로, 그의 쇄골을 응시했다. 쭉 뻗은 단단한 빗장뼈, 매끈한 피부. 얌전하기만 한 남자는 아니었다. 세상 딱딱한 얼굴로 어렵게 굴지만 이 철벽을 무너뜨릴 단 한 가지의 마법을 정은은 알고 있었다. 이 남자도 다른 남자들과 똑같았다. 섹스. 열 번 찍었더니 결국 넘어가던 나무, 차신현. 그러니까 태희가 똑같은 방법으로 이 남자를 쓰러뜨리기 전에, 나는.

정은이 그를 올려다보며 달콤하게 속삭였다.

"그리고 오늘도……, 너랑 자고 싶고."

처음 사랑을 나눈 기억들이 그들 사이의 공간을 잠식했다. 뒷걸음치며 계속 거절하던 남자였다. 놓칠까 봐 더 적극적으로 유혹했었다. 그렇게 망설임과 다급함으로 촉발된 첫 키스.

정은을 내려다보며 신현은 천천히 입을 떼었다.

"넌 죄책감도 없지."

정은은 뻔뻔하고 부드럽게 웃었다.

"가끔 그런 감정도 드는데……."

정은이 그의 셔츠 위에 손을 얹었다. 손가락과 손바닥이 그의 명치 부근을 가볍게 눌렀다. 딱딱한 표면을, 뱀이 스르르 미끄러지듯 서서히 타고 올라갔다. 쿵쿵, 뜨겁게 뛰는 심장이 느껴졌다. 그동안 식은 채로 살아왔나 보다. 신현이 그녀에게 반응한다는 그 사실 하나만으로, 정은은 금세 타올랐다.

"……그래도 빼앗겨서 후회하는 것보단 낫잖아."

늘 고고하기만 하던 네가, 나 아닌 다른 여자를 욕심내는데. 어떻게 내가 제정신일 수 있겠어.

"어차피 내가 유혹한다 한들, 너도 안 넘어올 거고."

유달리 까매진 눈동자가 정은을 가늠하듯 바라봤다. 시선도 숨결도 그물처럼 엉켰다.

"왜? 이번엔 쉽게 넘어와 주게?"

잠겨 있던 둘만의 기억들이, 서서히 공기 중으로 퍼져 나갔다. 소리가 날까 봐 좁은 침대에서 숨죽여 나누어야 했던 섹스였다. 어둠 속에서 마주치던 뜨거운 눈빛, 아무 때고 섞이던 호흡들.

정은이 그를 올려다보며 눈가에 웃음을 지었다. 모든 남자가 넘어갈 말이 뭐가 있을까.

"다 해 줄게. 네가 원하는 것……, 전부."

정은이 그때처럼 쉽게 약속했다. 계산을 가득 담은 눈동자가 느리게 그녀를 훑었다. 고민하는 건가. 마치 처음 보는 여자를 보듯 시선이 눈, 코, 입술, 귓불에 달린 귀걸이, 목까지 쓸었다. 숨을 죽이고 정은은 그 눈길을 받아 냈다. 옅게 들썩거리는 가슴에 신현의 시선이 닿았다. 정장 원피스 사이로 살짝 드러난 둥근 부분을 내려다본다. 짓누르듯 감싸 오던 그 손의 느낌이 지금도 선명했다.

"……뜨거울 거야. 우린 늘, 그랬잖아."

떨리는 속을 감추고, 정은이 속삭였다. 무언가를 참듯 그의 이마에 핏줄이 섰다.

넘어올 수도 있겠다는 예상이 들었다.

하긴 이렇게 바르고 정직한 얼굴을 하고도 뒤로는 정신없이 정은을 탐했던 남자였다. 그렇게 냉대했으면서도, 결국 돈과 바꿀 여자였으면서도……, 섹스할 때만큼은 그저 뜨겁게, 마치 죽도록 사랑하는 여자라도 안는 것처럼…….

그러니까 제발, 한 번만 더 무너져 봐. 그래야 이 비참한 기분이 나아질 테니.

그의 가슴 위에 놓인 정은의 손을, 신현이 가볍게 감아쥐었다. 마치 소중한 것이라도 만지듯 조심스러운 손길이었다. 손가락과 손가락이 닿았을 뿐인데도 뱃속까지 뜨거워졌다.

"그럴까."

낮게 깔린 목소리. 예상외의 말에 정은은 놀랐다.

진짜 넘어오려나. 보란 듯이 거절해 주려던 마음이 순식간에 사라졌다. 미친 척, 끌고 가는 대로 어디든 따라가도 한 번쯤은 괜찮을 거였다. 태희에게 돌리려던 신경을, 아주 잠시만이라도 잡을 수 있을 거고, 정은 또한 그렇게 하룻밤의 위안을…….

정은이 작게 고개를 끄덕인 순간, 신현의 입가에 엷고 씁쓸한 웃음이 떠올랐다.

"그럼 그다음은?"

정은과 눈을 맞춘 채, 신현이 부드럽게 물어 왔다.

잠시 혼란스러워졌다. 감정을 들킬까 봐 눈을 내리깔았다. 날카로운 무언가가 뱃속을 파고들었다.

그다음이라. 세상 모든 질문 중에 이것 하나만큼은 대답할 말이 없다. 그렇게 많은 계산을 하고도 아무 답도 못 하는 그녀를 지켜보며 순간, 그의 얼굴에 자조가 스쳤다.

"아슬아슬했어. 넘어갈 뻔했거든."

속았구나. 순간 깨달았다. 거절하려던 건 분명 그녀였는데.

그런데 분한 마음보다, 이상한 마음이 들어찼다. 눈길 때문일 것이다. 체념을 담고 바라보는 솔직한 눈길.

"그렇게 되면 오랫동안 또 원망만 하며 살아가겠지. 날 걷어찬 네가 아니라……."

왜인지 모르게 정은은 아무 말도 하지 못했다. 잠시간 꾹 쥐고 있던 정은의 손을 신현은 부드럽게 내려놓았다. 덜컥 낯선 감정들이 덮쳐 와서 속이 뜨끈해졌다.

"……널 거절하지 못했던 나를. 처음 그……, 한순간을."

목 끝에 무언가 걸린 듯 갈라진 목소리였다.

얽혀 있던 시선을 그가 풀어냈다. 죄어 오는 가슴에도 정은은 유혹에 실패했다는 분한 눈빛을 가장하고, 그를 바라보기만 했다. 한마디 변명 정도는 하고 싶지만 별 소용이 없다는 현실을 잘 알고 있었다. 피가 고이도록 입 안을 물기만 했다.

피곤한지 신현의 손이 눈가를 비볐다. 몸을 돌리기 전, 신현은 담담한 사과로 그 자리를 마무리했다.

"내가 오늘 술이 과했어. 담아 두지 마라."

술 취한 밤에야 혼자 불러 보는 이름

두통이 심했다. 속도 엉망이지만 기분이 최악이었다. 2차부터는 거의 마시지 않았으니 꼭 술 때문만은 아닐 것이다. 어떤 이유로건, 쌤통이었다.

딱 하루만 휴가를 낼까, 충동이 몸을 무겁게 했지만 신현은 침대를 짚고 간신히 일어났다.

주방 수납장까지 걸어가서 숙취 해소용 알약 한 알을 꺼내 입에 물었다. 물도 찾으러 가기 귀찮아서 씹어 삼키며 욕실로 향했다. 서두르지 않으면 러시아워에 걸려 운전도 쉽지 않을 거였다. 아무리 힘들 때여도 할 일을 미룰 수 없는 삶이라는 것을, 그는 아주 일찌감치 깨달았다.

비 오듯 쏟아지는 찬물 아래에서, 얼어 버리기 직전까지 서 있었다. 샤워를 끝내고 나오려다가 문득 거울 안의 자신과 마주쳤다.

'왜 이렇게밖에 살지 못하니.'

수년간 해 온 습관적인 질문이었다. 쓴웃음을 흘리곤 수건을 들며 욕실을 나섰다. 머리의 물기를 털다가 문득 멈칫했다.

신현은 탁자 위의 휴대폰을 들어 통화 목록을 확인했다. 그가 조 전무에게 전화한 게 11시 정도였다. 그 후 30분쯤 지나서 그의 기사로부터 받은 메시지를 신현은 다시 확인했다. 부탁하신 여성분, 엘리베이터에 오르는 것까지 확인했다는 메시지.

액정의 그 글자를 손가락으로 길게 쓰다듬는 동안 뜨거운 한숨이 흘러나왔다. 정은이 차에서 내려 엘리베이터에 오르는 모습을 혼자 가만히 떠올려 본다. 휴대폰을 내려놓으려던 때에, 다른 메시지가 도착했다.

[상무님, 해장국 사 드릴게요.]

오늘 그의 점심 약속이 없는 걸 또 확인했나 보다. 강태희 과장이 팀장들을 통해 그의 스케줄을 빼 간다고 상은이 언뜻 언질은 준 터였다. 회장 딸이 물어 오는데 다들 피할 수만은 없는 입장이라는 걸 이해해 달라는 뜻이기도 했다.

주차장으로 내려와 차 문을 여는데 메시지 도착 알림이 또 울렸다. 차가운 차 안 운전석에 앉아 시간을 확인했다. 아직 8시 전이니까 운전할 만할 것이다.

끼니는 거르지 않는 그였지만, 오늘은 뭘 사 갈 기운도 없었고 먹을 기분도 나지 않았다. 생수 한 병으로 끝내야 할 테지.

핸들을 잡은 채 무심히 정면을 응시했다.

달려가서 무릎이라도 꿇고 싶은 날들이 있다. 불쑥불쑥, 다 때려치우고 심사대로 하고 싶은, 그런 미칠 것 같은 순간들이 있다.

다 찢어진 사이⋯⋯.

실은 더 찢어지는 게 안전한 사이.

생각을 멈춘 신현은 핸들을 움직여 차를 주차 구역에서 **빼냈** 다. 그리고 평소처럼 오늘 일정부터 떠올렸다. 결재, 회의. 그가 다시 시궁창으로 돌아가지 않도록 삶을 버티게 해 주는 것들.

올림픽대로를 나와서야 신현은 휴대폰을 들어 문자를 확인 했다. 또 태희였다. 대충 넘기려는데 문자 내용이 그의 눈길을 잡았다.

[정은이도 부르려고요. 걔도 어제 많이 마셨잖아요.]

점심시간이 끝날 무렵 정은은 제천 제2공장 부지로 향하기 위해 엘리베이터에서 내리던 중이었다. 수년 전부터 봐 둔 부 지인데 엉뚱하게도 차신현 덕분에 현일바이오의 공장을 세울 수 있게 되었다.

조 전무가 차량에서 기다리고 있어서, 김 과장이 정은을 수 행했다. 김 과장의 화제는 인사 시즌에 대한 거였다. 올해 승진 대상자가 누구인지에 대한 소식, 그리고 회사 후계자가 그들 부서로 올 거라는 소식 등.

"강태준 전무가 사업개발 본부장으로 올 거라는 소문이 파다 합니다. 벌써 승인 났다던데요."

김 과장이 이미 승진 대상자 명단을 다 보고받았을 정은을 흘끔거렸다. 사업개발 본부장으로 강태준이 확정인 건 맞지만 정은이 궁금한 건 그게 아니었다. 이상하게도 신현과 관련한 인사 소식만 보고받지 못해 다소 초조한 참이었다.

"차신현이네요."

로비를 지나던 중 김 과장이 감탄처럼 내뱉은 소리였다. 유명 인사가 되었는지 이제 직원들이 직책이나 직위를 다 떼고 불러도 아무도 이상하게 생각하지 않는다.

"식사하고 오시나 보네."

김 과장의 말에도 정은은 굳이 쳐다보지 않았다. 복잡한 속내를 들킬 것 같았다. 또다시 보기 좋게 거절당했다는 사실, 신현이 해 준 말들로 휘저어진 가슴속.

그때 김 과장이 다소 놀란 목소리로 말했다.

"가만. 옆에 있는 여자, 강태희인데요? 아, 강태희 과장. 아니, TH."

TH. 회사 내에서 태희를 칭하는 별칭이다. 주변의 수군거림이 이어졌다. '둘만 식사했나 봐.', '아는 사이인가?'라는 말과 동시에 '차신현, 강태희.' 둘의 이름이 또다시 함께 언급됐다.

점심시간 전에 태희로부터 메시지가 왔었다. '우리 신현 씨 점심 사 주려고. 너도 낄래?'

뒤통수를 맞은 기분이었다. 어젯밤엔 내 유혹에 넘어갈 것처럼 굴더니 그 와중에 태희랑 점심 약속을 만들고 있었나.

한참 동안 휴대폰을 내려다보며 어떻게 훼방을 놓을까 고민했었다. 태희와 둘이 점심을 먹게 놔둘 순 없었다. 정은이 나간다고 하면 분명 신현은 그 자리를 피하려 할 테니 파투가 나긴 할 거였다. 그러다가 어느 순간 그럴 필요가 없다고 판단했다. 신중한 차신현이 회장 딸과 대놓고 점심을 먹을 리는 없다는 생각에서였다. 그것도 회사 근처에서? 교제 중이라고 광고를 하겠다는 것도 아닐 테고.

그랬는데…….

진짜로 태희와 점심을 먹었구나. 이렇게 관계를 공고히 하는 건가.

"와, 둘이 잘 어울리네요."

김 과장이 저도 모르게 내뱉은 감탄에, 정은은 그제야 고개를 들었다. 로비 가운데를 가로질러 걸어 들어오는 그들이 한눈에 들어왔다.

태희는 흰색 블라우스에 연한 레몬색 스커트를 받쳐 입은, 밝고 단정한 차림이었다. 신현이 입은 슈트 색깔이 짙어서인지, 둘이 함께 걷는 모습은 누가 봐도 보기 좋았다.

생각에 잠긴 채 걷던 신현에게 문득 태희가 말을 건넨다. 중요한 이야기인지, 아니면 예전보다는 태희가 익숙해졌는지 제법 편안한 표정이었다. 듣다가 피식 웃음까지 짓는다. 누군가 뱃속을 확 할퀴는 기분이었다. 덕분에 아주 오랜만에 차신현의 웃는 모습을 구경했다.

거리가 가까워졌다. 마주치기 직전이었다. 아마도 시선을 느꼈나 보다. 신현이 고개를 들었고, 정은과 시선이 부딪쳤다.

둘 다 피하지 않고 서로를 마주 봤다. 아주 잠깐이었다. 부드러움이 일시에 가신 눈빛이 정은에게 꽂혔다. 거절한 사람은 역시 당당한 건지, 그녀를 똑바로 바라본다.

인사도 없이, 정은이 먼저 시선을 치웠다. 신현의 등 뒤로 태희가 정은에게 반갑게 손을 흔들었다. 정은도 가볍게 웃어 보였다. 그렇게 둘이 정은을 스쳐 지나갔다.

둘을 등 뒤로 하고 김 과장이 휴대폰으로 확인한 소식을 전달해 주었다.

"단톡방에 사진 올라왔어요. 둘이 복맑은탕 먹었대요. 효은 복집에서."

헛웃음이 나올 뻔했다. 해물을 먹지도 못하는 남자가 대체 복집을 왜 예약했을까. 그 복집은 현일 건물 바로 앞에 있어 직원들로 바글바글한 곳으로 정은도 몇 번 갔던 곳이었다.

"사진, 보내 봐요."

"넵."

사진이 정은의 휴대폰에 저장되었다. 회사 입구에 선 채로 정은은 그 사진을 확인했다. 식사를 하는 평범한 모습인데도 정은은 눈을 떼지 못했다.

신현이 주변 모두가 쳐다보는 데서 다른 여자와 단둘이 식사하는 모습. 말없이 밥을 먹는 신현을 흐뭇하게 훔쳐보는 태희……

그동안 신현이 내성적이라고 생각했지만, 인제 보니 깜빡 속고 살았나 싶다. 이렇게 공식적으로 태희를 만나면 그 집안에

선 정면 돌파를 하겠다는 뜻으로 받아들일 거였다. 초고속으로 보고될 거고, 계산 빠른 김 회장은 역효과 없이 처리하게 위해 뭘 쥐어 주는 방법을 택하겠지. 뭐가 됐든, 함께 있는 모습을 보니 속이 쥐어뜯기는 느낌이었다.

마치 바람난 현장이라도 잡은 이 기분이라니.

정문을 나서자 차가 준비되어 있었다.

차에 오르고 김 과장이 차 문을 닫아 주는 동안, 조 전무가 관리하는 정은의 대외용 휴대폰이 울렸다. 조 전무가 휴대폰의 액정을 확인시켜 줬다. 태준의 메시지였다. 정은이 눈짓을 하자 조 전무가 메시지함을 열었다.

[그날 집에 잘 들어갔어? 내내 걱정되던데.]

이렇게 연락하는 저의가 뭔지 따져 봤다. 집에 잘 들어갔는지 물을 만큼 친밀한 사이는 아니었다.

대부분의 남자는 정은의 외모를 보고 한두 번 잘 생각으로 접근하거나, 그것도 아니면 돈이나 영향력 때문에 접근하곤 했다. 강태준은 아직까진 후자에 가까운 눈치였다.

"걱정해 주셔서 감사합니다. 덕분에 잘 도착했습니다."

정은이 소리 내어 읊은 대로, 조 전무는 휴대폰 자판을 눌러 바로 답신을 보냈다. 정중하게 보낸 그 답에 태준은 다시 메시지를 보내왔다.

[밥 한번 먹자. 주말에 시간 되지?]

조 전무가 갸웃하며 메시지를 응시했다. 묻는 눈길로 쳐다보자 조 전무는 조심스럽게 답변했다.

"강태준은 철저히 계산적인 사람입니다만……."

여자들이 갖고 있는 회사의 재무제표를 다 분석해서 결혼 상대를 고를 남자였다.

"……꼭 계산만은 아닐 수 있겠다는 느낌이 들어서요. 호감을 느끼고 있다면 이런 경우 남자들은 바로 통화를 하려 할 텐데……."

액정의 문자가 사라지고 강태준의 이름이 반짝였다. 조 전무 예상대로 이번엔 전화였다.

지금은 영 받을 기분이 아니었다. 정은의 눈치를 살피던 조 전무가 어깨를 으쓱하고는 조언했다.

"이쪽은 회장실이나 기조실 쪽 소식이 우리보다 빠를 겁니다. 차 상무 관련해서, 채널 하나를 확보한다고 생각하시고 받아 보시는 것도 좋겠습니다."

조 전무의 말이 맞았다. 고개를 끄덕이자 조 전무가 통화 버튼을 누른 뒤 정은에게 건네주었다.

"네, 상무님."

— 어떻게 거절할까 고민하고 있을 것 같아서. 밀고 당기기도 좋지만, 이유는 좀 듣자.

단도직입적인 말에 정은은 답을 고민했다.

"완벽한 분이시긴 한데……."

— 아, 됐고.

"……성적 매력이 없어서요. 용건이나 말씀해 주세요."

만사 귀찮다는 목소리에 침묵이 흘렀다. 이후 들려온 건, 태준이 터뜨린 큰 웃음소리였다. 한참 웃은 태준이 그 용건을 꺼냈다.

— 깔끔하네. 실은 물어볼 게 있어서.

정은은 안도하며 웃었다.

"아쉽네요. 제게 관심 있는 줄 착각했거든요."

태준은 웃지 않았다.

— 꽤 됐지. 알면서, 뭘.

다소 차가운 목소리였다. 백미러로 최 기사가 눈을 피했다. 통화 내용이 들렸나 보다. 가끔 궁금해지곤 했다. 세상 입 무거운 최 기사가 아내인 김천댁에게는 어느 정도까지 이야기를 전달해 주는지.

정은이 화제를 전환했다.

"용건은 뭐예요?"

태준은 잠시 뜸을 들였다.

— 정은이 너, 차 상무랑 가깝다고 했지?

조 전무와 정은의 눈이 마주쳤다.

"가깝다고 말한 적 없어요. 안면은 있죠."

— 그 정도 아니잖아.

강태준이 궁금한 게 뭔지 정작 궁금한 사람은 정은 자신이었다.

"궁금한 게 뭐예요? 정보 드릴게요. 대신 아시다시피 공짜는 없어요."

통화 너머로 계산된 정적이 흘렀다. 조 전무는 가만히 내용을 듣고만 있었다.

— 측근으로부터 나온 이야기야. 아직 엠바고Embargo인데.

김 회장 측근이면 수행 비서인 박준용 전무거나 기조실장, 둘 중 하나다. 차기 회장에 대한 예우로, 태준에게는 정기적으로 정보를 흘려 주고 있을 거였다.

— 1,000억을 쓰셨다지.

이마가 지끈거렸다. 조 전무의 눈동자에도 놀람이 스쳤다. 사표를 냈다는 뜻이다. 가끔 그 속을 진짜 알 수가 없다.

어깨에 끼고 있던 휴대폰을 손으로 바꿔 쥐며 정은은 빈 목을 쓰다듬었다.

— 어디랑 협상하고 있는지 짐작 가는 데 있나?

"……네."

— 어딘데?

정은은 재빠르게 머리부터 굴렸다. 정보를 주기 전에 우선 이쪽에서 먼저 받아야 할 정보가 있었다. 어떻게 물어야 하나.

정은은 도리어 아무렇지 않은 목소리를 냈다.

"인사가 늦었어요. 승진 축하드려요."

— 미치겠네. 기조실 비상이고 거기다가 태희랑 소문까지 나서 골치 아파. 회장님 노발대발하셨어.

"왜 그렇게 대우했어요? 도망가는 거 잡으려면 두 배 치러야 하는 것 몰라요?"

속 뒤집어 놓은 남자지만 그를 대신해서 한 소리 정도는 해 주고 싶었다.

— 범생이라 얌전히 따라올 줄 아셨겠지. 안 그래도 차 상무 목적지, 나보고 찾아내라 지시하셨어.

벌어질 상황을 어느 정도 예상했을 텐데 왜 아들을 먼저 승진시켰는지. 노련한 김 회장의 수가 잘 읽히지 않았다. 오히려 김 회장이 놓은 덫일 수도 있겠다는 예감이 들었다.

— 그래서 어디야? 경쟁사에서 뭘 제시했는지 알아야 이쪽에서도 협상 테이블에 뭘 가져가야 할지 감이 서니까.

아무리 현일 정보망을 쥐 잡듯 이용해도, 스카우트하려는 경쟁사 정보가 없는 게 당연했다. 헤드헌터 전화 따위는 받지도 않을 사람이었다.

"저 이번 주말 저녁 괜찮아요. 같이 식사나 해요."

그때쯤 되면 협상의 결말이 나올 터였다. 조 전무 말대로 강태준은 김 회장의 의중을 엿볼 수 있는 채널이 되어 줄 거였다.

— 그건……, 그러지. 그래서 정보는?

태준에게 직접 말한다고 한 적 없다. 먼저 정보가 들어가서 좋을 것도 없다. 정은은 나긋나긋한 어조로 대꾸했다.

"곧 전달되도록 할게요."

의외로 태준은 순순히 받아들였다.

— 아 참, 정은아.

태준이 느긋하게 불러왔다. 정은은 대답하지 않았다.

— 이젠 상무님 호칭은 그만둘 때도 되지 않았어?

내가 요즘 주변에 너무 친절했나. 이런 아마추어들까지 집적

대는 걸 보면.

정은은 짧게, 적당히 대답했다.

"네, 상무님."

휴대폰 너머로 웃음소리가 넘어왔다. 기분 좋은 어투로 태준이 인사했다.

— 다음 주말에 보자고.

통화가 끝났다. 정은이 조 전무에게 휴대폰을 넘겼다.

"이래서 회장실에서 정보를 꽁꽁 감췄던 거군요."

조 전무의 말에 정은의 입가에 희미한 웃음이 어렸다. 내보낼 사람이라면 모를까, 잡을 사람이 사표를 썼으니 그걸 소문내고 싶지 않았을 것이다.

"아마 박준용 전무가 직접 나서겠습니다."

김 회장의 수족 박준용. 차창 밖을 보며 정은이 고개를 끄덕였다. 김 회장이 박준용 전무에게 챙겨 준 돈이 몇백억이라, 박 전무가 협상 테이블에 나서면 10억은 아주 우습게 오간다고 했다.

조 전무가 정은의 지시를 기다리고 있었다.

"박 전무에게 연락해서, 곽 대표 쪽 조건 전해 주세요."

"제가 차 상무면 무조건 S바이오로 갑니다. 현일에서 그 조건 절대 못 맞춰요. 회사 이인자 자리를 어떻게……."

곽 대표는 그때 말한 대로 순진한 면이 있었다. 아무리 자본금을 전부 댔다고 해도 성공하고 나면 눈 딱 감을 만한데, 기어이 신현을 제 회사로 끌어들이려는 걸 보면.

"그동안 왜 그쪽으로 움직이지 않은 건지, 전 도대체 이해가 되지 않습니다. 미치지 않고서야……."

정은이 빠듯한 숨을 내리쉬었다. 기분 나쁜 예감에 명치 부근이 조여들었다.

"현일에 머물게 한, 바로 그 '대단한' 조건을 알아내서 그들에게 알려 줘야죠. 연봉과 직급, 탄탄한 미래를 넘어선 그런 조건."

아마도 태희……일 수 있겠다. '왜 안 될 거라 생각하지?'라고 낮게 되묻던 목소리가 정은의 뇌리를 쳐 왔다. 그게 혹시 진심이었던가.

눈치 빠른 조 전무가 '아.' 소리를 내고는 휴대폰으로 아까 받은 사진을 다시 열었다. 쓰린 마음을 접으며 정은은 현실을 직시했다.

"이유가 뭐든 그걸 미끼로라도 우린 차 상무 잡아야 해요. 현일을 떠나게 만들 순 없어요."

지금 신현이 떠나면 모든 노력이 허사가 된다. 현일을 그에게 돌려줄 때까지 반드시 붙잡아 둬야 했다.

사진을 내려다보며 조 전무가 갸웃했다.

"글쎄요. 사진만 봐서는 차 상무 쪽은 그다지 절절해 보이진 않아서요."

"원래 여자에게 아쉬워하는 스타일 아니에요. 하지만 원하는 게 김 회장 사위 자리라면 이야기가 달라지죠."

조 전무가 이맛살을 찌푸리며 고개를 저었다.

"헷갈리네요. 그런 성향으로 보이진 않았는데."

피식 웃음이 나왔다. 뭐가 헷갈린다는 건지. 나는 그 긴 시간을 지나, 이제야 제대로 파악이 되는데.

합의금 증액한 것도 그렇고, 나랑 그런 일 있고도 또 재벌 딸을 만나는 것도 그렇고, 잘해 내겠다고 아등바등했던 건 김 회장 눈에 들기 위해서인 거고……. 결국 정은이 아는 것보다 훨씬 야망으로 똘똘 뭉친 사람인 거다.

그런 생각을 하다가 정은은 자신을 맘껏 비웃었다. 사실 그냥 단순히 태희가 좋아서 이러는 것일 수도 있었다. 그날 동창회에서도 옆에 끼고 앉힌 것만 봐도…….

예쁘고, 애교 있고, 돈 많고, 민들레처럼 자신만 봐 주는 여자 강태희. 대체 안 넘어가고 버틸 이유가 없네.

"사표 쓰면서 동시에 이걸 터뜨린 걸 보면 우연은 아닌 것 같긴 합니다만. '당신 딸이랑 교제 중입니다.', '하지만 다른 회사로 이직 예정입니다.' 뭐, 김 회장님 아주, 연달아 펀치를 맞은 기분이시겠어요."

원래 남들 시선 신경 안 쓰고 조용조용 할 것 다 하던 남자이긴 했다.

"그래서 정확히 어떤 조건으로 잡으라고 전달할까요?"

조 전무의 질문에 정은은 무감한 눈빛으로 정면을 응시했다.

차신현을 잡겠다고 정은이 전면에 나설 순 없었다. 김 회장 쪽을 이용해서 잡아야 했다. 즉 그쪽에 방법을 알려 줘야 했다.

내 입으로 이런 말 하긴 진짜 싫지만…….

"S바이오에서 제시하는 미래보다 더 나은, 신분 상승의 길을 내어 주시라고."

서늘한 어조의 지시에 조 전무가 정은을 응시했다. 김 회장이 과연 그렇게까지 할까, 의구심을 담은 눈동자였지만 조 전무는 별 이의 없이 대답했다.

"네, 그렇게 전달하겠습니다."

고개를 끄덕인 조 전무가 덧붙였다.

"이사님께는 좋은 기회일 수도 있습니다. 차 상무가 원하는 게 뭔지 정확히 알게 될 테니까요."

그럴 것이다. 김 회장이 그 조건을 걸었는데, 차신현이 곽윤기의 조건을 고사하면서까지 현일에 남는다는 건……, 원하는 게 진짜로 '태희'라는 뜻이 될 테니까.

언제까지나 정은은 그의 미래를 지켜 주기 위해 최선을 다할 계획이었다. 문득 궁금해졌다. 진짜로 내 눈앞에서 태희를 선택한다면, 그때도 그럴 수 있을까. 그때도 지금처럼 인생을 던져 그에게 현일을 돌려주기 위해 노력할 수 있을까.

갑자기 정은은 그 답이 생각나지 않았다.

신현이 곽 대표, 즉 윤기의 전화를 받은 건 오후 5시 무렵이었다. 일찍 퇴근할 생각에 업무 마무리를 서두르던 때였다.

— 옆 사무실 직원들 다 이동하라고 했어. 사무실 두 개 합쳐서 네 거 만들어 주려고. 내 사무실 옆으로 오다니. 새꺄, 영광인 줄 알아. 굴비의 고향, 영광.

윤기는 혼자 들썩거렸다. 뭐라 답할지 몰라 곤란한 기분에 신현은 괜히 뒷머리를 긁었다.

윤기가 이어 말했다.

— 의자도 특별 주문하라고 했다. 남자는 허리가 중요하거든. 새꺄, 독일산이래.

윤기와의 모든 대화에는 늘 섹스가 등장했다. 흘려듣는데 윤기는 여전히 신나서 또 다른 음담패설을 해 왔다.

— 적성 검사 한 거는 내가 인사팀에 직접 전달했고. 유전자 검사 키트 내가 준 거, 그거, 머리카락 채취해서 보냈지? 인사팀에? 등신같이 체액 보낸 건 아니고?

윤기에 대해 잘 아는 건 아니라고 생각한다. 그래도 역시 제정신이 아닌 건 확실했다. 원래의 화제에 집중하며 신현은 솔직하게 대답했다.

"말했잖아요. 진짜 갈 생각 있는 게 아니라 양다리 걸쳐 본 거라고."

— 뭐? 너, 이, 개, 왜, 또!

잔뜩 실망한 목소리에 실없는 농담을 해 봤다.

"몸값 더 올려 주세요. 집도 두어 채 사 주시고."

— 이 씹새. 야, 이쪽도 너 같은, 배은망덕한 새끼 필요 없어!

온갖 욕설이 이쪽으로 넘어온다. 잠시 휴대폰을 책상 위에 올려놓고 근처를 정리했다. 뭐에 삐졌는지 뚝 끊기는 소리가 들렸다.

필요 없는 서류를 파쇄기에 넣는 동안, 하염없는 생각들이 그의 뇌리를 채웠다. 사실 곽 대표 밑으로 가면 큰돈을 쥘 수 있다. 그렇게 되면 그가 들고 있는 조건을 바꿀 수 있게 된다.

걸리는 시간은 짧으면 5년, 길면 10년.

위이잉, 위이잉, 파쇄기에 종이들이 다 빨려 들어갔다. 무심히 두 손을 펴고, 이 쉬운 계산을 손가락으로 해 봤다.

그때 즈음 네 나이는……. 그래도 결혼만 안 했다면, 나는……. 결혼을 했더라도, 나는…….

한심함에 피씩 웃음이 흘러나왔다. 열두 번을 따져 봐도 곽 대표 쪽으로 가는 게 맞는 건데.

떠나서 조건을 맞추는 것에 매달리는 삶도, 남아서 가끔 얼굴이라도 보겠다는 삶도 둘 다 옳지 않은 건 마찬가지지만.

'네가 설마 나를 실망시키진 않을 거야, 그렇지?'

차분한 혜조의 말이 귀를 울렸다.

'옳지 않은 일은 하지 않을 아이라고 믿는다.'

실내의 한 점을 물끄러미 응시했다. 복지원과 혜조가 대 주는 돈으로 학비를 냈고 학원에 다녔고 생활비를 지원받았다. 사내아이들은 목욕할 때 귀 뒤를 잘 닦아야 한다고, 다른 집에선 부모가 가르쳐야 할 그런 사소한 것들을 알려 준 것도 혜조였다. 그 어떤 사람도 그에게 그렇게 해 줄 이유가 없었고 해 주지도 않았다.

그런데 지금 그는 다시 한번 배신의 칼을 들고 있다. 목이 죄어 오듯 갑갑해지던 무렵 다시 휴대폰이 울렸다. 펴고 있던 두 손으로 마른세수를 하고 숨을 크게 들이켰다. 윤기일 거라 추측하고 휴대폰을 들었더니, 액정에 모르는 번호가 떠 있었다. 헤드헌터인가. 의심스럽지만 오늘은 어떤 전화도 다 받아야 한다.

"네, 차신현입니다."

— 안녕하십니까, 차 상무. 저는 회장 비서실 박준용입니다.

상대방이 자신을 소개했다. 온화하지만 노련한 음성이었다. 박준용 전무. 해군 사관학교 출신으로 김 회장의 집사이자 재무 임원이었다.

입술 사이로 조용한 숨이 흘러나왔다. 마침내 기다리던 전화가 왔는데 신현은 자신의 바닥을 제대로 들여다본 기분이었다.

— 오늘 좀 뵀으면 싶은데. 6시 어떻습니까?

중요한 대답을 하기 전엔 항상 시간을 두는 편이었다. 그걸 머뭇거림이라고 여겼는지 준용이 다시 설득했다.

— 그냥 인생 선배랑 만난다 생각하고, 놀러 나오시죠. 세상 돌아가는 소식도 좀 듣고.

이 뒤에 무엇이 있을지 알고 있었다. 그리고 신현은 자신이 어떤 대답을 할지도 잘 알았다.

"그러겠습니다. ……어디로 갈까요?"

— 6시에 회사 정문으로 모시러 갈 겁니다. 차량 번호는 비서에게 전달해 두겠습니다.

"네."

통화가 끊겼다.

서대문에 있는 가정식 꽃게집에서, 준용은 신현을 기다리는 중이었다.

낡은 계단을 뚜벅뚜벅 올라오는 소리가 들렸다. 좁은 복도 사이로 훤칠한 젊은 남자가 들어섰다. 방문 앞에 서 있던 준용은 먼저 신현의 모습을 스캔했다. 흰 와이셔츠에 하늘색 넥타이, 회색 슈트 차림이었다. 비서에게 반드시 격식을 갖추고 오라 전달했는데 꼭 그럴 필요도 없어 보였다. 일하다 왔을 텐데도 지친 기색 없이 말끔하고 품위가 있었다.

준용이 먼저 인사했다.

"오셨습니까. 안에서 기다리고 계십니다."

놀란 표정이 아니었다. 그것과는 달랐다. 뭐랄까, 불편해하는 느낌. 그리고 그 표정은 금방 사라졌다.

창호지가 발린 한식 문을 경호원이 열었다. 준용이 방 안쪽으로 먼저 들어서는 동안, 신현은 신발을 벗고 마루로 올라섰다.

방 안 상석에 앉은 김 회장에게 신현이 몸을 숙여 인사했다.

"뭐 하고 섰습니까? 들어오시지 않고."

그 소리에, 신현이 방 안으로 들어왔다. 경호원 한 명이 방석을 놓아 주자 신현이 고맙다는 표시로 고개를 끄덕였다.

경호원들이 방문에서 멀찍이 서자 준용은 문을 닫았다. 식탁 옆에 무릎을 굽혀 앉은 준용은 줄지어 세워진 초록 병 중 하나를 손수건으로 닦아 김 회장에게 건넸다. 김 회장이 직접 뚜껑을 땄다. 신현이 잔을 들었고, 김 회장은 술을 따랐다. 쪼르르 륵, 작은 잔 안에 술이 가득 찼다.

몸을 반쯤 튼 신현이 그 첫 잔을 한 번에 다 마신 후 빈 잔을 김 회장에게 건넸다. 준용이 건넨 소주병을 두 손으로 들고 신현은 김 회장의 잔에 술을 채웠다. 별것 아닌 과정 같지만 이를 통해 김 회장은 상대를 파악한다.

첫 잔을 다 비운 김 회장이 그 잔을 다시 신현에게 돌려주었다.

"05 학번이라면서. 제 30년 후배이십니다."

술잔을 받아 들며 신현은 묵묵히 답변했다.

"네."

김 회장이 신현의 빈 잔에 술을 채워 줬다.

"말 놓습니다."

두 번째 잔이 양쪽에서 다 비워졌다.

"네."

태희의 과외 선생으로 고용할 때 처음 닿은 인연이었다. 마치 자신이 대학 시험을 치르는 것처럼 옆에서 모든 과목을 같이 쳐 내며 결국 태희가 그 대학 입학하는 데 일등 공신 역할을 했었다. 수고했다는 표시로 수표 두 장을 끊어 주면서도 김 회장은 신현을 따로 만나지는 않았다. 옆에 두고 키울 만한데도, 처음 준용에게 그랬던 것처럼 김 회장은 회장실 출입조차 허락하지 않았다. 즉 이런 실질적인 대면은 처음인 셈이다.

준용 또한 지금에서야 신현을 제대로 살폈다. 이렇게 가까이

서 보는 게 실은 준용에게도 처음이어서인지, 갑작스레 느껴지는 이 익숙함은 대체 뭔지 모르겠다.

보글보글, 꽃게찜이 다 익었는데도 김 회장은 양쪽의 술잔만 연거푸 채웠다. 준용은 두 번째 소주병을 김 회장에게 건넸다. 세 번째 병도 연이어 건네야 했다. 술을 거의 못한다고 보고를 올렸는데, 따라 주는 대로 족족 마셔 내니 한 소리 듣겠다 싶었다.

"S바이오와 협상 막바지라고?"

김 회장이 무심히, 찌르듯 질문을 던졌다.

곽윤기 대표가 친형처럼 가까운 사이여서 말이 CSO*지 회사 이인자 자리에, 주식 배분까지 해 준다는 조건이었다. 회사 설립 초기부터 진행해 오던 스카우트라 오랫동안 반대하던 최측근들조차도 곽윤기의 의지에 지쳐 '올해는 제발' 사인 좀 받아 오라고 빌고 있다고 들었다. 왜 진작 합류하지 않았는지, 김 회장이 던진 물음에 준용은 아직까지 답을 구하지 못한 상태였다.

S바이오가 내민 조건을 이쪽에서 맞춰 주는 것도 불가능할 뿐더러 설사 그 두 배를 맞춰 준다고 해도 승산이 없었다. 소득 없을 자리에 김 회장이 왜 나왔는지 준용은 오히려 궁금했다.

"네, 그렇습니다."

고저 없는 목소리였다.

새파란 상무 나부랭이가 회장과 독대를 하는데도 깊이 고개

---

* 전략 기획 최고 담당자.

를 숙이지도 않고, 그렇다고 생글생글 웃지도 않는다. 자신보다 한참 나이도 많고 직급도 위인 준용이 옆에서 수발을 들어도, 불편한 기색을 드러내지도 않았다.

"속 버리겠다. 밥 먹자, 차 상무."

꽃게찜은 건드리지도 않고 둘 다 술만 퍼부은 셈이다. 끼니 거르는 건 질색이라고 들었다. 특히 잘 차려진 한식 밥상을 좋아한다고.

"네."

준용이 국자를 들어 그릇에 꽃게찜을 덜었다. 잘 익은 꽃게가 통통한 뱃살을 보이며 건져 나왔다. 한 그릇은 김 회장 앞에 놓고, 다른 한 그릇은 신현의 앞에 차례로 놓은 뒤 물러앉았다.

"왜 그렇게 열심히 달려? 욕심이라고는 눈곱만치도 없는 사람이."

심상한 질문에 단출한 대답이 이어졌다.

"다른 길이 없어서입니다."

무슨 뜻인지 알아들은 듯, 김 회장이 고개를 끄덕였다.

"후년에 내게 거사가 있어. 아들 혼사를 치를 예정이거든."

게살을 바르면서 김 회장이 천천히 운을 떼었다.

"네."

단답형의 대답이었다. 술을 채워 주면 술을 비웠고, 잠잠하고 예의 있게 듣기만 했다. 이미 마음을 다 정한 사람의 편한 표정이었다.

"아들 결혼 선물로 현일바이오를 주려고 했는데, 혜조, 아니, 윤 이사장 딸이 주식을 안 파니 다른 수를 써야겠지?"

부지런히 바른 게살이 제법 모였다. 정성껏, 잘 모은 게살을 김 회장이 신현의 그릇에 옮겨 주었다. 의외의 행동에 준용은 둘을 주시했다.

"먹어 봐요. 이 집 꽃게가 새벽에 소래에서 올라오는 거라 싱싱해. 제철이고."

올려 준 게살을 곤란하다는 듯 쳐다보자 김 회장이 놀란 목소리로 물었다.

"설마, 갑각류 못 먹어?"

"알레르기가 있습니다."

김 회장은 흘낏하고 말았지만, 준용의 숨은 멈췄다. 갑각류 알레르기. 김 회장이 예사로운 표정으로 웃었다.

"내가 아는 지인도 갑각류 알레르기가 있었지. 그러고 보니 차 상무랑 닮았네. 인물 훤하고 똑똑했거든. 가만, 어디까지 말했더라. 그래, 신 이사."

김 회장은 신현의 빈 잔에 다시 넘실거리게 소주를 채웠다.

"실은 혼담을 넣었던 이유가 주식 때문만은 아니었지. 신 이사가 보통 구렁이가 아니거든. 태준인 그런 면이 좀 부족하니까."

술잔을 든 차 상무의 손에 힘줄이 돋았다. 꿀꺽꿀꺽, 그 술을 비워 낸다. 이 정도 마셨으면 쓰러질 때가 한참 지났는데 도통 기미가 없으니 이상했다. 실제로는 술을 잘 마시는 건가, 아니면 참는 건가. 준용은 잠시 갸웃했다. 내내, 다른 사람 일처럼 듣기만 하다가 갑자기 얼음장처럼 차가워진 저 표정도 걸리고.

"결혼도 비즈니스로 여기는 녀석이라. 난 자식 팔아 회사 크게 만들 생각 없는데, 태준인 그런 방식으로 제 몫을 키울 생각인 거라. 아무튼 유통 회사와 혼담이 진행 중이었는데, 며칠 전에 갑자기 정은이 말을 꺼내고는, 이제야 어머니 눈썰미가 맞는 것 같다나."

김 회장이 이번엔 자신의 잔을 비웠다. 왜 자꾸 엉뚱하게 화제가 신 이사 주변을 맴도는지 이유는 모르겠으나, 김 회장이 군불을 때고 있다는 묘한 예감이 들었다.

"다시 둘을 연결해 줄 겸, 태준이 경영자 수업도 시킬 겸, 겸사겸사해서 이번에 사업개발 본부장 자리를 재가했는데……, 하필 이때 차 상무가 사표를 쓰겠다잖아. 이게 무슨 연관이냐 싶다가……."

아마 그 이야기 때문일 수도 있겠다. 준용은 조 전무가 전달해 준 말을 떠올렸다.

'다른 방법으로 신분 상승의 길을 내어 주셔야죠.'

태희가 혈혈단신인 차 상무에게 오랫동안 한결같아도, 김 회장은 어떤 의중도 내비친 적이 없었다. 정말로 태희를 차 상무에게 줄 수 있다는 뜻일까, 준용이 긴장하며 이어질 답을 기다리는 동안 김 회장이 옆에 있는 백을 뒤졌다. 생각이 깊어지면 담배부터 찾곤 했다. 손에 잡히는 것이 없는지, 김 회장이 준용에게 시선을 던졌다.

"박 전무, 담배 좀 빌리자."

준용이 겉옷 주머니에서 담배와 라이터를 꺼냈다. 두 손가락 사이에 끼워 주고는 라이터를 켰다. 김 회장이 연기를 흡입하자 불이 붙었다. 공기 청정기를 틀고 환풍기를 켠 뒤, 준용은 다시 원래의 자리에 무릎을 굽혀 앉았다. 한 모금 빨아들이며 태연한 손놀림으로 재떨이를 끌어오던 김 회장이 생뚱맞은 이야기를 꺼냈다.

"자네 재주 덕에 내가 몇 해 돈깨나 벌었으니, 사람들은 자네가 내 사람이다, 속살거리던데. 한데 내가 요 며칠 가만가만 따져 보니……, 엉뚱하게도 나보다 더 큰 돈을 쥔 사람이 있더란 말이야."

갸웃하던 김 회장이 술병을 들었다. 쪼르륵 소리가 다시 조용한 공간을 울렸다. 대화를 이렇게 이끄는 김 회장의 의도를 이해하지 못한 준용은 애꿎은 이맛살만 찌푸렸다. 회장님보다 더 돈을 번 사람이라. 대체 누구지. 준용의 짧은 머리로는 바로 떠오르는 사람이 없었다.

"돈을 원했다면 자네는 이 자리에 나올 이유가 없었지. 수지는 안 맞아도, 나한테 달라고 할 게 있다는 뜻인데. 여자 때문에 현일에 입사했다는 소문도 내 듣긴 들었다만. ……맞아?"

드디어 태희가 언급되었다. 그럼에도 차 상무는 물끄러미 술잔을 내려다보고 있었다. 김 회장의 담배 연기가 빙글빙글 천장으로 올랐다.

신현은 이번에도 받은 술을 한 번에 삼켰다. 그리고 아무 감정 없는 눈빛으로, 인정했다.

"네, 맞습니다."

역시 야망 좀 있는 놈이었구나. 김 회장 앞에서 태희에 대한 욕심을 이렇게 드러낼 줄은 상상도 못 했다. 다소 충격에 빠진 준용과 달리 김 회장은 차신현만큼이나 덤덤했다.

재떨이에 툭툭 재를 떨군 김 회장이 흘깃 벽시계를 확인했다.

"그래, 서로 원하는 게 확실하면 자리가 쉬워지지. 시간이 벌써 이렇게 됐네. 차 상무, 우리 이제 결판내야지."

한쪽 무릎을 올리고 편한 자세로 담배를 피우며, 김 회장이 세상 태평한 어조로 패를 펼쳤다.

"원래대로 연봉, 성과급, 직위 다 네가 정하고, 3년 안에 부사장 승진. 가는 길에 차비로 3,000억 투자 지원. 난 딱 여기까지만 해 줄 수 있어. 그래도 남겠어?"

이게 갑자기 무슨 소리지? 준용의 눈매가 날카로워졌다.

고작 서른넷의 상무에게 3년 뒤 부사장 승진 약속. 어떤 사업안을 내도 지원해 주겠다는 3,000억의 금액. 모두 파격적인 제안이었지만 역시 S바이오의 조건에 댈 바는 아니었다.

하지만 준용이 놀란 건 그게 아니었다. '가는 길에'라는 단어로 보면 지금 김 회장은 주려고 하는 자리가 정해져 있다는 거였다. 김 회장의 수발을 들며 준용은 생전 처음으로 맥락을 전혀 헤아리지 못했다는 사실을 깨달았다.

준용이 재빠르게 앞의 대화를 복기하는 동안, 신현은 마침내 꽉 쥔 술잔을 들었다. 그 잔을 한 번에 비우며 신현의 목울대가 크게 올라갔다 내려왔다.

"네, ……하겠습니다."

그렇게 많은 술을 마시고도 참으로 또렷한 목소리였다. 게다가 김 회장의 말을 다 알아들었고 예상했다는 어조.

눈앞의 매운 연기를 손으로 젓던 김 회장이 문득 행동을 멈추고 신현을 쳐다보았다.

신현이 똑바르고 담담한 시선으로 김 회장을 마주 보며 자신의 의지를 분명히 했다.

"현일바이오 사업개발 본부장 자리 주시면, 저는 남겠습니다."

무릎 위로 올린 준용의 손에 힘이 들어갔다.

그 자린 강태준에게 결정된 자리였다. 그 자리가 왜 거론되는지 이해가 되지 않았다. 그러다가 태희가 그 부서에 있다는 데 생각이 미쳤다.

김 회장이 한참 동안 물끄러미 신현을 바라보다 피씩 웃고는 고개를 끄덕였다. 담배를 입에 물고 한 모금 깊게 빤 김 회장이 언뜻 당부했다.

"차 상무, 넌 그 자리에서 내 주머니 두둑하게 해 주면서 네가 원하는 것 얻어 내고. 난 나대로 모든 계획 원래대로 진행하고. 물론, 아들 혼담도."

이해했다는 듯 차신현은 고개를 끄덕였다.

결정이 된 셈이다. 이 상황이 믿어지지 않아 준용은 눈을 가늘게 떴다. 사업개발 본부장 자리가 현일에서의 성공을 보장하는 자리이긴 했지만, 그렇다고 해도 S바이오 이인자 자리를 포기할 만한 자리는 아니었다. 그렇다면 신 이사 쪽의 제안대로 태희 때문에 이곳에 남겠다는 건데.

또 다른 문이 열려 있으니까.

준용은 그렇게 추측했다. 그 외에는 다른 적절한 답이 없었다. 마음에 둔 여자 옆에서, 김 회장의 사위 후보가 되어 큰 시험을 치르는 과정 말이다. 그 시험을 통과하면 현일이라는 큰 무대에서 무엇이 손에 쥐어질지 아무도 모르는 거니까.

그게 맞는 건가. 그런데 무언가 놓친 것 같은 이 기분은 뭐지.

"네가 이 자리에 나온다는 말을 들었을 때 내 예상은 했다만……."

담배를 낀 손으로 술잔을 들어 김 회장은 남은 소주를 들이켰다.

"……순진해 빠진 놈이구나, 너."

그렇게 말한 김 회장의 입가에 못내 섭섭하고도 쓴 미소가 서렸다.

김 회장이 누군가를 독대할 때는 준용만 들어설 수 있었다.

딸인 태희조차도 안에서 나누는 대화를 들을 수 없다. 멀리 떨어진 곳에서 쭈그려 앉은 태희는 초조하게 시간만 확인했다. 거친 남자들만 상대해 왔던 엄마는 원래 골초에 주당이었다. 술자리를 한번 나가면 상대방을 죽기 직전까지 쓰러뜨려야 그 자리를 파한다고 들었다.

'마무리하자.' 창호지 문밖으로 또렷한 목소리가 들린 것은 늦은 밤 끝자락이었다. 경호원들이 방문을 열자 태희는 벌떡 일어났다.

일어서다가 비틀거리는 김 회장을 태희는 동그래진 눈으로 쳐다봤다. 바로 신현에게 다가가 그의 상태를 확인하니 엄마보다 멀쩡해 보였다. 지금 술 한 잔 못 한다고 소문난 사람이 재계 최고의 술고래를 설마 이긴 건가? 말도 안 돼, 싶었는데 김 회장이 이마를 짚은 채 기분 좋게 타박했다.

"술 못한다고 하지 않았나? 무슨. 말술일세."

준용이 김 회장을 부축하고 재킷을 입혀 주었다. 태희는 신현의 팔을 잡고 일어서는 걸 도왔다. 내내 내치기만 하던 신현도, 김 회장 때문인지 다행히 눈앞에서 태희를 뿌리치지는 않았다.

"박 전무, 오늘 운전 좀 해야겠다."

뜻밖의 말에, 경호원도 준용도 놀라서 김 회장을 응시했다. 꼿꼿이 몸을 세우려 노력하며 김 회장이 지시했다.

"차 상무는 내 차로 반포동까지 모시고."

김 회장이 준용의 차에 쓰러지듯 탔다. 준용이 태희에게 붙은 경호원에게 무언가를 지시했지만, 김 회장은 피식 웃으며 '내 딸 안전하니 쓸데없는 짓 하지 말게.'라고 했다.

경호원과 함께 태희는 신현을 김 회장 차의 뒷좌석에 태웠다. 차가 출발하기 전까지 태희는 그의 머리를 자신의 어깨에 받쳐 주었다.

차에 타고 나서야 긴장이 풀렸나 보다. 모르는 차에 태워지고도 신현은 지쳤는지 깜빡깜빡 잠에 빠져들었다. 원래 취하면 자는 놈이라던 윤기의 말이 떠올랐다. '괜찮아요?'라고 몇 번을 물었지만, 쌕쌕 숨 쉬는 소리만 들렸다.

"엄마가 왜 이렇게 예민하게 구시는지 모르겠어요."

마음이 울컥했다. 태희의 사과를 들었는지 알 수가 없다. 많이 취했는지, 신현은 혼자 무언가를 중얼거렸다. 무슨 말인가 귀를 기울여 들었다. '잘했다.' 그렇게 비웃다가 '이제 매일 볼 수 있겠네.' 한숨 섞인 말을 했지만 그 뜻이 이해되지 않아 박 전무에게 물어봐야지 했다.

차가 반포동 고급 아파트 단지로 들어섰다. 경비원 초소에서 경비가 운전사와 실랑이를 했지만, 잠든 신현의 얼굴을 확인하고는 들여보내 주었다. 동호수를 확인하고 현관에 도착했을 때였다. '상무님, 상무님.' 경호원이 부르는 소리에, 잠시 정신이 든 신현이 현관 비밀번호를 눌렀다. 여덟 자리 숫자였는데 너무 빨라서 제대로 보지는 못했다.

신현이 비틀거리며 안으로 들어가는 동안, 닫히려는 문을 태희가 얼른 잡았다. 가슴이 두근거렸다.

"안 됩니다. 아까 박 전무님께서 이런 일 발생하지 않게 조심하라고 제게 경고하셨습니다."

경호원이 곤란하다는 표정으로 태희를 제지했다.

"금방 나올 거예요. 걱정하지 마세요."

그렇게 둘러대고 얼른 안으로 들어섰다. 삐리릭. 문이 잠기는 소리가 등 뒤에서 울렸다.

상상만 해 봤던 신현의 집이었다. 거실 한가운데 서서 두리번거리다가 침실로 향했다. 신현은 침대에 완전히 뻗어 있었다. 옷도 벗지 않은 채였다. 어물쩍 서 있던 태희는 주방 냉장고에서 생수병을 찾아왔다.

"물 가져왔어요."

일으켜 물을 먹이려 했지만, 신현의 팔이 태희의 손을 쳐 냈다. 물컵을 엎지를 뻔했다.

신현의 머리가 다시 푹신한 베개로 떨어졌다.

"가라."

그렇게 거부하는 소리에도 태희는 컵을 내려놓고 침대 한쪽, 그의 상체 근처에 앉았다. 거의 기절한 모습이었다. 스탠드 불을 켜자 노란 불빛이 그의 얼굴에 은은하게 쏟아졌다. 어떻게 된 건지 안경은 사라지고 민얼굴이었다. 시트를 덮어 주면서도 태희는 괜히 머뭇거렸다.

처음엔 이마만 쓰다듬을 생각이었다. 언제나 이 반듯한 이마를 만지고 싶었다. 손이 머뭇머뭇 닿았다. 따뜻하고 매끈하다. 어둡고 조용한 방 안에서 쿵쿵, 태희의 심장만 뛰었다.

마음이 결정되지 않았다. 어쩌지.

정은에게 한 말이 뇌리를 스쳤다.

결심이 섰다. 이 사람도 남자인데 싶었다. 이런 기회는 다시 오지 않을 것이다. 어떻게든 계기를 만들어 한 걸음이라도 나아가야 했다.

그냥 옷을 벗기고 키스를 하거나 만지면 되나. 그럼 그다음은 어떻게 되는 거지. 아마도 신현이 알아서 끝까지 이끌어 주지 않을까.

덜덜 떨면서도 태희는 넥타이에 손을 뻗었다. 어떻게 푸는 건지 몰라 헤매다가 다시 정은을 떠올렸다. 이런 건 왠지 정은이 능숙하게 잘할 것 같았다.

풀린 넥타이를 조심히 잡아 빼는 동안, 옷감이 서로를 스치는 소리가 주변을 울렸다. 셔츠 단추에 손을 대려던 순간이었다. 손톱이 목에 닿자 아차 싶었다.

"집에……, 가라고."

피곤이 잔뜩 묻은 목소리인데도 매몰찼다. 퍼뜩 놀라 손을 뗐다. 엉겁결에 일어난 태희는 침대에서 멀찍이 떨어져 섰다.

한참 침묵이 흘렀다. 정은이 옳았다. 역시 이런 건 안 통하는 남자였다. 부끄러웠지만 태희는 용기를 냈다.

"눈치 없어서 그러는 거 아니에요."

말하고 나니 서운함이 밀려왔다. 절박한 목소리가 흘러나왔다.

"선배 뜻 다 알아요. 그런데 포기가 안 돼서 그래요."

그동안 켜켜이 쌓인 시간과 감정이 파도처럼 밀려왔다. 한 문제 한 문제 차분하고 끈질기게 설명해 주던 과외 선생님. 스파링 파트너처럼 태희의 모든 과목을 함께해 주었다.

대학 입학해서는 일부러 신현이 듣는 교양 수업까지 따라 들었다. 말 한마디 걸겠다고 강의가 끝나면 후다닥 쫓아가곤 했다. 모든 용기를 그러모아 시험 준비 같이하자는 말을 했지만, 신현은 가방에서 수업 내용을 정리한 노트만 건네주었었다. 빽빽한 글씨로 가득 차 있던 그 노트에, 감사 표시로 밥을 사겠다는 것도 거절하며 거리를 지키던 사람이라 혼자 오랫동안 낙담만 했었다. 세상 가장 높은 곳에서, 가장 유명하고 매력적인 사람들을 만나도 이 사람과 함께 있을 때의 설렘을 느끼지 못했다.

"차라리 제가 평범했으면……."

그의 얼굴에서 헛웃음이 스쳤다. 속이 뜨거운 듯, 신현은 잠결에 제 손으로 셔츠 윗단추를 잡아 뜯었다. 미간을 찡그리고는 다시 베개에 얼굴을 묻으며 신현이 말했다.

"불편해. 자고 싶어."

다른 사람이 그의 공간에 있으니 잠들기 거북스럽다는 뜻이었다. 태희는 입술을 꾹 깨물었다. 더 다가갔다간 도리어 날카로워질 것을 이제는 알고 있었다.

아쉬운 마음에 조용히 숨을 죽인 채로 방문 근처에 기대서 있었다. 어차피 정신없을 테니 나가기 전 맘껏 잠든 얼굴이라도 볼 생각에서였다. 시계 소리만 주변을 울렸다. 고요하고 어두운 방에서 태희는 다시 고른 숨소리가 들릴 때까지 그를 지켜보기만 했다. 신현은 금세 잠에 빠져들었다.

떠나야 할 시간 같아서 태희는 스탠드 불을 끄기 위해 살며시 다가갔다. 한번 잠들면 푹 자는 체질인가 보다. 딸깍, 스탠드 스위치 소리에도 깨지 않았다. 꿀꺽 숨을 삼키며 다시 침대에 앉았다.

긴장한 태희의 손끝이 그의 뺨에 닿았다. 깨지 않는다. 그 손끝으로 가만히 뺨을 쓸다가 입술까지 닿았지만 역시였다. 심장이 미친 듯이 뛰었다. 남자치고 다소 선명한 입술선을 신기한 듯 살폈다. 입술의 주름까지 낱낱이 보일 정도로 가까웠다.

아까는 유혹하기 위한 시도였지만 이번엔 달랐다. 순전히 자신의 만족을 위해서였다. 태희는 천천히 고개를 숙였다.

더 가까워지며 태희의 입술이 그의 입술에 닿았다. 건조하고도 부드러운 살갗.

살짝 입술을 벌리고 아랫입술을 지그시 물었다. 온몸에 전기가 흐르는 순간, 신현이 뒤척였다. 귀신을 본 것처럼 놀라, 벌떡 몸을 세우고 방문으로 향할 때였다.

그 키스가 어떤 기억을 건드렸을까.

"……은아."

얼굴이 베개에 반쯤 잠겨 있어 앞 소리가 묻혔다. 낮게 쉰 음성. 누군가를 부르는 것 같았다. 평소에는 부르지도 못하면서, 이렇게 떡이 되듯 술에 취한 밤에야 혼자서 불러 보는 이름.

놀라서 태희는 뒤를 돌았다. 이상한 예감에 가슴이 불안하게 뛰었다.

뭐지. 방금 분명……

커다랗게 눈을 뜬 채로 태희는 가쁘게 숨을 몰아쉬었다. 정확하게 듣지 못했다. 아니다, 제대로 들었다. 그럼에도 잠든 신현만 쳐다보았다. 지치고 곤한 기색의 그를.

주춤주춤 뒷걸음을 치다가 태희는 등 뒤의 문손잡이를 잡았다. 충격을 받아 정신이 하나도 없었다. 발끝으로 걸어 그의 침실을, 다시 거실을 나섰다. 이름을 못 들은 것처럼 도망치듯 후다닥 구두를 신을 때였다. 문손잡이에 손을 뻗는 순간 이름과 매치되는 얼굴이 떠올랐다. 태희는 우뚝 그 자리에 멈추어 섰다.

"……아니야."

세상에. 왜 몰랐을까. 아니, 그게 어떻게 가능해.

"절대 아닌데."

그렇게 혼잣말을 중얼거리던 태희는 뒤를 돌아 다시 신현의 침실 문을 바라보았다. 꽉 닫힌 그 문을.

하긴 누구여도 상관없다. 한 가지 확실한 건…….

저 사람은 저 문을 결코 열어 주지 않을 것이다. 하지만 빼앗기고 싶지 않은 이 마음만큼은 확실했다. 이마에 땀이 배었다. 두 손을 맞잡은 채 벽시계를 확인했다. 이 집에 들어온 지 겨우 20여 분이 지났다.

훼방 놓는 게 아니다. 어차피 정은에게는 오래전 끝난 풋사랑이고, 지금은 아무 관심도 없어 보이니까. 그러므로 저 사람의 마음이 들키지 않도록 해야 한다.

그렇게 생각하며 태희는 해가 뜨는 걸 확인하고 나서야 그 집을 나섰다.

정은精恩

어떤 사람은 그를 편하다고 했고 어떤 사람은 어렵다고 했다. 자신이 어떤 사람인지는 그도 알 수 없어서, 상황에 맞춰가며 일관성 없이 카멜레온처럼 살았다.

본인의 성격을 정의하라고 한다면 신현은 '내성적이고 불안정하다. 자존감이 없다.'라고 답했을 것이다. 어린 시절의 그는 정말로 그랬다. 그 성격이 천성인 건지, 아니면 시궁창 같은 환경 탓인지는 알 수 없다. 성인이 되어 '밝고 적극적이다.' 그런 말들로 평가받을 때마다 자신이 기특하기도 했고, 이렇게까지 속이며 살아야 하나 싶어 한심스럽기도 했다. 많이 고친 거라고 자평하면서도 적극적인 호의를 보이며 다가오는 사람들을 만나면 여전히 의심스럽고 경계가 서는 건 마찬가지였다.

한 걸음 떨어져서 사람들을 쳐다보는 버릇 덕에 다치는 일은 적었지만, 그만큼 더 외롭고 인간관계가 힘겨운 것도 사실이었다. 눈에 띄는 외모 때문인지 입양 기회가 여러 번 있었으나 희한하게 막판에 어그러졌던 게 그를 더 가라앉게 했다.

유아기에 외따로 떨어져 있는 그를 볼 때마다 다그치던 생활지도 선생님이 늘 그에게 트라우마처럼 남아 있다. 종종 아동 폭력에 대한 기사와 함께 시퍼렇게 멍든 아이들의 몸을 볼 때면, 그는 어린 시절을 떠올리곤 했다. 낯가리는 것도 모자라 언어 발달마저 유독 늦어, 지도 선생님들을 답답하게 한 것이 매번 심하게 혼났던 이유였다. 학교에서는 준비물을 못 가져와서 벌을 서야 했고 친구들이 갖고 있는 물건들을 자랑할 때마다 창피하고 힘들었다.

글을 가르쳐 줄 사람도, 머리를 틔워 줄 사람도 없어서 뭐가 잘못됐나, 혼자 더듬더듬 돌아보다가 할 수 있는 게 없어 포기해야 했다. 사실 공부나 운동, 그 어떤 재능이건 결국 유전과 환경의 조합일진데 그는 그 어느 것도 타고나지 않았으니 발전의 여지가 없었던 것이 사실이었다.

누구와도 잘 어울리고 국어도 산수도 예체능도 잘하는 주변 아이들을 보며 잘못되고 부족한 건 자신이라고 탓하게 된 건 어쩌면 자연스러운 결과인지도 모르겠다. 일이 잘 안 풀리거나 같이 있는 상대방의 기분이 안 좋으면, 자신의 잘못부터 따지는 건 그때부터 시작됐을 것이다.

정은의 가족이 언제부터 그에게 영향을 미쳤는지 아무리 기억을 더듬어도 확실치 않다. 가장 먼저 본 건 복지원 설립자인 윤 사장이었을 것이다. 의대를 중퇴한 이유가 수많은 사람을 질병에서 구해 낼 약을 만들기 위해서라고 들었다.

그와 마주칠 때마다 보여 주던 인자한 눈빛이 지금도 간혹 기억난다. 낡은 양복을 입고 더 낡은 안경을 끼고 있어서 큰 회사 사장인 줄도 몰랐다. 그냥 지나치는 법 없이 몸을 숙이고 그와 키를 맞춘 뒤 건네주던 따뜻한 말들이 그의 삶에 이정표가 될 줄도 그땐 예상 못 했다. 주춤주춤 뒷걸음치며 움츠리기만 했는데, 모든 어른들에 대해 부정적인 생각을 하던 때여서 아마 더 그랬을 거였다.

형욱이 복지원을 찾아온 적이 있었다. TV에 나온 과학자라고 복지원 모든 아이들이 몰려갔지만 신현은 낯선 인물이 두려워 운동장에서 뛰고 있었다. 형욱이 그런 그를 멀리서 지켜봤다. 집요한 호기심의 눈빛이 싫었고, 주변에 있는 검은 양복 차림의 수행원들도 무섭기만 했었다.

그런 형욱의 곁에 서 있던 여자가 혜조였다. 아마 그 이전에도 여러 번 봤을 것이다. 신형욱의 아내로서 그의 연구를 내조하고, 윤 사장의 딸로는 복지원 운영을 돕는 똑똑하고 자애로운 여자라고 알려져 있었지만, 직원들은 늘 혜조의 외모에 대해 쑥덕거리곤 했다. 굵은 얼굴 윤곽과 작은 코끼리 같은 몸매, 걸을 때면 땀을 뻘뻘 흘리는 여자라고. 돈이 많으면 뭐 하냐고, 너무 안됐다고.

혜조는 그런 복지원 직원들하고 어울리는 법이 없었지만, 이사장실에 아이들을 모아 놓고 과학에 대한 설을 푸는 걸 즐겼다. 선교라도 하듯 열정적으로 설명하던 이야기들은 주로 유전학과 생명 과학 관련해서였다. 혜조는 '삶의 가장 많은 것들을 결정하는 것이 유전자다.'라는 운명론적인 말을 하기도 했고, '신형욱 박사님은 그 운명을 바꾸는 데 기여하는 사람이다.'라는 지금 뒤돌아보면 다소 반운명론적인, 즉 트랜스휴머니즘 발언을 하기도 했다. 그녀는 자신의 남편이자 스승인 신형욱 박사에 대해 '자연과 우연의 힘으로 특출한 유전자를 가진 인간을, 자신의 기술로 생산해 내는 게 인생의 목표인 사람'이라고도 했다. 인류의 구원자가 될 거라고.

친구들은 지루해하기만 하던 그 이야기를 얼굴에 열이 오를 정도로 열심히 듣다가도, 혜조의 시선이 그를 향할 때면 신현은 조심히 피하곤 했었다. 주의 깊은 관찰자와 같으면서도 묘한 실망이 섞인 그 시선. 그 시선이 딱히 불편해서라기보다는, 그냥 아무의 눈에도 띄고 싶지 않아서였다. 그 정도로 자존감이 낮았던 시절이었다. 그래도 괜찮았다. 그냥 이대로 시간이 지나가길 바랐다.

그즈음, 정은을 알게 되었다.

혜조가 복지원 이사장 대행으로 부임한 지 얼마 되지 않아서였으니, 신현이 아마 열 살 무렵이었을 것이다.

'모든 유전학의 법칙을 뒤집는 딸이 하나 있지.'

다원에 대한 설명을 하던 중 혜조가 한숨 속에서 했던 말이었다. 매사 딱딱하기만 하던 혜조가 처음으로 꺼낸 사적인 이야기였다. 사립 학교에 입학시키고 음악, 미술, 발레, 승마까지 가르쳤는데 영 소용없다고 했다. 노는 것만 좋아하고 사고만 치는 말괄량이라고. 혜조가 딸을 지극히 사랑하는 게 단어 하나하나마다 느껴졌다.

이상하고 한심한 아이라고 생각했다. 모든 것을 갖고 있는데도 왜 착하게 굴지 않지. 혜조가 무의식중에 책상 위의 작은 액자 쪽을 쳐다보며 엷은 미소를 지었고, 신현은 그 액자 안의 사진이 궁금해졌다.

다른 아이들보다 일찍 이사장실로 향했던 어느 날이었다. 이사장실은 회랑처럼 어둡고 긴 복도를 지난 끝에 있었다. 아무도 없는 이사장실에서 신현은 자신도 모르게 혜조의 책상 쪽으로 걸어갔다.

사진 속의 여자애는 차가운 얼굴에 부유한 옷차림을 하고 있었다. 지루한 눈빛을 하고도 그를 똑바로 바라보는 여자애를 그도 한참을 마주 보았다. 혜조가 들어오기 직전 액자를 내려놓고 책장 앞에서 책을 구경하는 척했다.

그 여자애를 처음 만난 날이 지금도 또렷하다. 혜조를 따라 복지원에 왔었다. 혜조가 이사장 역할을 할 테지만 복지원은 저 아이가 물려받을 거라고 선생님들이 수군거렸다.

통통하고 평범한 외모의 여자애였다. 잘 들뜨고 질투도 많고 부끄러움도 많은, 감정이 풍부한 성격을 차갑고 무표정한 얼굴로 감추고 있었다.

'정은아.'

바쁘게 일을 하던 혜조가 여자애를 돌아보며 다정하게 불렀다. 대답도 하지 않고 새침하게 제 갈 길을 갔지만 그게 그 여자애의 이름이라는 걸 그때 알았다.

복지원에서의 시간 내내 짜증스러운 기색이었던 정은이 어느 순간부터 반짝이는 눈이 되었던 건, 조리사 선생님이 빵을 가져왔을 때였다. 흔하고 값싼 빵이었는데도 정은은 눈을 떼지 못했다. 혜조가 여러 번을 불러도 정신을 못 차리고 계속 빵만 흘끔거렸다. 빵만 좋아하는 여자애인가 보다, 그렇게 생각했다.

쳐다보던 그와 시선이 부딪친 적도 있었는데 정은은 성가시다는 표정으로 고개를 돌렸다. 그렇게 정은이 불규칙적으로 복지원을 찾아오는 동안, 매번 쳐다보고 일부러 시선을 마주쳤지만 정은은 그를 한 번도 알아보지 못했다.

정은을 다시 만난 날 신현은 섣불리 다가가지 못하고 멀리서 한참을 쳐다봤다. 주홍빛 노을이 짙어진 늦은 오후가 되어서야 신현은 정은에게 다가갔다.

이름을 말할까 하다가, '안녕.' 그렇게 인사만 했다. 길게 늘어진 햇빛 때문인지, 정은이 작은 이마를 찌푸렸다. 귀찮고 무심한 얼굴로 흘끗 그를 훑고는 '응.' 하고 대답을 했다. 나름대로 친절해지려고 노력하는 태도였다.

하지만 다음번 만난 날에도 역시 정은은 그를 기억하지 못했다.

그 이후 정은은 복지원에 다시 나타나지 않았다.

그리고 왜인지 그즈음부터 신현은 무언가 잘해 내는 것이 생겨서 사람들의 인정을 받고, 기억에 남고 싶다는 바람을 가지게 됐다. 뭘 잘해 내야 할까, 고민은 오래가지 않았다. 자신이 잘할 만한 한 가지를 알고 있어서였다. 수학이었다.

사람을 대하는 것이 가장 힘들었던 그에게 있어 수학은 언어 과목과 다르게 누군가와의 교류를 필요로 하지 않았다. 배우지 않아도 혼자 연산을 깨우칠 수 있었고, 작은 숫자부터 시작해 큰 수까지 써 보며 수를 다루는 법을 익힐 수 있었다. 수십 개의 숫자를 보며 규칙을 찾고 다음 수를 예측하는 데에 묘한 성취감을 느꼈고 그때부터 그는 그 능력을 훈련하기 시작했다. 갈고 닦고 누구보다 가장 잘할 때까지.

그 결과가 처음 드러난 것이 교외 수학 경시대회에서의 입상이었다. 수학에 두각을 나타내자 주변인들의 무시와 동정 어린 시선이 사라지는 걸 느끼기도 했지만, 무엇보다 그를 놀라게 한 건 혜조가 그를 눈여겨보기 시작했다는 사실이었다. 그 여자애의 엄마인 혜조가.

어느 날 혜조가 다소 어려운 문제집을 그에게 건넸다. 풀어 보다가 혹시라도 답이 궁금하면 찾아오라고 했다. 답안지를 이사장실에 둔 채였다. 원래의 그였으면 예의상 하는 말이겠거니

하며 혼자서 답안지를 구해 냈을 터였다. 하지만 신현은 복지원 구석에서 몇 시간을 엎드린 채로 낑낑거리며, 결국 그 문제집을 사흘 만에 다 풀어냈다.

'네 힘으로 푼 거니?'

채점을 하던 혜조가 다소 놀란 어조로 물었지만 신현은 고개만 끄덕였다. 책상 위 액자 속 여자애를 보고 있었다. 그새 사진이 바뀌어 있었다. 다른 장소에서 다른 옷을 입고 있는 사진을 가슴에 담아 두고는 혜조의 문제 풀이에 집중했다.

혜조가 더 높은 난도의 문제집을 사 주었다. 복지원에서 굴러다니는 박스 종이의 빈 곳을 계산으로 가득 채워야 하는 문제들이 수두룩했지만, 이번에도 사흘 만에 그는 이사장실 문을 두드렸다.

시간은 느리고도 빠르게 흘렀다. 혜조는 다른 과목 참고서도 사 주었고, 계속 목표치와 난도를 올렸으며 신현은 더 자주 이사장실을 드나들 수 있었다. 혜조는 그의 건강에도 관심을 보였고, 옷, 책, 자전거 등 그에게 필요한 물품들을 사다 주기도 했다. 1년에 한 번씩 혜조가 사진을 바꿀 때마다 사진 속의 여자애는 한 살씩 자랐다. 혜조가 그 애와 통화하는 소리를 듣기도 했다. 혜조의 말 속에서 '정은'이라는 이름을 들을 때면 괜히 긴장하며 들었다.

중학교 1학년 때였을 것이다. 그가 다니던 학교는 시험이 끝나면 성적순으로 상을 주곤 했다. 상을 받는 일은 다행이기도 하지만, 동시에 사람들의 시선이 쏠리기도 하는 일이므로 그에게는 사실 스트레스였다.

'최우수상, 1학년 5반 차신현.'

강당의 단상에서 아무 생각 없이 내려오던 날 혜조의 눈길과 맞닥뜨렸다. 혜조의 곁에는 교감이 서 있었다. 복지원의 아이들이 몇 명이나 다니는 학교여서, 혜조가 학교장을 만나기 위해 방문한 날이었을 것이다. 교감이 그에게 손짓했고 신현이 그들에게 다가갔다.

'명석한 학생입니다. 맡았던 선생님들도 다 칭찬하고요.'

혜조는 그저 차분하게 웃을 뿐이었다. 그가 꼭 인정받고 가까워져야 하는 사람은 누구보다 혜조였는데 말이다. 칭찬을 해 줄 때조차 혜조는, 마치 높은 계급의 사람처럼 그가 아무리 노력해도 닿지 않을 것만 같았다.

그때 즈음 혜조가 윤 사장의 '수·과학 영재 사업'에 대해 전달해 주었다.

'학비, 도서 구입비, 용돈 등 공부에 필요한 비용을 지원해 주셔. 나중에 대학에 붙으면 등록금도 대 주신단다. 내가 하는 일

이라곤, 가끔 우리 집에 초대해서 식사나 같이하는 것이지만.'

등록금, 그런 단어는 이상하게도 귀에 들어오지 않았다. 혜조의 집에 초대될 수 있다는 말만 들렸다. 이후로 멋모르고 미친놈처럼 공부만 했던 것 같다.

성적은 쭉쭉 끝을 모르고 올라갔다. 영재로 선정된 대부분의 선배들이 특목고에 갔다는 말을 듣고 혼자 그 준비를 했다. 머리가 좋아서 좋겠다고 모두가 부러워했지만, 그는 늘 초조한 기분이었다. 밤새도록 외우고 준비해서 하나씩 어렵게 성공해 갔다. 결국 윤 사장의 수·과학 영재에도 선정되고 원하던 학교에도 진학했다.

이러한 성공 체험 덕에 성격도 많은 부분에서 변화되기 시작했다. 상대에게 경계하지 않는 모습을 보이는 방법을 배웠고, 시행착오 속에서 사람을 사귀는 방법도 터득했다. 그와 성적이 비슷한 급우들이 그의 친구가 되었다. 이겨 내고 나니 별거 아니구나, 어렵게 체화한 방법들이 모든 일에 적용되기 시작했고 슬슬 자신감이 붙었다. 어떤 일이 닥치든 자신은 잘해 낼 거라는 걸 믿기 시작했다.

생존 환경에 적합한 종種이 살아남게 되는 것이 진화이고 자연 선택설이라면, 신현 개인도 그러했다. 필요한 능력들은 개발되고 불필요한 능력들은 도태되는 방법으로 그도 진화했다. 아마 지금도 진화하고 있을 거고 앞으로도 그럴 거였다.

왜 그렇게 혜조의 인정을 받고 싶었는지 오랫동안 그 이유를 깨닫지 못했다.

정은을 떠올린 것도 가끔이었다고 우겨 본다. 이사장실 문을 두드릴 때. 걷다가, 자전거를 타다가, 또는 수십 개의 숫자 속에서. 계절의 틈 사이, 바람의 방향이 바뀔 때 문득문득.

'정은.'

형욱이 신씨이니, 아마도 신정은이겠네. 종종 그런 단순한 생각만 했다.

주변 급우들이 지나가는 예쁜 여학생들을 흘끔거리며 낄낄거릴 때도 정은을 떠올리긴 했다. 그때의 그에게 정은은 어쩌면 그냥 환상처럼 느껴졌던 여자애였을 수도 있겠다. 예쁘지만 그가 절대 닿을 수 없는 먼 곳의, 조금은 신비로운 존재.

다시 만날 일이 있을까 싶었는데, 엉뚱하게도 어느 겨울날 혜조가 챙겨 준 물품 속에서 크리스마스 카드 하나를 발견했다. 겉봉에 발신인이 '신정은'이라고 적혀 있었다. 다른 친구들도 다 받은 걸 보면, 아마도 혜조가 자식 교육 차원에서 억지로 쓰게 하지 않았을까 싶다. 친구들의 카드는 모두 서너 줄이었는데, 그의 카드엔 '따뜻한 크리스마스가 되길.'이라는 단 한 줄뿐이었다. 그런데도 그 문구가 연말 내내 그의 머릿속을 떠다녔다.

생일이라고 혜조가 보내온 선물 속에 어느 날 정은의 선물이 같이 배달되어 왔다. 긴장 속에서 포장을 풀었다. 혜조와 다르게 정은은 그 나이 또래 사내애에게 뭐가 필요한지 정확하게 파악하고 있었다. 오랫동안 그가 갖고 싶었던 브랜드의 모자였다.

과학고에 합격했을 때, 너 좀 본받았으면 한다며 혜조가 정은을 한번 데려오겠다고 했다. 혜조가 정은을 데려오지 않기를, 그래서 우리가 영원히 만나지 않기를, 그 순간 그런 낯선 바람을 가졌던 것 같다.

혜조의 도움을 제외하곤 독학을 하며 공부를 해 왔지만 우연한 기회로 대치동 수학 학원에 한 달 동안 다닐 기회가 생겼을 때였다. 하루에 열 시간씩 수업을 하는 빡센 곳이었어도, 그의 경쟁 상대인 최상위권 아이들이 다니는 곳이었으니 그에게는 소중한 기회였다.

정은의 학교가 근처에 있어서인지 쉬는 시간에 종종 여드름 가득한 남학생들의 입에서 정은의 이름이 회자되었다. 강남 얼짱이라는 수식어로 강태희라는 이름도 들었지만, 호르몬이 전부인 주변 남학생들의 음담패설과 화장실의 낙서는 늘 신정은이 그 대상이었다.

사실이 아니란 건 후에 알았으나, 실제로 정은과 잤다는 무용담도 몇 번 들었다. 짓궂고 거친 남자애들이 그렇게 정은의 사진을 보며 키득거릴 때 그도 우연처럼 정은의 모습을 볼 수 있었다. 교복을 입고 교문을 나오는 모습, 이어폰을 귀에 꽂고 딴생각에 빠진 모습.

혜조가 그를 집으로 몇 번 초대했지만 한 번도 정은과 마주치지는 못했다. 어린 그가 버텨 내기 어려울 정도로 힘겨워서 주저앉고 싶던 날들 중, 몇 번 정은의 집 주변을 배회한 적이 있다. 왜 정은이었을까, 아무리 분석해 봐도 지금도 이해되지 않는다.

고2 어느 금요일 저녁, 봄비가 추적추적 내리던 날이었다. 어떻게 그런 일이 벌어졌는지 신기한 일이지만 학교 근처에서 우연히, 실제의 정은을 만났다. 옆도 보지 않고 살아가던 인생에서, 무언가가 뱃속을 훅 치고 들어오는 느낌이랄까. 보통 사람들이 말하는 '기적'이라는 단어를 그날 실감했다. 차가운 빗속에서 스치듯 지나쳤으나 한눈에 정은을 알아보았다.

차창 너머로 마주친 권태로운 눈빛, 무표정한 얼굴 너머로 그에게만 보이던 희미한 웃음.

그다음에 만난 건, 학원 주변의 대형 서점에서였다. 정은은 다른 남학생과 함께 있었고, 둘은 함께 책을 골랐다. 남학생이 허리를 감는 척 은근슬쩍 가슴 밑 부분에 손을 뻗는데도 정은은 놀라거나 소리를 지르지도 않았고, 다른 책을 빼는 척 능숙하게 떼어 놓았다.

정은이 도망치듯 앞서 걷자 남학생이 바로 따라가 옆에 붙었다. 둘이 액세서리 숍에 들어가는 뒷모습을 보며 신현은 학원으로 돌아갔다.

그날 밤, 정은의 꿈을 꾸었다. 몽정도 아니고 대담한 꿈도 아니었다. 혜조가 만족할 만한 남자가 되어 정은에게 말을 걸어 보는 꿈이었다. 정은이 그를 올려다보며 웃었다. 함께 밥을 먹거나, 같이 도서관이나 영화관에 가거나, 그렇게까지 진행되지도 못했다.

잠에서 깨고 나서, 한참을 찜찜한 죄책감에 시달렸다.

녹음이 가득하던 여름날 그 집 오래된 정원에서, 정은을 마주친 건 그의 인생에서 가장 꿈과 흡사한 기억이다. 꽃처럼 예쁜 여자애가 커튼 너머로 그를 훔쳐보는 꿈. 바스락거리는 나뭇잎을 밟으며 그에게 다가오던 그 순간. 누군가가 첫사랑을 물어보면 어김없이 떠올리는 그런 날.

처음으로 이성을 인식할 때 깨닫게 되는 그런 것들 말이다.

눈을 감아도 잡힐 듯 선명하다.

하얀 얼굴, 하얀 목덜미, 봉긋한 가슴과 여릿한 어깨, 장난 같은 웃음에 속절없이 뛰던 심장. 내가 오랫동안 꿈꾸던 여자가 마침내 나를 바라보기 시작했다는 그 설렘, 낯선 아픔. 심장의 두근거림.

정은은 그런 의미에서 그에게 더 진한 뜻의 첫 여자이기도 했다. 팔목을 잡았던 그제야 자신의 감정을 깨달았던 늦되고 바보 같은 그에게.

그날, 떠나지 못하고 한참 동안 그 집 앞을 서성이며 정은의 방 창문을 올려다보다가 혜조와 마주쳤다. 혜조는 눈치가 빨랐다.

'나는 네가 잘 자랄 수 있도록 많은 것을 지원할 테지만…….'

그렇게 운을 뗀 혜조가 그에게 당부했다.

'……네가 정은이하고는 거리를 두었으면 좋겠다.'

그 말이 그 당시엔 왜 그리 아팠을까. 아마도 그 순간 깨달았기 때문일 것이다. 먼 존재라고 계속 마음속으로는 둑을 쌓기도 했지만, 실은 갖고 싶었던 것을.

'우리가……, 다 커서도요?'
'네가 좀 참아 주렴. 내겐 소중한 딸이란다.'

혜조의 말은 그냥 대꾸 없이 들어야 한다고 늘 생각했었다. 그럼에도 신현은 떨리는 목소리로 다시 물었다.

'제가 잘 참아도, 만약, 만약에 정은이가 절 좋아한다고 하면요?'

혜조는 확고했다.

'네가 끝까지 그 감정을 감춘다면 정은이도 단념할 거야.'

멍청하게 혜조를 쳐다봤을 것이다. 오랜 시간이 지나도 혜조가 결코 굽히지 않을 것을 그때 자연스럽게 깨달았다.
혜조가 언제나처럼 차갑지도, 따뜻하지도 않은 어조로 당부했다.

'네가 그냥 친오빠처럼, 정은일 도와주는 사람이었으면 좋겠어. 그러니 정은이가 너를 흔들더라도 오히려 잘 타일러 주렴.'

'왜요?'라고 되묻지 못한 것은 그가 실제로 혜조에게 갚지 못할 만큼 많은 것을 받기도 했지만, 딸 가진 부모 마음은 다 같다는 혜조의 얼버무림이 희한하게도 가슴에 닿아서였다. '부모 마음'이라는 말은 그가 평생 겪어 보지 못한 세계에 있는 개념이니까.

그가 힘든 어린 시절을 지내게 한 이유가 이번에도 그의 발목을 잡았다. 부모가 없다는 건, 주변 사람들에게 배척받아야 한다는 걸 의미했다. 아마 그것들 때문에 혜조는 반대하는 것이리라. 혜조 또한 이 잔인한 말을 하는 게 쉽지만은 않았을 것이다.

그래서 수학 공식처럼 이해하고 외우도록 노력했다. 우린 서로 다른 삶을 사는 사람들이라고. 정글에 사는 사람과 화원에 사는 사람은 만날 필요가 없다고. 어차피 해 줄 수 있는 것도 없으니 정은인 그냥, 안 되는 여자라고.

그런데 그가 간과한 사실이 하나 있었다. 정은이 그를 쫓아다니는 기적 같은 일도 벌어질 수 있다는 것을. 그를 쫓던 다른 여자들은 그의 무관심에 질려 시간이 흐르면 포기했지만, 정은은 그렇지 않다는 것을. 정은은 자신이 원하는 걸 정확히 알고 그걸 위해 노력했으며 결국 손안에 쥐어야 하는 여자라는 것을.

늘 무심한 태도로 정은은, 마치 그를 놀리는 것도 같았다. 어떤 곳에서든 그의 시선을 잡는 방법을 알았고 잡는 순간 비웃으며 놓을 줄 알았다.

달콤한 웃음도 소유욕 가득한 정은의 눈길도, 끄떡하지 않고 다 참아 넘겼다. 정은이 길을 걸을 때면 웬만한 남자들은 다 뒤돌아 다시 몸매를 확인한다는 것도 알고 있었다. 과연 속옷은 입었을까 싶을 정도로 짧은 치마를 입고 그의 앞에서 다리를 꼬고 앉아 있던 적도 있었다.

심한 말로 내칠수록 정은은 그 강도를 더해 왔다. 공부를 하는 그에게 다가와 귓속말을 하기도 했고, 그가 쓴 모자를 바로잡아 준 적도 있었다. 온몸에 전류가 흐른다는 말을 처음 이해했다. 10대 후반, 그리고 20대 초반……, 숨 쉬는 것도 버겁고 힘들던 시기, 그런데도 호르몬은 왕성하던 시기의 그에게, 남자가 가질 수 없는 향긋한 체취를 풍기며 정은은 그를 힘들고 혼란스럽게 했다. 그의 공부에서 유일한 방해는 언제나 늘, 책을 펼 때마다 보이던 정은이었다.

몰래 태우던 담배 연기의 끝자락에도, 도서관에서 밤을 새우다가 그가 끄던 형광등의 스위치에도, 첫 월급을 받던 날 자신도 모르게 들어갔던 액세서리 숍에도, 매년 내리던 첫눈 오는 날에도, 그리고 외로운 크리스마스에도……. 짧으면 한 달, 길면 석 달, 소식조차 못 듣던 힘든 순간에도 그는 늘 그렇게 정은과 함께였던 것 같다.

정은이 혜조의 친정이 소유한 유명 제약 회사의 상속녀라는 사실을 그즈음 들었다. 혜조의 당부도 내내 머릿속을 맴돌았다.

그에겐 모두 힘든 시절들이었다. 이러다 언젠간 사고를 치겠구나, 예감하기도 했다. 스치는 눈빛만 봐도 폭발할 것 같았다. 참고 또 참아야 한다고 스스로 다그치곤 했다. 그리고 정은이 고백했던 때가 그즈음이었다.

그가 자제력의 한계를 느끼던 그즈음.

변성기가 오고 체격이 크기 시작할 때부터 몰리던 여자들의 고백이 매번 부담스럽던 그였다. 무분별한 연애 대신, 적당한 여자를 만나 빨리 가정을 꾸리고 싶다는 생각 정도만 했다. 그 상대로 떠올린 여자는 그와 꿈꾸는 미래가 같은 진지하고 학구적인 여자, 그와 비슷한 가치관을 가진 성실한 여자, 딱 그 정도였을 것이다.

그런 조건의 여자가 주변에 없던 것도 아니었다. 학교에서, 학원에서, 유학 시절에 같이 1, 2등을 다투던 여학생들. 그에게 모르는 문제를 물어 오며 수줍게 말을 붙이던 여자들. 그런데 그는 그 여자들에게 말 한마디 건네지 못했다.

그렇게 가까워지고 사랑에 빠졌더라면 그의 인생은 아마 조금 더 따뜻했을 텐데도, 도저히 눈길이 떨어지지 않았다. 지극히 가볍고 인성은 최악이고 대화라곤 일절 통하지 않을 신정은에게서.

'너를 좋아해.' 혹은 '사귀고 싶어.' 주저주저 말하며 그의 마음이 열리길 기다리던 다른 여자들의 애틋한 고백과 정은의 고백은 차원이 달랐다. 그걸 과연 고백이라 부를 수는 있을까.

처음 사회생활을 시작한 시기에 야근도 많고 유학 준비까지

하며 바쁘던 때였다. 회사가 마침 그 주변이어서 혜조가 유학 가기 전 서너 달 동안은 가까운 청담동에서 출퇴근하도록 배려를 해 줬었다.

지쳐 퇴근했던 어느 날, 정은이 기다리고 있었다. 그날은 9월 인데도 그 골목에 코스모스가 가득했고 어쩐 일인지 정은은 그 코스모스보다 더 단정한 차림새였다. 깔끔한 흰색 스커트에 니트, 잘 빗어 내린 단발머리, 그 한쪽에 꽂은 진주 핀. 모든 것이 다 하얀데, 귀 끝에서 달랑거리던 귀걸이만 핑크빛을 냈다.

……눈이 부셨다.

'나도 널 미치게 좋아하거나, 그런 건 아냐.'

흘끔 쳐다보고 갈 길을 걷는 그를 따라오며 정은이 한 말이 었다.

무슨 뜻인지 쉽게 와 닿지 않았다. 사정없이 뛰는 심장을 무시하고 그는 묵묵히 걷기만 했다. 정은은 빙글빙글 그를 따라오며 또 물었다.

'아직 여자랑 안 자 봤지?'

빛과 바람 속에서 흔들리는 코스모스가 시야에 들어왔다. 대답하지 않자, 정은은 발걸음을 빨리하더니 그를 앞섰다.

그를 마주 보며 그의 앞에서 뒷걸음으로 걷던 정은이 깃털처럼 가볍게 물었다.

'그럼 나랑 자는 건 어때?'

평소처럼 무시하자, 정은이 대답을 기다리듯 멈춰 섰다. 정은이 길을 막은 것처럼 되어 버렸다. 듣지 말았어야 했다. 아니, 들었어도 흘려버려야 했다. 정은을, 정은의 인생을 비켜 걸어야 했다.

그런데 정은이 기다리고 있었다. 그의 발걸음이 멈췄다.

'왜?'

미치게 좋아하는 것도 아니라면서.

그의 되물음에 정은은 나른하게 웃었다. 정은의 시선이 또렷이 그를 주시했다.

'그냥 널 갖고 싶어. 네 처음이 나였으면 좋겠어.'

남자가 할 만한 대사를 정은은 서슴없이 했다.

'부담 없이 나랑 잠만 자는 것도 싫어?'

되바라져도 한참 되바라진 애였다. 역시 나에 대한 감정은

장난이나 도전 같은 건가. 상처를 감추며 신현은 비웃는 목소리로 되물었다.

'너, 잔다는 게 어떤 건지는 제대로 알아?'

부드러운 몸을 안고, 키스하고, 서로의 장래를 약속하고. 정은의 얼굴색이 살짝 변했다가, 다시 무표정해졌다.

'그럼 아무것도 모르고 이러겠니?'

대답 없이 쳐다만 보는 그에게 정은은 놀리듯 되물었다.

'아니면 설마, 네가 처음일까 봐?'

그가 뚫어지게 쳐다보자 정은이 붉어진 얼굴로 살짝 눈을 피했다. 정은이 짜증이 깃든 어조로 재차 물었다.

'그래서 나랑 자는 게 싫다는 거야?'

누가 목을 쥐고 있는 듯, 신현은 천천히 답했다.

'싫은데.'

진심으로……, 싫었다. 저렇게 예쁘게 차려입고 찾아와 같이 자자고 하는 저 잔인함도 싫었고, 정은을 이루는 주변 모든 것들이 싫었다.

다소 창백해진 얼굴로도 정은은 담담하게 되물었다.

'언젠가는 누군가와 잘 거잖아. 그게 왜 나면 안 돼?'

정은을 몰랐다면 당황한다고 생각했을 것이다.

'너여서 안 돼. 무슨 말인지 모르겠어?'

차가운 눈길이 그를 노려봤다. 화날 때면 정은의 눈에선 빛이 반짝이곤 했다. 그 모습을 외면하기 위해 주먹을 틀어쥐는 동안, 정은이 찬찬히 되물었다.

'유학 준비한다며?'

무슨 말이 나올지 예측이 안 됐다. 답변 없이 정은을 응시했다.

맨몸으로 무리를 해서라도 유학을 떠나야 하는 이유가 그녀 때문이라는 걸 당사자가 아는지 알 수 없었다. 막상 자신은 들이닥칠 이별을 받아들일 준비가 되어 있지 않은데, 정은인 어떤지 궁금하기도 했다.

그리고 정은은 아무렇지 않게 제의했다.

'내가 지원해 줄게. 그렇게까지 해도 안 되겠어?'

이번엔 돈인가? 섹스엔 별 관심 없어도, 어떤 뜻인지 모를 만
큼 바보는 아니었다.

태어나 보니 부모도 없었고 혼자의 힘으로 모진 풍파를 이겨
내야 했던 인생이었어도, 지금 뒤돌아보면 가장 비참했던 기억
은 바로 그 순간이었다. 그 당시 정은이 가진 부동산의 가치만
해도 수백억 원이었고, 그의 통장엔 수백만 원 정도가 있었다.
둘 사이의 격차를 알고는 있었으나 둔기로 후려 맞은 기분이었
다. 겨우 이 정도 여자였나. 그런 관계를 제안하는 정은이 충격
적이었지만 바른 가치관을 가진 여자들에게 눈을 돌리지 못하
는 자신이 사실 더 한심했다.

'도서관 가서 약시 준비나 해. 아무 남자에게나 이러고 다니지
말고.'

이를 악물고서도 차분한 어조로 그렇게 충고했다. 정은이 떨
리는 어조로 그를 비난했다.

'네가 먼저 내 손목 잡았잖아.'

원망이 가득 담긴 그 눈동자를 아무렇지 않게 외면하고 등을 돌렸다. 그 말이 가시가 되어 그의 가슴에 꽂혀 살 거라는 걸 그땐 몰랐다. 재를 뒤집어쓴 마음을 감추며 집으로 먼저 들어왔다. 뒤에 남겨진 정은이 집에 들어온 건 두어 시간 후였다.

유혹에 흔들렸다면 흔들렸던 것도 맞을 것이다. 정확히는 섹스에 대한 유혹이 아니라 정은과의 미래에 대한 유혹이었지만. 섹스가 정은과의 진지한 관계의 시작이 될 수 있지는 않을까, 그런 비논리적인 희망 말이다. 그가 정은보다 나아지는 그 순간이 될 때까지 그런 가벼움으로 정은이 그에게 머물지도 모르는 거니까.

사악하고 아찔한 충동이 그를 몰아붙이자 신현은 청담동을 나가기 위해 집을 알아봤다.

사실 별로 오래 버티지도 못했다. 정은의 대학에서 축제가 한창이던 무렵 그에게는 그 집에 머무는 마지막 달, 태희로부터 정은이 다른 남자들을 만나기 시작했다는 소식을 들었다. 조숙한 정은이, 주변의 돈 많고 괜찮은 남자들과 어떤 짓을 벌일지 몰라 초조함으로 속이 바짝바짝 타들어 갔다.

미치기 일보 직전이던 어느 날 밤, 정은이 그의 방을 찾아왔다. 정은에게선 짙은 술 냄새가 났다.

'나만 봤으면 좋겠어.'

그도 같은 마음이었다.

'많이 취했어. 가서 자.'
'너는 어쩜 한 번을 안 흔들리니. 내가 그렇게 아니야?'

문을 닫으려는 그를 정은이 잡았다. 팔목 한 번 잡히는 거로 온몸이 굳었다. 정은의 체취와 향기가 그를 에워쌌다. 위험했다. 이루어지면 안 된다고 되뇌며 감히 쳐다보지 않았고, 눌러 지우던 여자였다. 닿을 수 없으니 차라리 원망하고, 싫은 척을 해서 내쳤던 여자였다.

정은이 까치발을 했다. 입술이 닿자 온몸에 확 불이 켜지는 기분이었다. 그는 스물네 살의 건강한 남자였고 정은은 그에게 세상 유일한 여자였다. 아무것도 모르는 얼굴로 이렇게 힘들게 만드는 정은이 순간 지독히 미웠다.

'다른 여자 있는 거, 싫어.'

어깨를 잡고 간신히 떨어뜨려 놨다. 밤에 용기를 내고 남자의 방까지 찾아온 여자를 매몰차게 거절하면서도 그 말은 새겨들었다.

'매번 거절당하는 거, 나도 비참해.'

창피한지 정은은 마침내 울어 버렸다. 어떤 유혹도 힘겨웠지만 정은의 눈물까지 견뎌 낼 재간이 그에겐 없었다. 그렇게 무너졌고 결국 정은을 안았다.

그날 정은은 제대로 즐길 예정이었던 것 같다. 그의 욕구를 파악하고 능숙하게 대응하는 정은을 그는 화나서 아무렇게나, 급하게 안았다. 둘 다 애정이나 신비로움이라곤 조금도 없이, 서로를 상처 입히며 싸우듯 나눴던 섹스였다.

섹스가 끝났을 때 숨을 고르던 그를 놔두고 정은이 먼저 자리에서 일어났다. 승리감에 도취된 표정은 아니었다. 옷을 입느라 몸을 숙였던 정은은 붉어진 얼굴로 대충 변명부터 했다.

'실수였어. 술에 취해서⋯⋯.'

정은은 조금 급하게 떠났다. 아침에 마주쳤을 때는 태연한 얼굴로 그에게 인사를 해 왔다.

그날 밤은 복도를 걸어가던 정은을 그가 잡았다. 난생처음으로 누군가에게 먼저 손을 뻗었다. 그 순간에도 혜조를 떠올렸다. 혜조가 그를 도와줬던 순간과 당부들을 떠올렸다. 그런 혜조의 얼굴을 마주할 때면, 혜조의 친절한 걱정을 들을 때면 늘 더러운 가면을 쓴 기분이었다. 금수도 이러진 않는다, 수십 번 되뇌었다. 죽을 때까지 후회할 걸 뻔히 알고도 그저 눈이 멀어 있었다.

휘몰아치는 물에 빠진 기분이었다. 일생에 한 번쯤은 내게 주어진 것이 아닌 것을 갖고 싶었다는 것도 맞겠다. 모든 것이 꿈만 같았고 행복해질지 모른다는 착각을 했다. 섹스가 마음을 허락했다는 증거도 아닌데 희망을 갖기도 했다.

단 2주. 지치도록 길고 험난하기만 한 인생에서 정은이 그를 바라보고 그의 곁에 머물렀던 시간. 매일매일 숨 쉬는 것조차 꿈같을 정도로 믿어지지 않았던 시간.

크리스마스이브에 같이 영화를 보기 위해 열흘 전부터 표를 예매했다. 1월 1일은 그가 유학을 가는 날이었다.

'같이 떠나자.'

정은에게 그 말을 할 예정이었다. 아무것도 준비되지 않은 상태여서 아직은 널 지킬 힘이 부족하지만 날 믿고 따라와 줬으면 좋겠다고. 언젠가 혜조가 허락할 만한 멋진 사람이 될 때까지, 우리 당분간만 그렇게 지내자고. 물론 흥미가 짧은 정은이 그를 버릴 확률이 높았기에 마음의 준비는 했다. 그럼에도 눈이 멀었던 건지 정은이 그를 선택할 거라는 허황된 믿음을 가졌었다.

부모도 버리고, 재산도 버리고, 척박한 환경의 그를 따라와 줄 거라고.

그런 황홀함과 불안함의 경계에서 준비를 했었다. 유학을 가기 위해 모았던 적금을 깨고 비행기표를 한 장 더 사 두었다. 학교 근처 생활 환경 좋은 곳에 같이 지낼 집과 일자리를 알아보기도 했다.

정은은 영화를 보러 나오는 대신 헤어짐을 택했다. 정은의 선택은 이해했다. 제약 회사의 상속을 포기하고 2주간 잔 남자를 선택하는 여자는 그 어디에도 없을 테니까. 하지만 누군가에게 마음을 여는 일이, 애정을 구하는 일이 그에게 얼마나 힘든 일인지 정은은 진정 몰랐던 걸까. 그 정도로 배려가 없었을까.

정은이 주식을 증여받았다는 걸 뉴스를 통해 봤고, 새로운 남자 친구를 집에 데려와 인사시켰다는 소식을 김천댁으로부터 들었다. 정은은 가차 없었고 그는 그렇게 손쉽게 사용되고 버려졌다.

들고 있던 돈은 몽땅 윤기에게 주고 홀로 낯선 땅으로 향했다. 그 막막한 땅에 도착하고 나서야 정은과의 이별이 어떤 의미인지 깨닫게 되었다. 단지 한 가지를 잃었다고 사람이 미칠 수도 있다는 걸, 죽어 버릴 수도 있겠다는 걸 그때 경험했다.

오랫동안 서울에 돌아오지 못했던 게 과연 합의서 때문이었는지, 아니면 또 다른 기회가 닥쳤을 때 안면 몰수하고 정은을 안는 선택을 할, 자신의 저열한 민낯을 정확히 알아서였는지 아직도 확실하지 않다.

훔쳐보기 위해 여전히 그 집을 드나들었고 늘 주변에서 맴돌았다. 선물을 사 가고, 돈을 보내기도 하고, 시키는 일을 최우선으로 하고, 굽실거리며 혜조의 눈치를 살피기도 했던 게 단지 혜조에 대한 감사함 때문만이 아니라는 걸 그 자신은 알고 있다.

그럼에도 변덕스러운 정은이 가끔 유혹의 눈길을 보내와도 선을 넘지 않았던 건, 자신이 정은으로부터 정리되던 과정들의 비참함과 그 이후의 지독한 시간을 또다시 견딜 자신이 없기 때문이었을 것이다.

중요한 문제라고 생각하진 않지만 가끔 궁금해진다. 이후 정은은, 그와 다르게 수많은 사람과 만나고 헤어짐을 반복했을 것이다. 그와 그랬듯 내키면 잠도 잤을 것이다.

한 번쯤은 그에게 진심이었을까. 다른 남자와 함께 있으면서 혹시 그와의 시절을 그리워할 때가 있었을까.

그토록 서투르고 엉망진창이어서 더욱 아름다웠던 그 시절.

그의 일생에 다시는 찾아오지 않을, 그래서 이제는 후회라는 이름으로만 남겨진…….

단 한 번뿐인 그 시절을.

문이 열리는 소리에 깼다. 그리고 인사하는 소리, 두 여자의 말소리.

김천댁이 오는 날이긴 한데, 나머지 한 명은 누구인지 모르겠다. 저번에 왔던 새벽 배송원인가.

속이 쓰렸다. 너무 마셔서인지 아니면 홧김에 술을 부어서인지 아무튼 제대로 쓰렸다.

일어나서 휴대폰을 확인하니 박준용 전무의 문자 메시지가 도착해 있었다. '본부장님'이라는 호칭과 함께, 발령은 당장 처리될 거고 필요한 일 있으면 언제든 연락이 가능한 직통 번호도 남겨 있었다. 어제 통화한 번호와 다른 번호였다.

일을 쳤으니, 오늘 저녁엔 술이라도 사 들고 곽 대표를 찾아가야 했다. 합쳐 버린 한 개의 사무실은 다시 두 개로 분리하고, 허리에 좋다던 의자는 독일로 돌려보내야겠다고. 간디마저도 연장을 들고 찾아올 상황을 만들어 놨으니 이유는 설명해 주어야 했다. 내가 미친놈이라 그렇다고.

오늘도 또 술. 아찔했다. 그나저나 내 안경은 대체 어디에.

너무 마셨더니 막판엔 필름이 반쯤 끊긴 모양이었다. 원래 두던 베드 탁자에 없었다. 멍청하게 두리번거리다가 거실로 나서니 엉뚱하게 현관 탁자 위에 던져져 있었다.

식당에선 김천댁이 놀란 얼굴로 식탁을 보며 서 있었다. 국과 밑반찬들이 모두 김천댁의 솜씨와 달랐다. 접힌 쪽지도 남아 있었다.

그제야 상황을 이해했다. 좀 전에 들렸던 목소리는 태희였고, 새벽에 사람을 시켜 음식을 가져온 거라고.

정작 곤란한 건 그인데 김천댁이 더 곤란한 얼굴로 눈을 피하더니 냉장고에서 생수 한 병을 꺼내어 건넸다.

"주말에 먹을 달걀찜이랑 반찬, 음, 두 통 가져왔는데. 윤기도 주라고."

생수병을 받은 신현은 수납장에서 숙취 해소용 알약을 꺼냈다. 산 지 얼마 되지 않았는데 그새 겨우 두 알 남았다. 한심한 인생이라 부지런히 술만 푸고 산다. 그 약을 꺼내 입에 넣고 생수 뚜껑을 땄다.

달걀찜이라. 고기와 생선을 좋아하지 않아서 보통 달걀과 두부로 단백질을 채우는 편이었다.

"네."

약을 먹는 동안 살피는 눈동자로 쳐다보던 김천댁이 넌지시 말했다.

"아침 먹고 가야지."

갈증이 나서 신현은 꿀꺽꿀꺽 나머지 물을 마저 마셨다.

"속이 안 좋아서요."

"얘는 누구랑 마셨기에 술을 이렇게나 많이⋯⋯."

다시는 대작하고 싶지 않은 강호 최강의 고수를 만나 내상까지 입었다고 설명한다면 이해할까. 평소 같았으면 계산기 두드려 보고 정중히 거절했을 자리이지만, 상대가 놓은 덫에 자발적으로 걸려든 셈이다. 고작 그 치졸한 질투심 하나에.

씁쓸한 웃음으로 답을 대신하고 신현은 현관으로 향했다. 잔뜩 궁금하고 걱정스러운 얼굴로 뒤를 쫓아오면서도 김천댁은 뭐라 캐묻지 않았다.

"식탁 좀 치워 주세요."

현관을 나서며 그렇게만 말했다. 어정쩡하게 서 있던 김천댁이 그 말을 알아듣고는, 안심한 얼굴로 웃었다.

"그래, 그러마."

엘리베이터 버튼을 누르며 신현은 어제의 기억을 더듬었다. 김 회장의 말은 토씨 하나 빼지 않고 기억해 두긴 해야 했다. 엘리베이터에서 내리는 동안 태희가 했던 말과 행동들도 드문

드문 떠오르기 시작했다.

지하 1층 게이트 입구에 기사가 평소처럼 차를 대고 기다리고 있었다. 차에 오르던 신현은 갑자기 뇌리를 쳐들어온 기억 하나에 멈칫했다.

"무슨 일 있으십니까, 상무님?"

하아, 자리에 앉다가 고개를 젖히고 한숨을 쉬었다.

"아닙니다. 출발하시죠."

어처구니가 없어 이마를 찡그리다가 신현은 손등으로 입술을 문질러 닦았다. 짜증스러워 열이 치솟았다. 일부러 곁에 둔 적도 있지만, 이런 걸 허용할 정도로 틈을 보인 적은 없었다. 하긴 누굴 탓할까, 제어하지 못할 정도로 술을 마신 자신의 잘못이었다.

차가 출발했다. 창문 틈으로 들어오는 바람이 제법 쌀쌀했다. 곧 눈이라도 내릴 눈치였다. 현관 비밀번호를 뭐로 바꾸어야 하나를 고민하며 신현은 단지를 나섰다.

[엄마가 우리 사업개발 본부장 바꿔 주신대.]

깨고 나서도 침대에서 뒹굴거리는데 대외용 휴대폰에 그렇게 SNS 메시지가 떴다. 아무래도 태준의 동생이니까 미리 전달받았겠거니 짐작했다. 오늘도 읽은 티를 안 내려고 액정에 뜬 것만 흘깃하는 동안 잠긴 휴대폰 위로 다른 메시지가 떴다.

[너 혹시 알아?]

눈을 비비며 잠시 그 메시지를 응시했다. 애가 왜 이러지? 바로 말하는 대신, 정은이 알고 있는지를 살피는 눈치였다.

[놀랐지? 근데 우리 아는 사람이야. 엄마가 그 자리에 그보다 나은 선택은 없다고.]

답을 안 하면 계속 메시지를 보낼 눈치였다. 침대에 누운 채로 액정을 톡톡 두드려 답신을 적었다.

[네 오빠가 그 정도로 잘난 사람은 아냐.]

정은이 깬 걸 확인했는지 바로 전화벨이 울렸다. 성격 급한 건 남매가 똑같다. 통화 버튼을 누르자 신난 목소리가 들렸다.

— 못 알아듣네. 박 전무 말이 우리 회사에 회장님 눈에 차는 사람은 한 명뿐이래.

뭐라고? 강태준이 아니라, 차신현이 사업개발 본부장으로 온다고?

잠이 깨지 않은 건지, 순간 멍해졌다. 남기로 했구나. 혹시 정말로 태희 때문에, 이 정신 나간 남자가. 심지어 태희가 있는 부서로 오면서까지.

속이 욱신거렸다. 이 정도인지는 몰랐다. 정말로 태희에게 정신이 나간 건가.

— 어제 엄마랑 독대했어. 그 자리 달라고 직접 말했다는데?

웃기시네. 우선 김 회장이랑 독대할 술 실력이 안 되는 사람이었다. 휴대폰을 귀에 댄 채 침대 주변을 서성이다가, 정은은 정리되지 않은 말로 현실을 부정했다.

"계산기 못 두드리나? 대체 그 자리를 왜?"

— 아, 물론 상무가 올 자리는 아니지. 근데 신현 오빠, 상무

아냐. 대외적으로만 상무고 사실 전무야. 너 몰랐어?

그 자리 내가 만들어 줬는데 모를까. 물론 사업개발 본부장 자리는, 강태준이야 회장 아들이니 승인해 줬지. 부사장 말년 차가 사장 승진 전에 거치는 자리였다. 그만큼 파격적인 자리 였지만 곽 대표의 제안을 고사하고 받아들일 자리는 결코 아니 었다.

― 근데 오빠도 좋은가 봐. 나한테 그랬어. '이제 매일 볼 수 있겠네.'라고.

어디서 말도 안 되는 거짓말만 작작. 쓰린 명치를 매만지며 정은은 바로 부인했다.

"그런 말 할 줄 아는 사람 아닌데."

― 진짜로 그랬다니까. 무슨 말인지 이해 못 했는데 오늘 아 침에 엄마한테 소식 듣고 그 뜻인 거 알았어.

꾸민 어조가 아니었다. 사실 정은이 알 도리는 없다. 다른 여 자에게는 그런 달콤한 말을 하는 사람일 수도 있었다.

휴대폰을 귀에 댄 채 정은은 방 안 한곳을 응시했다.

― 정말로 이제 매일 볼 수 있게 된 거지. 꺄아아아아. 너무 좋아.

그 무뚝뚝한 사람이 태희에게 그 말을 하는 걸 상상해 봤다.

― 글고 이제 네 상사도 되는 거야. 직속 상사.

그러고 보니 그렇다. 세상에. 이 엄청난 상황에 순간 당혹스 러웠다.

가만, 진짜 내 상사로 온다고? 다른 부서로 온다면야 그럴 수 있다지만, 내 부서에, 내 상사로?

내 밑으로 불러서 조 전무 정도의 역할로 써먹을까 했었다. 네 위는 어때, 그가 내뱉은 말을 흘려듣지 말았어야 했다. 절대 일어나지 않을 현실이라 무시했는데 그 일을 실현시킴으로써 정은의 뒤통수를 또 한 번 친 셈이다. 차신현답다. 머리가 지끈거렸다. 늘 그녀의 시야 내에 있어야 하는 건 맞지만, 상사로 오길 바란 건 절대 아니었다.

— 근데 있지, 오빠 주위에 혹시, '은'으로 끝나는 이름 가진 여자 있어?

그렇게 물은 태희는 서둘러 덧붙였다.

— 음, 너, 빼고.

얘는 이 시국에 왜 이런 넋 빠진 질문을 하고 있을까. 아파 오는 광대뼈를 지그시 누르며 정은은 대충 대답했다.

"네 선배 중에 있잖아. 정희은, 이세은, 그리고 박지은."

— 너……, 너 정말 대단하다. 어떻게 우리 과 여자 선배 이름을 다 알아?

"네가 말했어. 게네들, 예쁘다고."

— 예쁘다고 우리 과 애들 이름을 다 기억해? 아니…… 왜?

아무려면 내가 게네들 이름만 알까. 신체 사이즈까지 다 알고 있다는 생각을 왜 못 할까.

그때였다. 통화 중 문자 메시지 도착 알림이 울렸다. 인사팀 장이었다.

[당사 사업개발 본부장 : 지주사 기조실 차신현 상무(전무 대우)로

변경입니다. 12월 1일 전무 승진 및 정식 발령이고, 모두 30층 즉결입니다.]

30층은 보통 회장실을 지칭한다. '12월 1일'과 '즉결'이라는 글자에 머리가 띵해 왔다. 되돌릴 수 없다는 뜻이다. 게다가 열흘 뒤.

등 뒤로 식은땀이 흘렀다. 여전히 상황이 제대로 입력되지 않았다. 그럴 리가 없었다.

"나 씻어야 해. 나중에 통화해."

태희가 어물거리며 전화를 끊었고 정은은 떨리는 손가락으로 휴대폰 단축 번호 1번을 눌렀다. 가슴이 미친 듯이 뛰었다. 연결음이 세 번 울리는 동안 정은은 불안하게 방 안을 왔다 갔다 했다.

— 네, 이사님.

"조 전무, 내가 뭐 좀……, 물어볼게요."

바들바들 떨리는 정은의 목소리에, 조 전무는 무슨 일인지 즉시 캐치한 듯했다.

— 저도 방금 들어서 사실인지 확인 중이었습니다. 정말, 차 상무, 휴, 미치지 않고서야.

"내가 질문한다고요. 못 들었어요?"

— 아, 네, 이사님.

침착하게 말하기 위해 정은은 호흡을 조절했다.

"제 부서로 오면 그 사람, 이전 본부장들처럼 내 앞에서 손바닥 비비며 '신 이사님'이라고 존칭하고, 날 최대 주주로 대우해 줄 사람이에요, 아니에요?"

통화 너머로 침묵이 흘렀다.

— 그게…….

조 전무가 목소리를 흐렸다. 그제야 상황이 제대로 입력되었다.

차신현이 내 상사로 온다.

현일 내 다른 회사로 이동한다면, 정은이 지주 회사인 ㈜현일 이사회 멤버니까 그런대로 윗사람 노릇을 할 수 있었다. 혹여 현일바이오로 온다고 하더라도 다른 부서라면, 그래도 정은이 오너니까 밀리는 직급에도 빳빳이 고개를 들 예정이었다. 하지만 같은 부서, 직속 상사라면 이야기가 달라진다.

— 아닐 겁니다, 차 상무는.

심장이 터질 것 같았다. 정은이 짧게 숨을 내뱉었다. 핵심만 말해야 했다.

"이 상황, 어떻게 바꿔야 해요?"

— 이사님.

"이사회에서 반대하게 만들면 되는 건가? 이사회 언제죠?"

— 차 본부장을 안 받겠다고요? 그건 김 회장이랑 싸우자는 뜻입니다.

"그럼 거꾸로 내가 이동하면?"

목소리가 떨려 나와 정은은 말을 멈췄다. 이 미친 인간이 세상에. 지금, 다른 여자한테 미쳐서, 내 입장은 개의치도 않고.

"12월 1일이면 열흘 남았어요. 열흘 전에, 저, 이 부서에서 이동해요."

꾹꾹, 한 마디 한 마디 누르듯이 간신히 내뱉었다. 제 성질을 이기지 못해, 뒤로 넘어갈 것 같았다.

— 이사님, 우선 진정하시고.

흥분한 정은의 모습을 처음 대했는지 조 전무도 당황한 듯했다. 지금 그런 것 따윈 중요치 않았다. 이 터무니없는 상황이 현실이 되기 전에 탈출해야 했다.

"진정? 나한테 지금 진정하라고 했어요? 일을 이따위로 만들어 놓고 지금 나한테 진정?"

숨이 받아져서 침실 한가운데 선 채로 꽥 소리를 질러 버렸다.

"내 남자, 의전 따위나 하게 됐는데? 약품 승인 일 하다가? 오라면 오고, 가라면 가고! 내가 차신현을 모셔야겠어요?"

말하고 나니 닥친 상황에 아찔했다. '조 전무. 나 이 남자랑 잔 거 몰라요?' 하마터면 그렇게, 히스테릭하게 소리 칠 뻔했다. 심지어 얼마 전엔 불러서 보고까지 시키는 심술도 부렸다. 설마 나한테 복수하려고, 엿 좀 먹이겠다고 상황을 뒤집어 놓은 건가.

하, 이 인간은 그러고도 남지.

정은은 자신의 결정을 다시, 반복했다.

"나, 이동해요. 당장. 승진도 해야겠어요. 서둘러 주세요."

조 전무는 잠시 침묵을 지켰다. 정은의 흐트러진 숨소리만 주변을 울렸다.

한참 뒤에서야 조 전무는 목을 가다듬었다.

— 이동, 승진 다 가능합니다. 지금 일하는 임원들을 내보내서 자리를 만들긴 어려우니, 아예 상무급 조직 하나를 새로 만들겠습니다. 이름은 아무렇게나 달면 되죠. 이노베이션실, AI 임상실…….

상무. 상무우? 정은은 짜증스럽게 머리칼을 쓸어 올렸다.

"전무로 올려요. 같은 회사인데 내가 그 사람 만날 때마다 고개 숙여 인사할 순 없잖아요."

— 지시하신 대로 다 해 드리겠습니다. 내일 당장 부사장은 못 만들어 드리겠습니까? 아무도 반대 못 합니다. 다만 한 번만 고민해 주십시오. 이제까지 단 한 직급도 건너뛰지 않고 올라오신 이유.

왔다 갔다 움직이던 정은의 걸음이 멈칫했다. 머릿속에 외할아버지의 목소리가 울렸다.

임종 순간, 숨도 제대로 못 쉬면서 '사원 3년, 대리 3년, 과장 3년…….' 차근차근 다 읊어 주었고 '질병과 싸우는 데 최선을 다해 다오.'라는 말을 유언으로 남기고 윤 사장은 눈을 감았다. 그 금쪽같은 회사를 손녀가 남자 때문에 반을 팔아 치워 당신께서 반대하시는 연구를 하는 사위에게 투자했으니, 적어도 유지 정도는 지켜 드려야겠다고, 주변 시선에도 사원부터 시작했던 회사 생활이었다.

그럼에도 이 남자와 관련된 일엔 할아버지를 배반하는 게 당연해지기라도 한 듯, 정은은 또 눈을 질끈 감았다.

"상관없어요."

짙은 죄책감에 목소리가 떨려 나왔다. 설득에 실패하자 조 전무가 안타까운 숨을 내쉬었다. 속은 터지지만 어떻게 해야 할까를 곰곰이 생각하는지 침묵이 흘렀다.

다시 입을 열었을 때 조 전무의 목소리는 어느 때보다 침착했다.

— 차 본부장님, 아니, 차 본부장도 이 자리 오면서 이사님 어떻게 대해야 할지 고민 많을 겁니다. 둘의 과거를 떠나, 우선 최대 주주니까요. 하지만 지금 이사님이 승진하셔서 이동하시면 음, 도망간다고 생각하시겠죠. 여기서 이사님이 정면 돌파를 피하시면 그 자체로…… 지는 겁니다.

조 전무가 바로 호칭을 정정했다. 갑자기 본인보다 직책이 높아지니 헷갈린 눈치였다.

얼굴을 문지르며 정은은 침대에 털썩 주저앉았다. 조 전무는 머리가 좋았다. 고집 세고 제멋대로인 정은의 마음을 움직일 이 세상의 유일한 관심사는 '차신현'이라는 걸 잘 알았다.

아무 소리도 들리지 않고 오직 조 전무의 말만 들렸다. 도망은…… 지는 것.

— 어차피 강태희 과장 때문에 이 부서 오겠다는 건데…… 예민하게 반응하실 필요 없습니다. 차신현 같은 남자는, 자신이 목표한 여자가 아닌 이상 다른 여자가 뭘 해도 절대 관심 안 둡니다.

정확한 사실이 가슴을 쳐 왔다. 통증 같기도 해서 정은은 핸드폰을 꼭 쥐는 데에만 집중했다.

— 지금 상황은 외통수입니다. 차 본부장이 이사님을 상대로 만든, 체크메이트죠. 이럴 때일수록 그냥 그 자리에서 하던 일 하는 게 맞습니다. 무엇보다 가만, 이제 이사님은 차 본부장을, 음, 매일 볼 수 있겠네요.

'이제 매일 볼 수 있겠네.'

신현이 태희에게 해 줬다는 말이 정은의 귀를 울렸다. 멍하니 휴대폰을 든 채로 앉아 있었다.

— 그거 이사님이 제일 바라시던 것 아닙니까? 근데 지금, 부서를 바꾸신다고요?

조 전무가 이해가 안 된다는 듯이 되물었다. 정은은 가만히 아랫입술을 깨물었다.

— 일은, 시키면 시키는 대로 그냥 하면 되죠. 보고서 만드는 건 저도 있고 김 과장도 있고요. 오히려 정통 전략 출신이 윗선에 오니 이사님께 일 배우기에 더할 나위 없는 기회입니다.

차신현의 학교, 집 근처를 가 본 적도 많았고 수백억을 쏟아 붓기도 해 봤지만, 자주 봐야 몇 달에 한 번이던 그런 관계였다. 매일 볼 수 있다……라. 매일.

그게 결정적인 건 아니지만.

정말 아니지만.

어떻게 해야 하나. 정은은 마른입을 축이며 입술을 떼었다.

"……알았어요."

고분고분 대답하는 자신의 목소리가 귓가에 들렸다. 그렇게 자신의 결정을 깨달았다. 용솟음치던 감정도 서서히 가라앉았다. 조 전무가 안도의 숨을 길게 내쉬는 게 들렸다.

"스테이 할게요."

정은은 회사 내 누구에게도 대면 보고를 받지 않았다. 현일 바이오 황 대표로부터 직접 보고를 받는 일도 분기에 한 번뿐이었고 모든 현안을 조 전무를 통해서 처리했다.

하지만 이번 일은 달랐다. 발령 문제로 현일 기조실에 다녀왔다는 인사 담당 임원과 경영지원 담당 임원을 처음으로 사무실로 호출했다.

다 시든 식물처럼, 곤란한 얼굴로 서 있는 그들에게 조 전무가 먼저 안건을 꺼냈다.

"들으셨겠지만, 이사님께도 업무 보고 요청 메일이 와서요."

신현의 비서가 보낸 메일이었고 모든 팀장이 수신자였다. 업무 보고가 진행될 장소와 시간, 순서가 간략히 정리되어 있었다. 새로운 상사가 부임하면 으레 하는 절차지만 대주주인 정은에게 업무 보고를 하라고 한 간 큰 임원은 이제까지 없었다. 이전 본부장 부임 시에도 김 과장이 서면으로 갈음한 절차였다. 그런데 이번 메일의 수신자에는 정은도 포함되어 있었다. 마치 다른 팀장들과 마찬가지로 보고를 하라는 것처럼.

인사 담당이 정은과 눈도 못 마주치고 쭈뼛거렸다.

"아마도 그쪽 비서가 아직 상황 파악을 못 하고 있어서, 모르고 보낸 것 같습니다."

무슨 소릴. 차신현은 참조자로 되어 있었다. 누가 봐도 이건 그냥 차신현 지시로 비서가 처리한 일이었다. 땀을 삐질삐질 흘리는 임원들을 세워 둔 채로, 정은은 회사 포털의 직원 검색란에 신현의 비서 이름을 넣었다. 신상. 자신의 이름과 비슷해서 기억이 났다. 예전에도 조회해 봤지만 다시 사진을 확인했다. 예쁜가? 흠, 그러네. 차신현 주위의 예쁜 여자는 초등생도, 유부녀도 다 불쾌했다.

정은의 표정을 살피던 인사 담당이 흠흠, 목을 가다듬었다.

"차 본부장이, 에, 우등생 스타일입니다. 그해 유일한 이과 수능 만점자였고, 한국대 역사상 최초 입졸 수석이라 그 나이대 직원들은 다 알더라고요. 뉴스에도 여러 번 나왔다는데. 하여간 성격이 그렇게 까칠해서 인터뷰 한 번을 안 했답니다. 저도 이번에 만나 보니, 분명 교과서 같은 부분이 있습니다."

모두 '차 본부장'으로 호칭하는 분위기였다. 아직 발령 전이어도 그 사실이 확실할 경우 그렇게 부르는 게 통상적이긴 했다.

"버릇이, 아니, 기고만장한 거죠. 요즘 회장님 사위 후보라는 소문까지 돌다 보니까."

사위 후보. 휴대폰을 내려놓던 정은의 손이 움찔했다. 조 전무가 정은을 흘깃하고는 얼른 말을 잘랐다.

"레이아웃 관련해서는, 아까 무슨 보고 사항이 있으시다는 겁니까?"

두 명 임원의 얼굴이 더 곤란해졌다. 서로 미루며 눈치만 보다가 결국 경영지원 담당이 입을 열었다.

"그게, 본부장 집무실 정돈 문제로 사무실 전체 레이아웃을 보여 드렸는데……."

머리를 헤드레스트에 기댄 채로 정은은 의자를 빙글 돌렸다. 그다음에 이어질 말이 궁금했다. 아무래도 실망시키지 않을 남자 같아서.

"사업개발 본부 내 임원은 본인 포함 총 네 명으로 알고 있는데 왜 임원실이 다섯 개냐고 여쭤셔서."

피식. 정은의 입가에 웃음이 떠올랐다. 설마. 아무리 그래도 그렇지, 설마.

경영지원 담당이 땀을 닦으며 추가 내용을 보고했다.

"신 이사님이 대주주셔서 예우 차원에서 제공된 집무실이라고 저희가 말씀드렸는데……. 그랬는데!"

정은이 여전히 의자에 몸을 기댄 채로 상대방의 눈을 응시했다. 경영지원 담당이 꿀꺽 침을 삼키고는 그 눈길을 피하며 말을 이었다.

"신 팀장, 아니, 신 이사님이 대주주로 사용하는 사무실은 대표이사실 옆에 따로 있는 거로 아신다며. 사업개발 본부 내에서는 팀장이시니……."

임원실 사용은 적절치 않다고 했을 것이다. 그 반듯한 말투까지 왠지 귓가에 들리는 듯했다. 즉, 집무실 치우고 바깥의 팀장 자리로 옮기라는 뜻이었다.

실내에 무덤 같은 정적이 흘렀다. 조 전무가 넥타이 매듭을 만지작거리다가 하, 숨을 내쉬고는 잠시 주변을 걸었다. 밀려오는 당황함을 참듯 그렇게 움직이다가 걸음을 멈추고 턱을 쓰다듬었다.

정은의 모든 지시가 조 전무를 통해 전해진다는 걸 들었는지, 두 명의 임원이 이제 조 전무의 입만 바라보고 있었다. 하지만 조 전무도 말이 막힌 듯했다. 다른 임원이라면 지금 이 자리에서 '오늘 날짜로 내보내요.'라고 지시했을 텐데, 지금은 이러지도 저러지도 못하는 난감한 상황이었다.

나를 이렇게 대하기로 노선을 정했다는 뜻인가.

어쩌 내 돈으로 날 잡아먹을 호랑이를 키운 느낌이다.

뜻을 살피는 눈동자로 조 전무가 정은을 응시했다. 정은은 손톱을 내려다보았다. 마지막으로 다듬은 지 2주가 지났으니 어떤 곳들은 깔끔하지 못했다. 예쁜 옷 좀 사고 손톱이나 새로 해야겠다는 생각이 들었다.

침묵을 깨며 정은은 천천히 입을 열었다.

"차 상무 비서한테 연락해서."

정은이 잠시 말을 고르는 동안, 두 명의 임원이 놀란 얼굴로 자세를 깍듯이 했다.

"네."

"신임 사업개발 본부장 발령 인사 좀 받고 싶다고 전해 주세요. 제 사무실로, 차 한잔하러 오시라고."

그 핑계로 얼굴이나 한 번 더 구경하고.

"아, 네."

당황한 얼굴로 두 명의 임원이 동시에 답했다. 경영지원 팀장이 어색하게 웃으며 덧붙였다.

"물론 그러셔야죠. 이 회사가 지금 누구 건데. 감히 어디서."

"이사님."

무언가 반대할 말이 있는지 조 전무가 입을 열었으나, 정은은 턱을 괸 채로 이어 지시했다.

"신약이나 신사업개발 관련해서 어떤 계획 갖고 있는지 듣고 싶다고. 최대한 이른 시일 내에 날짜 잡으시고요."

조 전무의 걱정스러운 눈길이 느껴졌지만 정은은 여전히 손톱에 집중한 채였다. 그리고 진지하게 고민해 봤다.

차신현은 무슨 색을 좋아하려나. 글쎄, 잘 모르겠다.

그럼 코스모스처럼 흰색, 분홍색, 연자주색, 나도 그런 단정한 색을 해 볼까.

2권에서 계속.